Collection folio junior

dirigée par
Jean-Olivier Héron
et Pierre Marchand

1865. L'Inde est sous la domination des Anglais.

C'est en cette année que naît à Bombay celui qui deviendra l'un des plus célèbres écrivains de langue anglaise : **Rudyard Kipling.**

Après avoir fait ses études en Angleterre, Kipling retourne aux Indes : il a dix-sept ans. Journaliste à Lahore, il commence à écrire, notamment les *Simples Contes des collines* qui seront publiés en 1887.

En 1889, il revient en Angleterre. Là, il publie la majeure partie de son œuvre, et plus particulièrement : *Le Premier Livre de la jungle, le Second Livre de la jungle* et *Kim*.

Rudyard Kipling a obtenu le prix Nobel de littérature en 1907.

Il est mort à Londres en 1936.

Henri Galeron a dessiné la couverture du *Livre de la jungle*. Il est né en 1939 dans les Bouches-du-Rhône et aime à dire qu'il ne dessinerait pas s'il pouvait vivre de la pêche à la ligne. Mais, heureusement, il doit être un bien mauvais pêcheur, car il dessine beaucoup : des couvertures de livres, de disques, des albums... et pour « Folio Junior » il est déjà l'auteur des couvertures de *L'Appel de la forêt* de Jack London, des *Contes de ma Mère l'Oye* de Charles Perrault, de *James et la grosse pêche, Charlie et la chocolaterie* et *L'enfant qui parlait aux animaux* de Roald Dahl, de *Sama prince des éléphants* de René Guillot et de *Sa Majesté le tigre* de Reginald Campbell.

Philippe Mignon est l'auteur des illustrations intérieures du *Livre de la jungle*.

Il est né en 1948. Après des études d'architecture, il travaille dans des agences de publicité et collabore à divers travaux d'édition. Ses dessins sont très minutieux, très précis et demandent beaucoup de temps et de solitude. C'est sans doute pour cela qu'il aime autant les voyages qui le conduisent dans les grands espaces qu'il peut arpenter tout à son aise.

Le Livre de la Jungle est également disponible en Album
illustré aux Éditions Delagrave

Titre original :
The Jungle Book

ISBN 2-07-033456-2
© Mercure de France, 1899, pour la traduction française
© Éditions Gallimard, 1983, pour les illustrations
© Éditions Gallimard, 1987, pour la présente édition
Dépôt légal : Septembre 1988
1er dépôt légal dans la même collection : Novembre 1987
N° d'éditeur : 44413 — N° d'imprimeur : 46258
Imprimé en France sur les presses de l'Imprimerie Hérissey

Rudyard Kipling

Le Livre de la Jungle

Traduit de l'anglais
par
Louis Fabulet et Robert d'Humières

Illustrations de Philippe Mignon

Mercure de France

Les frères de Mowgli

Chil Milan conduit les pas de la nuit
Que Mang le Vampire délivre —
Dorment les troupeaux dans l'étable clos :
La terre à nous — l'ombre la livre !
C'est l'heure du soir, orgueil et pouvoir
A la serre, le croc et l'ongle.
Nous entendez-vous ? Bonne chasse à tous
Qui gardez la Loi de la Jungle !

Chanson de nuit dans la Jungle.

Il était sept heures, par un soir très chaud, sur les collines de Seeonee. Père Loup s'éveilla de son somme journalier, se gratta, bâilla et détendit ses pattes l'une après l'autre pour dissiper la sensation de paresse qui en raidissait encore les extrémités. Mère Louve était étendue, son gros nez gris tombé parmi ses quatre petits qui se culbutaient en criant, et la lune luisait par l'ouverture de la caverne où ils vivaient tous.

— Augrh ! dit Père Loup, il est temps de se remettre en chasse.

Et il allait s'élancer vers le fond de la vallée, quand une petite ombre à queue touffue barra l'ouverture et jappa :

— Bonne chance, ô chef des loups ! Bonne chance et fortes dents blanches aux nobles enfants. Puissent-ils n'oublier jamais en ce monde ceux qui ont faim !

C'était le chacal — Tabaqui le Lèche-Plat — et les loups de l'Inde méprisent Tabaqui parce qu'il rôde partout faisant du grabuge, colportant des histoires et mangeant des chiffons et des morceaux de cuir dans les tas d'ordures aux portes des villages. Mais ils ont peur de lui aussi, parce que Tabaqui, plus que tout autre dans la jungle, est sujet à la rage ; alors, il oublie qu'il ait jamais eu peur et il court à travers la forêt, mordant tout ce qu'il trouve sur sa route. Le tigre même se sauve et se cache lorsque le petit Tabaqui devient enragé, car la rage est la chose la plus honteuse qui puisse surprendre un animal sauvage. Nous l'appelons hydrophobie, mais eux l'appellent *dewanee* — la folie — et ils courent.

— Entre alors, et cherche, dit Père Loup avec raideur ; mais il n'y a rien à manger ici.

— Pour un loup, non, certes, dit Tabaqui ; mais pour moi, mince personnage, un os sec est un festin. Que sommes-nous, nous autres *Gidur-log* (le peuple chacal), pour faire la petite bouche ?

Il obliqua vers le fond de la caverne, y trouva un os de chevreuil où restait quelque viande, s'assit et en fit craquer le bout avec délices.

— Merci pour ce bon repas ! dit-il en se léchant les babines. Qu'ils sont beaux, les nobles enfants ! Quels grands yeux ! Et si jeunes, pourtant ! Je devrais me rappeler, en effet, que les enfants des rois sont maîtres dès le berceau.

Or, Tabaqui le savait aussi bien que personne, il n'y a rien de plus fâcheux que de louer des enfants à leur nez ; il prit plaisir à voir que Mère et Père Loup semblaient gênés.

Tabaqui resta un moment au repos sur son séant, tout réjoui du mal qu'il venait de faire ; puis il reprit malignement :

— Shere Khan, le Grand, a changé de terrain de chasse. Il va chasser, à la prochaine lune, m'a-t-il dit, sur ces collines-ci.

Shere Khan était le tigre qui habitait près de la rivière, la Waingunga, à vingt milles plus loin.

— Il n'en a pas le droit, commença Père Loup avec colère. De par la Loi de la Jungle, il n'a pas le droit de changer ses battues sans dûment avertir. Il effraiera tout le gibier à dix milles à la ronde, et moi... moi j'ai à tuer pour deux ces temps-ci.

— Sa mère ne l'a pas appelé Lungri (le Boiteux) pour rien, dit Mère Louve tranquillement : il est boiteux d'un pied depuis sa naissance ; c'est pourquoi il n'a jamais pu tuer que des bestiaux. A présent, les villageois de la Waingunga sont irrités contre lui, et il vient irriter les nôtres. Ils fouilleront la jungle à sa recherche... il sera loin, mais, nous et nos enfants, il nous faudra courir quand on allumera l'herbe. Vraiment, nous sommes très reconnaissants à Shere Khan !

— Lui parlerai-je de votre gratitude ? dit Tabaqui.

— Ouste ! jappa brusquement Père Loup. Va-t'en chasser avec ton maître. Tu as fait assez de mal pour une nuit.

— Je m'en vais, dit Tabaqui tranquillement. Vous pouvez entendre Shere Khan, en bas, dans les fourrés. J'aurais pu me dispenser du message.

Père Loup écouta.

En bas, dans la vallée qui descendait vers une petite rivière, il entendit la plainte dure, irritée, hargneuse et chantante d'un tigre qui n'a rien pris et auquel il importe peu que toute la jungle le sache.

— L'imbécile ! dit Père Loup, commencer un travail de nuit par un vacarme pareil ! Pense-t-il que nos chevreuils sont comme ses veaux gras de la Waingunga ?

— Chut ! Ce n'est ni bœuf ni chevreuil qu'il chasse cette nuit, dit Mère Louve, c'est l'homme.

La plainte s'était changée en une sorte de ronron bourdonnant qui semblait venir de chaque point de l'espace. C'est le bruit qui égare les bûcherons et les nomades à la belle étoile, et les fait courir quelquefois dans la gueule même du tigre.

— L'homme ! — dit Père Loup, en montrant toutes ses dents blanches. — Faugh ! N'y a-t-il pas assez d'insectes et de grenouilles dans les citernes, qu'il lui faille manger l'homme, et sur notre terrain encore ?

La Loi de la Jungle, qui n'ordonne rien sans raison, défend à toute bête de manger l'homme, sauf lorsqu'elle tue pour montrer à ses enfants comment on tue, auquel cas elle doit chasser hors des réserves de son clan ou de sa tribu. La raison vraie en est que meurtre d'homme signifie, tôt ou tard, invasion d'hommes blancs armés de fusils et montés sur des éléphants, et d'hommes bruns, par centaines, munis de gongs, de fusées et de torches. Alors tout le monde souffre dans la jungle… La raison que les bêtes se donnent entre elles, c'est que, l'homme étant le plus faible et le plus désarmé des vivants, il est indigne d'un chasseur d'y toucher. Ils disent aussi — et c'est vrai — que les mangeurs d'hommes deviennent galeux et qu'ils perdent leurs dents.

Le ronron grandit et se résolut dans le « Aaarh ! » à pleine gorge du tigre qui charge.

Alors, on entendit un hurlement — un hurlement bizarre, indigne d'un tigre — poussé par Shere Khan.

— Il a manqué son coup, dit Mère Louve. Qu'est-ce que c'est ?

Père Loup sortit à quelques pas de l'entrée ; il entendit Shere Khan grommeler sauvagement tout en se démenant dans la brousse.

— L'imbécile a eu l'esprit de sauter sur un feu de bûcherons et s'est brûlé les pieds ! gronda Père Loup. Tabaqui est avec lui.

— Quelque chose monte la colline, dit Mère Louve en dressant une oreille. Tiens-toi prêt.

Il y eut un petit froissement de buisson dans le fourré. Père Loup, ses hanches sous lui, se ramassa, prêt à sauter. Alors, si vous aviez été là, vous auriez vu la chose la plus étonnante du monde : le loup arrêté à mi-bond. Il prit son élan avant de savoir ce qu'il visait, puis tenta de se retenir. Il en résulta un saut de quatre ou cinq pieds droit en l'air, d'où il retomba presque au même point du sol qu'il avait quitté.

— Un homme ! hargna-t--il. Un petit d'homme. Regarde !

En effet, devant lui, s'appuyant à une branche basse, se tenait un bébé brun tout nu, qui pouvait à peine marcher, le plus doux et potelé petit atome qui fût jamais venu la nuit à la caverne d'un loup. Il leva les yeux pour regarder Père Loup en face et se mit à rire.

— Est-ce un petit d'homme ? dit Mère Louve. Je n'en ai jamais vu. Apporte-le ici.

Un loup, accoutumé à transporter ses propres petits, peut très bien, s'il est nécessaire, prendre dans sa gueule un œuf sans le briser. Quoique les mâchoires de Père Loup se fussent refermées complètement sur le dos de l'enfant, pas une dent n'égratigna la peau lorsqu'il le déposa au milieu de ses petits.

— Qu'il est mignon ! Qu'il est nu !... Et qu'il est brave ! dit avec douceur Mère Louve.

Le bébé se poussait, entre les petits, contre la chaleur du flanc tiède.

— Ah ! Ah ! Il prend son repas avec les autres. Ainsi, c'est un petit d'homme. A-t-il jamais existé une louve qui pût se vanter d'un petit d'homme parmi ses enfants ?

— J'ai parfois ouï parler de semblable chose, mais pas dans notre clan ni de mon temps, dit Père Loup. Il n'a pas un poil, et je pourrais le tuer en le touchant du pied. Mais, voyez, il me regarde et n'a pas peur !

Le clair de lune s'éteignit à la bouche de la caverne, car la grosse tête carrée et les fortes épaules de Shere Khan en bloquaient l'ouverture et tentaient d'y pénétrer. Tabaqui, derrière lui, piaulait :

— Monseigneur, Monseigneur, il est entré ici !

— Shere Khan nous fait grand honneur — dit Père Loup, les yeux mauvais. — Que veut Shere Khan ?

— Ma proie. Un petit d'homme a pris ce chemin. Ses parents se sont enfuis. Donnez-le-moi !

Shere Khan avait sauté sur le feu d'un campement de bûcherons, comme l'avait dit Père Loup, et la brûlure de ses pattes le rendait furieux. Mais Père Loup savait l'ouverture de la caverne trop étroite pour un tigre. Même où il se tenait, les épaules et les pattes de Shere Khan étaient resserrées par le manque de place, comme les membres d'un homme qui tenterait de combattre dans un baril.

— Les loups sont un peuple libre, dit Père Loup. Ils ne prennent d'ordres que du Conseil supérieur du Clan, et non point d'aucun tueur de bœufs plus ou moins rayé. Le petit d'homme est à nous... pour le tuer s'il nous plaît.

— S'il vous plaît !... Quel langage est-ce là ? Par le taureau que j'ai tué, dois-je attendre, le nez dans votre repaire de chiens, lorsqu'il s'agit de mon dû le plus strict ? C'est moi, Shere Khan, qui parle.

Le rugissement du tigre emplit la caverne de son tonnerre. Mère Louve secoua les petits de son flanc et s'élança, ses yeux, comme deux lunes vertes dans les ténèbres, fixés sur les yeux flambants de Shere Khan.

— Et c'est moi, Raksha (le Démon), qui vais te répondre. Le petit d'homme est mien, Lungri, le mien, à moi ! Il ne sera point tué. Il vivra pour courir avec le Clan, et pour chasser avec le Clan ; et, prends-y garde, chasseur de petits tout nus, mangeur de grenouilles, tueur de poissons ! Il te fera la chasse, à toi !... Maintenant, sors d'ici, ou, par le Sambhur que j'ai tué — car moi je ne me nourris pas de bétail mort de faim, — tu retourneras à ta mère, tête brûlée de Jungle, plus boiteux que jamais tu ne vins au monde. Va-t'en !

Père Loup leva les yeux, stupéfait. Il ne se souvenait plus assez des jours où il avait conquis Mère Louve, en loyal combat contre cinq autres loups, au temps où, dans les expéditions du Clan, ce n'était pas par pure politesse qu'on la nommait le Démon. Shere Khan aurait pu tenir tête à Père Loup, mais il ne pouvait s'attaquer à Mère Louve, car il savait que, dans la position où il se trouvait, elle gardait tout l'avantage du terrain et qu'elle combattrait à mort. Aussi se recula-t-il hors de l'ouverture en grondant ; et, quand il fut à l'air libre, il cria :

— Chaque chien aboie dans sa propre cour. Nous verrons ce que dira le Clan, comment il prendra cet élevage de petit d'homme. Le petit est à moi, et sous ma dent il faudra bien qu'à la fin il tombe, ô voleurs à queues touffues !

Mère Louve se laissa retomber, pantelante, parmi les petits, et Père Loup lui dit gravement :

— Shere Khan a raison. Le petit doit être montré au Clan. Veux-tu encore le garder, mère ?

Elle haletait :

— Si je veux le garder !... Il est venu tout nu, la nuit, seul et mourant de faim, et il n'avait même pas peur. Regarde, il a déjà poussé un de nos bébés de côté. Et ce boucher boiteux l'aurait tué et se serait sauvé ensuite vers la Waingunga, tandis que les villageois d'ici seraient accourus, à travers nos reposées, faire une battue pour en tirer vengeance !... Si je le garde ? Assurément, je le garde. Couche-toi là, petite Grenouille... Ô toi, Mowgli, car Mowgli la Grenouille je veux t'appeler, le temps viendra où tu feras la chasse à Shere Khan comme il t'a fait la chasse à toi !

— Mais que dira notre Clan ? dit Père Loup.

La Loi de la Jungle établit très clairement que chaque loup peut, lorsqu'il se marie, se retirer du Clan auquel il appartient ; mais, aussitôt ses petits assez âgés pour se tenir sur leurs pattes, il doit les amener au Conseil du Clan, qui se réunit généralement une fois par mois à la pleine lune, afin que les autres loups puissent reconnaître leur identité. Après cet examen, les petits sont libres de courir où il leur plaît, et, jusqu'à ce qu'ils aient tué leur premier daim, il n'est pas d'excuse valable pour le loup adulte et du même Clan qui tuerait l'un d'eux. Comme châtiment, c'est la mort pour le meurtrier où qu'on le trouve, et, si vous réfléchissez une minute, vous verrez qu'il en doit être ainsi.

Père Loup attendit jusqu'à ce que ses petits pussent un peu courir, et alors, la nuit de l'assemblée, il les emmena avec Mowgli et Mère Louve au Rocher du Conseil — un sommet de colline couvert de pierres et de galets, où pouvaient s'isoler une centaine de loups. Akela, le grand loup gris solitaire, que sa vigueur et sa finesse avaient mis à la tête du Clan, était étendu de toute sa longueur sur sa pierre ; un peu plus bas que lui se tenaient assis plus de quarante loups de toutes tailles et de toutes robes, depuis les vétérans, couleur de blaireau, qui pouvaient, à eux seuls, se tirer d'affaire avec un daim, jusqu'aux jeunes loups noirs de trois ans, qui s'en croyaient capable. Le Solitaire était à leur tête depuis un an maintenant. Au temps de sa jeunesse, il était tombé deux fois dans un piège à loups, et une autre fois on l'avait assommé et laissé pour mort ; aussi connaissait-il les us et coutumes des hommes.

On causait fort peu sur la roche. Les petits se culbutaient l'un l'autre au centre du cercle où siégaient leurs mères et leurs pères, et, de temps en temps, un loup plus âgé se dirigeait tranquillement vers un petit, le regardait avec attention, et regagnait sa place à pas silencieux. Parfois une mère poussait son petit en plein clair de lune pour être sûre qu'il n'avait point passé inaperçu. Akela, de son côté, criait :

— Vous connaissez la Loi, vous connaissez la Loi. Regardez bien, ô loups !

Et les mères reprenaient le cri :

— Regardez, regardez bien, ô loups !

A la fin (et Mère Louve sentit se hérisser les poils de son cou lorsque arriva ce moment), Père Loup poussa « Mowgli la Grenouille », comme ils l'appelaient, au milieu du cercle, où il resta par terre à rire et à jouer avec les cailloux qui scintillaient dans le clair de lune.

Akela ne leva pas sa tête d'entre ses pattes mais continua le cri monotone :

— Regardez bien !...

Un rugissement sourd partit de derrière les rochers — c'était la voix de Shere Khan :

— Le petit est mien. Donnez-le-moi. Le Peuple Libre, qu'a-t-il à faire d'un petit d'homme ?

Akela ne remua même pas les oreilles ; il dit simplement :

— Regardez bien, ô loups ! Le Peuple Libre, qu'a-t-il à faire des ordres de quiconque, hormis de ceux du Peuple Libre ?... Regardez bien !

Il y eut un chœur de sourds grognements, et un jeune loup de quatre ans, tourné vers Akela, répéta la question de Shere Khan :

— Le Peuple Libre, qu'a-t-il à faire d'un petit d'homme ?

Or, la Loi de la Jungle, en cas de dispute sur les droits d'un petit à l'acceptation du Clan, exige que deux membres au moins du Clan, qui ne soient ni son père ni sa mère, prennent la parole en sa faveur.

— Qui parle pour celui-ci ? dit Akela. Du Peuple Libre, qui parle ?

Il n'y eut pas de réponse, et Mère Louve s'apprêtait pour ce qui serait son dernier combat, elle le savait bien, s'il fallait en venir à combattre. Alors, le seul étranger qui soit admis au Conseil du Clan — Baloo, l'ours brun endormi, qui enseigne aux petits la Loi de la Jungle, le vieux Baloo, qui peut aller et venir partout où il lui plaît, parce qu'il mange uniquement des noix, des racines et du miel — se leva sur son séant et grogna.

— Le Petit d'Homme... le Petit d'Homme ?... dit-il. C'est moi qui parle pour le Petit d'Homme. Il n'y a pas de mal dans un petit d'homme. Je n'ai pas le droit de la parole, mais je dis la vérité. Laissez-le courir avec le Clan, et qu'on l'enrôle parmi les autres. C'est moi-même qui lui donnerai des leçons.

— Nous avons encore besoin de quelqu'un d'autre, dit Akela. Baloo a parlé, et c'est lui qui enseigne nos petits. Qui parle avec Baloo ?

Une ombre tomba au milieu du cercle. C'était Bagheera, la panthère noire. Sa robe est tout entière noire comme l'encre, mais les marques de la panthère y affleurent, sous certains jours, comme font les reflets de la moire. Chacun connaissait Bagheera, et personne ne se souciait d'aller à l'encontre de ses desseins, car Tabaqui est moins rusé, le buffle sauvage moins téméraire, et moins redoutable l'éléphant blessé. Mais sa voix était plus suave que le miel agreste, qui tombe goutte à goutte des arbres, et sa peau plus douce que le duvet.

— Ô Akela, et vous, Peuple Libre, ronronna sa voix persuasive, je n'ai nul droit dans votre assemblée. Mais la Loi de la Jungle dit que, s'il s'élève un doute dans une affaire, en dehors d'une question de meurtre, à propos d'un nouveau petit, la vie de ce petit peut être rachetée moyennant un prix. Et la Loi ne dit pas qui a droit ou non de payer ce prix. Ai-je raison ?

— Très bien ! très bien, firent les jeunes loups, qui ont toujours faim. Écoutons Bagheera. Le petit peut être racheté. C'est la Loi.

— Sachant que je n'ai nul droit de parler ici, je demande votre assentiment.

— Parle donc, crièrent vingt voix.

— Tuer un petit nu est une honte. En outre, il pourra nous aider à chasser mieux quand il sera d'âge. Baloo a parlé en sa faveur. Maintenant, aux paroles de Baloo, j'ajouterai l'offre d'un taureau, d'un taureau gras, fraîchement tué à un demi-mille d'ici à peine, si vous acceptez le Petit d'Homme conformément à la Loi. Y a-t-il une difficulté ?

Il s'éleva une clameur de voix mêlées, parlant ensemble ?

— Qu'importe ! Il mourra sous les pluies de l'hiver ; il sera grillé par le soleil... Quel mal peut nous faire une grenouille nue ?... Qu'il coure avec le Clan !... Où est le taureau, Bagheera ?... Nous acceptons.

Et alors revint l'aboiement profond d'Akela.

— Regardez bien... regardez bien, ô loups !

Mowgli continuait à s'intéresser aux cailloux ; il ne daigna prêter aucune attention aux loups qui vinrent un à un l'examiner.

A la fin, ils descendirent tous la colline, à la recherche du taureau mort, et seuls restèrent Akela, Bagheera, Baloo et les loups de Mowgli.

Shere Khan rugissait encore dans la nuit, car il était fort en colère que Mowgli ne lui eût pas été livré.

— Oui, tu peux rugir, dit Bagheera dans ses moustaches ; car le temps viendra où cette petite chose nue te fera rugir sur un autre ton, où je ne sais rien de l'homme.

— Nous avons bien fait, dit Akela : les hommes et leurs petits sont gens très avisés. Le moment venu, il pourra se rendre utile.

— C'est vrai, dit Bagheera ; le moment venu, qui sait ? on aura besoin de lui : car personne ne peut compter mener le Clan toujours !

Akela ne répondit rien. Il pensait au temps qui vient pour chaque chef de Clan, où sa force l'abandonne et où, plus affaibli de jour en jour, il est tué à la fin par les loups et remplacé par un nouveau chef, tué plus tard à son tour.

— Emmenez-le, dit-il à Père Loup, et dressez-le comme il sied à un membre du Peuple Libre.

Et c'est ainsi que Mowgli entra dans le Clan des

Loups de Seeonee, au prix d'un taureau et pour une bonne parole de Baloo.

Maintenant, il faut vous donner la peine de sauter dix ou douze années entières, et d'imaginer seulement l'étonnante existence que Mowgli mena parmi les loups, parce que, s'il fallait l'écrire, cela remplirait je ne sais combien de livres. Il grandit avec les louveteaux, quoique, naturellement, ils fussent devenus loups quand lui-même comptait pour un enfant à peine ; et Père Loup lui enseigna sa besogne, et le sens de toutes choses dans la Jungle, jusqu'à ce que chaque frisson de l'herbe, chaque souffle de l'air chaud dans la nuit, chaque ululement des hiboux au-dessus de sa tête, chaque bruit d'écorce égratignée par la chauve-souris au repos un instant dans l'arbre, chaque saut du plus petit poisson dans la mare prissent juste autant d'importance pour lui que pour un homme d'affaires son travail de bureau. Lorsqu'il n'apprenait pas, il se couchait au soleil et dormait, puis il mangeait, se rendormait ; lorsqu'il se sentait sale ou qu'il avait trop chaud, il se baignait dans les mares de la forêt, et lorsqu'il manquait de miel (Baloo lui avait dit que le miel et les noix étaient aussi bons à manger que la viande crue), il grimpait aux arbres pour en chercher, et Bagheera lui avait montré comment s'y prendre. S'allongeant sur une branche, la panthère appelait : « Viens ici, Petit Frère ! » et Mowgli commença par grimper à la façon du *paresseux* ; mais par la suite il osa se lancer à travers les branches presque aussi hardiment que le Singe Gris.

Il prit sa place au Rocher du Conseil, lorsque le Clan s'y assemblait, et, là, il découvrit qu'en regardant fixement un loup quelconque, il pouvait le forcer à baisser les yeux ; ainsi faisait-il pour s'amuser. A d'autres moments, il arrachait les longues épines du poil de ses amis, car les loups souffrent terriblement des épines et de tous les aiguillons qui se logent dans leur fourrure. Il descendait, la nuit, le versant de la montagne, vers les terres cultivées, et regardait avec une grande curiosité les villageois dans leurs huttes ; mais il se méfiait des hommes, parce que Bagheera lui avait montré une boîte carrée, avec une trappe, si habilement dissimulée dans la Jungle qu'il marcha presque dessus, et lui avait dit que c'était un piège. Ce qu'il aimait par-dessus tout, c'était de s'enfoncer avec Bagheera au chaud cœur noir de la forêt, pour dormir tout le long de la lourde journée, et voir, quand venait la nuit, comment Bagheera s'y prenait pour tuer : de droite, de gauche, au caprice de sa faim, et de même faisait Mowgli — à une exception près. Aussitôt l'enfant en âge de comprendre, Bagheera lui dit qu'il ne devrait jamais toucher au bétail, parce qu'il avait été racheté, dans le Conseil du Clan, au prix de la vie d'un taureau.

— La Jungle t'appartient, dit Bagheera, et tu peux y tuer tout ce que tu es assez fort pour atteindre ; mais, en souvenir du taureau qui t'a racheté, tu ne dois jamais tuer ni manger de bétail jeune ou vieux. C'est la Loi de la Jungle.

Mowgli s'y conforma fidèlement.

Il grandit ainsi et devint fort comme fait à l'accoutumée un garçon qui ne va pas à l'école et n'a dans la vie à s'occuper de rien que de choses à manger.

Mère Louve lui dit, une fois ou deux, que Shere Khan n'était pas de ceux auxquels on dût se fier, et qu'un jour il lui faudrait tuer Shere Khan ; et sans doute un jeune loup se fût rappelé l'avis à chaque heure de sa vie, mais Mowgli l'oublia, parce qu'il n'était qu'un petit garçon — et pourtant il se serait donné à lui-même le nom de loup, s'il avait su parler quelque langue humaine.

Shere Khan se trouvait toujours dans la Jungle, sur

le chemin de Mowgli. A mesure que le chef Akela prenait de l'âge et perdait sa force, le tigre boiteux s'était lié de grande amitié avec les loups plus jeunes de la tribu, qui le suivaient pour avoir ses restes, chose que jamais Akela n'eût permise s'il avait osé aller jusqu'au bout de son autorité légitime. En outre, Shere Khan les flattait : il s'étonnait que de si beaux jeunes chasseurs fussent satisfaits de se laisser conduire par un loup moribond et par un petit d'homme.

— On me raconte, disait Shere Khan, que vous autres, au Conseil, vous n'osez pas le regarder entre les yeux !

Et les jeunes loups grondaient, en hérissant leur échine.

Bagheera, qui avait les yeux et les oreilles partout à la fois, eut vent de quelque chose, et, une fois ou deux, expliqua nettement à Mowgli que Shere Khan le tuerait un beau jour. Et Mowgli riait, et répondait :

— J'ai pour moi le Clan, j'ai toi..., et Baloo, tout paresseux qu'il est, donnerait bien un coup de patte ou deux en mon honneur. Pourquoi donc craindre ?

Ce fut un jour de grande chaleur qu'une idée, née de quelque propos entendu, se forma dans le cerveau de Bagheera. Peut-être était-ce Sahi, le Porc-Épic, qui lui avait parlé de la chose. En tout cas, s'adressant à Mowgli, un soir, au plus profond de la Jungle, comme l'enfant couché reposait sa tête sur le beau pelage noir de la panthère :

— Petit Frère, combien de fois t'ai-je averti que Shere Khan est ton ennemi ?

— Autant de fois qu'il y a de baies sur cette palme ! déclara Mowgli, qui, bien entendu, ne savait pas compter. Et puis après !... J'ai sommeil, Bagheera, et Shere Khan est tout queue et tout cris... comme Mor, le paon.

— Mais il n'est plus temps de dormir, Baloo le sait, je le sais aussi, tout le Clan le sait, et même ces stupides, ces sots de daims le savent... Tabaqui te l'a dit lui-même...

— Oh ! oh ! dit Mowgli, Tabaqui est venu à moi, il n'y a pas longtemps, me raconter je ne sais plus quelle impertinente histoire : j'étais un petit d'homme, un petit nu, pas même bon à déterrer des racines... Mais j'ai pris Tabaqui par la queue et l'ai cogné à deux reprises contre un palmier pour lui apprendre de meilleures manières.

— C'était une sottise, car Tabaqui a beau être un faiseur de ragots, il n'en voulait pas moins te parler d'une chose qui te touche de près. Ouvre donc ces yeux-là, Petit Frère. Shere Khan n'ose pas te tuer dans la jungle ; mais rappelle-toi bien qu'Akela est très vieux, que bientôt viendra le jour où il ne pourra plus tuer son chevreuil, et qu'alors il ne conduira plus le Clan. Beaucoup des loups qui t'examinèrent quand tu fus présenté au Conseil, sont vieux maintenant, eux aussi, et les jeunes loups pensent — Shere Khan leur a fait la leçon — qu'un petit d'homme n'est pas à sa place dans le Clan. Bientôt tu seras un homme...

— Eh ! qu'est-ce donc qu'un homme qui ne court pas avec ses frères ? dit Mowgli. Je suis né dans la Jungle, j'ai gardé la Loi de la Jungle, et il n'y a pas un de nos loups des pattes duquel je n'aie tiré une épine. Ils sont bien mes frères !

Bagheera s'étendit de toute sa longueur, et ferma les yeux à demi.

— Petit Frère, mets ta main sous ma mâchoire.

Mowgli avança sa forte main brune, et, juste sous le menton soyeux de Bagheera, où les formidables muscles roulaient dissimulés dans la fourrure lustrée, il sentit une petite place nue.

— Il n'y a personne dans la Jungle qui sache que

25

moi, Bagheera, je porte cette marque... la marque du collier ; et pourtant, Petit Frère, je naquis parmi les hommes, et c'est parmi les hommes que ma mère mourut, dans les cages du palais royal, à Oodeypore. C'est à cause de cela que j'ai payé le prix au Conseil, quand tu étais un pauvre petit tout nu. Oui, moi aussi, je naquis parmi les hommes. Je n'avais jamais vu la Jungle. On me nourrissait derrière des barreaux dans une marmite de fer ; mais une nuit je sentis que j'étais Bagheera — la Panthère — et non pas un jouet pour les hommes ; je brisai la misérable serrure d'un coup de patte, et m'en allai. Puis, comme j'avais appris les manières des hommes, je devins plus terrible dans la Jungle que Shere Khan, n'est-il pas vrai ?

— Oui, dit Mowgli, toute la Jungle craint Baghee-ra... toute la Jungle, sauf Mowgli.

— Oh ! toi, tu es un petit d'homme ! dit la Panthère Noire avec une infinie tendresse ; et de même que je suis retournée à ma jungle, ainsi tu dois à la fin retourner aux hommes, aux hommes qui sont tes frères... si tu n'es point d'abord tué au Conseil !

— Mais pourquoi, pourquoi quelqu'un désirerait-il me tuer ? répliqua Mowgli.

— Regarde-moi, dit Bagheera.

Et Mowgli regarda fixement, entre ses yeux. La grande panthère tourna la tête au bout d'une demi-minute.

— Voilà pourquoi ! dit Bagheera, en croisant ses pattes sur les feuilles. Moi-même je ne peux te regarder entre les yeux, et pourtant je naquis parmi les hommes, et je t'aime, Petit Frère. Les autres, ils te haïssent parce que leurs yeux ne peuvent soutenir les tiens, parce que tu es sage, parce que tu as tiré de leurs pieds les épines... parce que tu es un homme.

— Je ne savais pas ces choses, dit Mowgli d'un ton boudeur.

Et il fronça ses lourds sourcils noirs.

— Qu'est-ce que la Loi de la Jungle ? Frappe d'abord, puis donne de la voix. A ton insouciance même, ils voient que tu es un homme. Mais sois prudent. J'ai au cœur une certitude : la première fois que le vieil Akela manquera sa proie — et chaque jour il a plus de peine à agrafer son chevreuil — le Clan se tournera contre lui et contre toi. Ils tiendront une assemblée sur le Rocher, et alors... et alors... J'y suis ! dit Bagheera en se levant d'un bond. Descends vite aux huttes des hommes dans la vallée, et prends-y un peu de la Fleur Rouge qu'ils y font pousser ; ainsi, le moment venu, auras-tu un allié plus fort même que moi ou Baloo ou ceux de la tribu qui t'aiment. Va chercher la Fleur Rouge.

Par Fleur Rouge, Bagheera voulait dire *du feu*. Mais aucune créature de la Jungle n'appelait le feu par son vrai nom. Chaque bête en éprouve, toute sa vie, une crainte mortelle, et invente cent manières de le décrire sans le nommer.

— La Fleur Rouge ! dit Mowgli. Cela pousse au crépuscule auprès de leurs huttes. J'irai en chercher.

— Voilà bien le Petit d'Homme qui parle ! dit Bagheera avec orgueil. Rappelle-toi qu'elle pousse dans de petits pots. Prends-en un rapidement, et garde-le avec toi pour le moment où tu en auras besoin.

— Bon, dit Mowgli, j'y vais. Mais as-tu la certitude, ô Bagheera que j'aime — il passa son bras autour du cou splendide, et plongea son regard au fond des grands yeux — as-tu la certitude que tout cela soit l'œuvre de Shere Khan ?

— Par la Serrure Brisée qui me délivra, j'en ai la certitude, Petit Frère !

— Alors, par le Taureau qui me racheta ! je

payerai à Shere Khan ce que je lui dois, honnête-
ment ; il se peut même qu'il reçoive un peu plus que
son dû.

Et Mowgli partit d'un bond.

— Voilà l'homme ! Voilà bien l'homme, murmura
la Panthère en se recouchant. Oh ! Shere Khan, tu
n'as jamais fait chasse plus dangereuse que cette
chasse à la grenouille, il y a dix ans !

Mowgli était déjà loin parmi la forêt, trottant
ferme, et il sentait son cœur tout chaud dans sa
poitrine. Il arriva à la caverne au moment où montait
le brouillard du soir, reprit haleine et regarda en bas,
dans la vallée. Les jeunes loups étaient dehors, mais
la mère, au fond de la caverne, comprit, au bruit du
souffle de Mowgli, qu'un souci troublait sa Grenouille.

— Qu'y a-t-il, fils ? dit-elle.

— Des potins de chauve-souris à propos de Shere
Khan ! répondit-il. Je chasse en terre de labour, ce
soir.

Il plongea dans les broussailles pour gagner le cours
d'eau, tout au fond de la vallée. Là, il s'arrêta, car, au
milieu des cris du Clan en chasse, il entendit meugler
un *sambhur* traqué, le râle de la bête aux abois. Puis
montèrent des hurlements de dérision et de maligni-
té ; c'étaient les jeunes loups.

— Akela ! Akela ! Que le Solitaire montre sa
force !... Place au chef du Clan ! Saute, Akela !

Le Solitaire dut sauter et manquer sa prise, car
Mowgli entendit le claquement de ses mâchoires et un
glapissement lorsque le *sambhur*, avec son pied de
devant, le culbuta. Il ne resta pas à en écouter
davantage, mais s'élança en avant ; et les cris s'affai-
blirent derrière lui à mesure qu'il se hâtait vers les
terres cultivées où demeuraient les villageois.

— Bagheera disait vrai ! souffla-t-il, en se nichant

parmi le fourrage amoncelé sous la fenêtre d'une hutte. Demain, c'est le jour d'Akela et le mien.

Alors, il appliqua son visage contre la fenêtre et considéra le feu sur l'âtre ; il vit la femme du laboureur se lever pendant la nuit et nourrir la flamme avec des mottes noires ; et quand vint le matin, à l'heure où blanchit la brume froide, il vit l'enfant de l'homme prendre une corbeille d'osier garnie de terre à l'intérieur, l'emplir de charbons rouges, l'enrouler dans sa couverture, et s'en aller garder les vaches.

— N'est-ce que cela ? dit Mowgli. Si un enfant peut le faire, je n'ai rien à craindre.

Il tourna le coin de la maison, rencontra le garçon nez à nez, lui arracha le feu des mains et disparut dans le brouillard, tandis que l'autre hurlait de frayeur.

— Ils sont tout à fait pareils à moi ! dit Mowgli en soufflant sur le pot de braise, comme il l'avait vu faire à la femme. Cette chose mourra si je ne lui donne rien à manger...

Et il jeta quelques brindilles et des morceaux d'écorce sèche sur la chose rouge. A moitié chemin de la colline, il rencontre Bagheera ; la rosée du matin brillait sur sa fourrure comme des pierres de lune.

— Akela a manqué son coup, dit la Panthère. Ils l'auraient tué la nuit dernière, mais ils te voulaient aussi. Ils t'ont cherché sur la colline.

— J'étais en terre de labour. Je suis prêt. Vois.

Mowgli lui tendit le pot plein de feu.

— Bien !... A présent j'ai vu les hommes jeter une branche sèche dans cette chose, et aussitôt la Fleur Rouge s'épanouissait au bout... Est-ce que tu n'as pas peur ?

— Non. Pourquoi aurais-je peur ? Je me rappelle maintenant... si ce n'est pas un rêve... qu'avant d'être un loup je me couchais près de la Fleur Rouge, et qu'il y faisait chaud et bon.

Tout ce jour-là, Mowgli resta assis dans la caverne, veillant sur son pot de braise et y enfonçant des branches sèches pour voir comment elles brûlaient. Il chercha et trouva une branche qui lui parut à souhait, et, le soir, quand Tabaqui vint à la caverne lui dire assez insolemment qu'on le mandait au Rocher du Conseil, il se mit à rire jusqu'à ce que Tabaqui s'enfuît. Et Mowgli se rendit au Conseil, toujours riant.

Akela le Solitaire se tenait couché à côté de sa pierre pour montrer que sa succession était ouverte, et Shere Khan, avec sa suite de loups nourris de restes, se promenait de long en large, objet de visibles flatteries. Bagheera vautrait son corps souple aux côtés de Mowgli, et l'enfant serrait le pot de braise entre ses genoux. Lorsqu'ils furent tous rassemblés, Shere Khan prit la parole — ce qu'il n'aurait jamais osé faire aux beaux jours d'Akela.

— Il n'a pas le droit, murmura Bagheera. Dis-le. C'est un fils de chien. Il aura peur.

Mowgli sauta sur ses pieds.

— Peuple Libre, s'écria-t-il, Shere Khan est-il donc notre chef ?… Qu'est-ce qu'un tigre peut avoir à faire avec la direction du Clan ?

— A cause de la succession ouverte, et comme on m'avait prié de parler…, commença Shere Khan.

— Qui t'en avait prié ? fit Mowgli. Sommes-nous tous des chacals pour flagorner ce boucher ? La direction du Clan regarde le Clan seul.

Il y eut des hurlements :

— Silence, toi, Petit d'Homme !

— Laissez-le parler. Il a gardé notre Loi !

Et, à la fin, les anciens du Clan tonnèrent :

— Laissez parler le Loup Mort !

Lorsqu'un chef de Clan a manqué sa proie, on

l'appelle le « Loup Mort » pour le temps qui lui reste à vivre, et ce n'est guère.

Akela péniblement souleva sa vieille tête :

— Peuple Libre, et vous aussi, chacals de Shere Khan, pendant douze saisons je vous ai conduits à la chasse et vous en ai ramenés, et pendant tout ce temps, nul de vous n'a été pris au piège ni estropié. Je viens de manquer ma proie. Vous savez comment on a ourdi cette intrigue. Vous savez comment vous m'avez mené à un chevreuil non forcé, pour montrer ma faiblesse. Ce fut habilement fait. Vous avez maintenant le droit de me tuer sur le Rocher du Conseil. C'est pourquoi je demande : Qui vient achever le Solitaire ? Car c'est mon droit, de par la Loi de la Jungle, que vous veniez un par un.

Il y eut un long silence : aucun loup ne se souciait d'un duel à mort avec le Solitaire. Alors Shere Khan rugit :

— Bah ! qu'avons-nous à faire avec ce vieil édenté ? Il est condamné à mort ! C'est le Petit d'Homme qui a vécu trop longtemps. Peuple Libre, il fut ma proie dès le commencement. Donnez-le-moi. J'en ai assez de cette dérision d'homme-loup. Il a troublé la Jungle pendant dix saisons. Donnez-moi le Petit d'Homme, ou bien je chasserai toujours par ici, et ne vous laisserai pas un os. C'est un homme, un enfant d'homme, et, dans la moelle de mes os, je le hais !

Alors, plus de la moitié du Clan hurla :

— Un homme ! Un homme ! Qu'est-ce qu'un homme peut avoir à faire avec nous ? Qu'il s'en aille avec ses pareils !

— C'est cela ! Pour tourner contre nous tout le peuple des villages ? vociféra Shere Khan. Non, non, donnez-le moi. C'est un homme, et nul de nous ne peut le fixer dans les yeux.

Akela dressa de nouveau la tête, et dit :

— Il a partagé notre curée. Il a dormi avec nous. Il a rabattu le gibier pour nous. Il n'a pas enfreint un seul mot de la Loi de la Jungle !

— Et moi, je l'ai payé le prix d'un taureau, lorsqu'il fut accepté : un taureau, c'est peu de chose ; mais l'honneur de Bagheera vaut peut-être une bataille ! dit Bagheera de sa voix la plus onctueuse.

— Un taureau payé voilà dix ans ! grogna l'assemblée. Que nous importent des os qui ont dix ans !

— Et un serment ? fit Bagheera en relevant sa lèvre sur ses dents blanches. Ah ! on fait bien de vous nommer le Peuple Libre !

— Nul petit d'homme ne doit courir avec le Peuple de la Jungle ! rugit Shere Khan. Donnez-le-moi !

— Il est notre frère en tout, sauf par le sang, poursuivit Akela ; et vous le tueriez ici !… En vérité, j'ai vécu trop longtemps. Quelques-uns d'entre vous sont des mangeurs de bétail, et j'ai entendu dire que d'autres, suivant les leçons de Shere Khan, vont par la nuit noire enlever des enfants aux seuils des villageois. Donc je sais que vous êtes lâches, et c'est à des lâches que je parle. Il est certain que je dois mourir, et ma vie ne vaut plus grand-chose ; autrement, je l'offrirais pour celle du Petit d'Homme. Mais, afin de sauver l'honneur du Clan… presque rien, apparemment, qu'à force de vivre sans chef vous avez oublié… je m'engage, si vous laissez le Petit d'Homme retourner chez les siens, à ne pas montrer une dent lorsque le moment sera venu pour moi de mourir. Je mourrai sans me défendre. Le Clan y gagnera au moins trois existences. Je ne puis faire plus ; mais, si vous consentez, je puis vous épargner la honte de tuer un frère auquel on ne saurait reprocher aucun tort… un frère qui fut réclamé, acheté, pour être admis dans le Clan, suivant la Loi de la Jungle.

— C'est un homme !... un homme !... un homme !
gronda l'assemblée.

Et la plupart des loups firent mine de se grouper
autour de Shere Khan, dont la queue se mit à fouailler
les flancs.

— A présent, l'affaire est en tes mains ! dit
Bagheera à Mowgli. Nous autres, nous ne pouvons
plus rien que nous battre.

Mowgli se leva, le pot de braise dans les mains. Puis
il s'étira et bâilla au nez du Conseil ; mais il était plein
de rage et de chagrin, car, en loups qu'ils étaient, ils
ne lui avaient jamais dit combien ils le haïssaient.

— Ecoutez ! Il n'y a pas besoin de criailler comme
des chiens. Vous m'avez dit trop souvent, cette nuit,
que je suis un homme (et cependant je serais resté un
loup, avec vous, jusqu'à la fin de ma vie) ; je sens la
vérité de vos paroles. Aussi, je ne vous appelle plus
mes frères, mais *sag* (chiens), comme vous appellerait
un homme... Ce que vous ferez, et ce que vous ne
ferez pas, ce n'est pas à vous de le dire. C'est moi que
cela regarde ; et afin que nous puissions tirer la chose
au clair, moi, l'homme, j'ai apporté ici un peu de la
Fleur Rouge que vous, chiens, vous craignez.

Il jeta le pot sur le sol, et quelques charbons rouges
allumèrent une touffe de mousse sèche qui flamba,
tandis que tout le Conseil reculait de terreur devant
les sauts de la flamme.

Mowgli enfonça la branche morte dans le feu
jusqu'à ce qu'il vît des brindilles se tordre et crépiter,
puis il la fit tournoyer au-dessus de sa tête au milieu
des loups qui rampaient de terreur.

— Tu es le maître ! fit Bagheera à voix basse.
Sauve Akela de la mort. Il a toujours été ton ami.

Akela, le vieux loup farouche, qui n'avait jamais
imploré de merci dans sa vie, jeta un regard suppliant
à Mowgli, debout près de lui, tout nu, sa longue

chevelure noire flottant sur ses épaules, dans la lumière de la branche flamboyante qui faisait danser et vaciller les ombres.

— Bien ! dit Mowgli, en promenant avec lenteur un regard circulaire. Je vois que vous êtes des chiens. Je vous quitte pour retourner à mes pareils... si vraiment ils sont mes pareils... La Jungle m'est fermée, je dois oublier votre langue et votre compagnie ; mais je serai plus miséricordieux que vous : parce que j'ai été votre frère en tout, sauf par le sang, je promets, lorsque je serai un homme parmi les hommes, de ne pas vous trahir auprès d'eux comme vous m'avez trahi.

Il donna un coup de pied dans le feu, et les étincelles volèrent.

— Il n'y aura point de guerre entre aucun de nous dans le Clan. Mais il y a une dette qu'il me faut payer avant de partir.

Il marcha à grands pas vers l'endroit où Shere Khan couché clignait de l'œil stupidement aux flammes, et le prit, par la touffe de poils, sous le menton. Bagheera suivait, en cas d'accident.

— Debout, chien ! cria Mowgli. Debout quand un homme parle, ou je mets le feu à ta robe !

Les oreilles de Shere Khan s'aplatirent sur sa tête, et il ferma les yeux, car la branche flamboyante était tout près de lui.

— Cet égorgeur de bétail a dit qu'il me tuerait en plein Conseil, parce qu'il ne m'avait pas tué quand j'étais petit. Voici... et voilà... comment nous, les hommes, nous battons les chiens. Remue seulement une moustache, Lungri, et je t'enfonce la Fleur Rouge dans la gorge !

Il frappa Shere Khan de sa branche sur la tête, tandis que le tigre geignait et pleurnichait en une agonie d'épouvante.

— Peuh ! chat de jungle roussi, va-t'en, maintenant, mais souviens-toi de mes paroles : la première fois que je reviendrai au Rocher du Conseil, comme il sied que vienne un homme, ce sera coiffé de la peau de Shere Khan. Quant au reste, Akela est libre de vivre comme il lui plaît. Vous ne le tuerez pas, parce que je le défends. J'ai idée, d'ailleurs, que vous n'allez pas rester ici plus longtemps, à laisser pendre vos langues comme si vous étiez quelqu'un, au lieu d'être des chiens que je chasse... ainsi... Allez !

Le feu brûlait furieusement au bout de la branche, et Mowgli frappait de droite et de gauche autour du cercle, et les loups s'enfuyaient en hurlant sous les étincelles qui brûlaient leur fourrure. A la fin, il ne resta plus que le vieil Akela, Bagheera et peut-être dix loups qui avaient pris le parti de Mowgli. Alors, Mowgli commença de sentir quelque chose de douloureux au fond de lui-même, quelque chose qu'il ne se rappelait pas avoir jamais senti jusqu'à ce jour ; il reprit haleine et sanglota, et les larmes coulèrent sur son visage.

— Qu'est-ce que c'est ? Qu'est-ce que c'est ? dit-il. Je n'ai pas envie de quitter la Jungle... et je ne sais pas ce que j'ai. Vais-je mourir, Bagheera ?

— Non, Petit Frère. Ce ne sont que des larmes, comme il arrive aux hommes, dit Bagheera. Maintenant, je vois que tu es un homme, et non plus un petit d'homme. Oui, la Jungle t'est bien fermée désormais... Laisse-les couler, Mowgli. Ce sont seulement des larmes.

Alors Mowgli s'assit et pleura comme si son cœur allait se briser ; il n'avait jamais pleuré auparavant, de toute sa vie.

— A présent, dit-il, je vais aller vers les hommes. Mais d'abord il faut que je dise adieu à ma mère.

Et il se rendit à la caverne où elle habitait avec Père

Loup, et il pleura dans sa fourrure, tandis que les autres petits hurlaient misérablement.

— Vous ne m'oublierez pas, dit Mowgli.

— Jamais, tant que nous pourrons suivre une piste ! dirent les petits. Viens au pied de la colline quand tu seras un homme, et nous te parlerons ; et nous viendrons dans les labours pour jouer avec toi la nuit.

— Reviens bientôt ! dit Père Loup. O sage petite Grenouille ; reviens-nous bientôt, car nous sommes vieux, ta mère et moi.

— Reviens bientôt ! dit Mère Louve, mon petit tout nu ; car, écoute, enfant de l'homme, je t'aimais plus que je n'ai jamais aimé les miens.

— Je reviendrai sûrement, dit Mowgli ; et quand je reviendrai, ce sera pour étaler la peau de Shere Khan sur le Rocher du Conseil. Ne m'oubliez pas ! Dites-leur, dans la Jungle, de ne jamais m'oublier !

L'aurore commençait à poindre quand Mowgli descendit la colline tout seul, en route vers ces êtres mystérieux qu'on appelle les hommes.

CHANSON DE CHASSE
DU CLAN DE SEEONEE

A la pointe de l'aube, un sambhur meugla —
Un, deux, puis encore !
Un daim bondit, un daim bondit à travers
Les taillis de la mare où boivent les cerfs.
Moi seul, battant le bois, j'ai vu cela, —
Un, deux, puis encore !

A la pointe de l'aube un sambhur meugla —
Un, deux, puis encore !

A pas de veloux, à pas de veloux,
Va porter la nouvelle au clan des loups,
Cherchez, trouvez, et puis de la gorge tous !
    Un, deux, puis encore !

A la pointe de l'aube le clan hurla —
    Un, deux, puis encore !
Pied qui, sans laisser de marque, fuit,
Œil qui sait percer la nuit — la nuit !
Donnez de la voix ! Ecoutez le bruit !
    Un, deux, puis encore !

La chasse de Kaa

Ses taches sont l'orgueil du léopard, ses cornes du
*   buffle sont l'honneur —*
Sois net, car à l'éclat de la robe on connaît la force du
*   chasseur.*
Que le sambhur ait la corne aiguë, et le taureau les
*   muscles puissants —*
Ne prends pas le soin de nous l'apprendre : on savait
*   cela depuis dix ans.*
Ne moleste jamais les petits d'autrui, mais nomme-les
*   Sœur et Frère —*
Sans doute ils sont faibles et balourds, mais peut-être
*   que l'Ourse est leur mère.*
La jeunesse dit : « Qui donc me vaut ! » en l'orgueil de
*   son premier gibier —*
Mais la jungle est grande et le jeune est petit. Il doit se
*   taire et méditer.*

Maximes de Baloo.

Tout ce que nous allons dire ici arriva quelque temps avant que Mowgli eût été banni du Clan des Loups de Seeonee, ou se fût vengé de Shere Khan, le Tigre.

En ces jours-là, Baloo lui enseignait la Loi de la Jungle. Le grand Ours brun, vieux et grave, se réjouissait d'un élève à l'intelligence si prompte ; car les jeunes loups ne veulent apprendre de la Loi de la Jungle que ce qui concerne leur Clan et leur tribu, et décampent dès qu'ils peuvent répéter le refrain de chasse : « Pieds qui ne font pas de bruit ; yeux qui voient dans l'ombre ; oreilles tendues au vent, du fond des cavernes, et dents blanches pour mordre : qui porte ces signes est de nos frères, sauf Tabaqui le Chacal et l'Hyène, que nous haïssons. » Mais Mowgli, comme petit d'homme, en dut apprendre bien plus long.

Quelquefois Bagheera, la Panthère Noire, venait en flânant au travers de la Jungle, voir ce que devenait son favori, et restait à ronronner, la tête contre un arbre, pendant que Mowgli récitait à Baloo la leçon du jour. L'enfant savait grimper presque aussi bien qu'il savait nager, et nager presque aussi bien qu'il savait courir ; aussi Baloo, le Docteur de la Loi, lui apprenait-il les Lois des Bois et des Eaux : à distinguer une branche pourrie d'une branche saine ; à parler poliment aux abeilles sauvages quand il rencontrait par surprise un de leurs essaims à cinquante pieds au-dessus du sol ; les paroles à dire à Mang, la Chauve-Souris, quand il la dérangeait dans les branches au milieu du jour ; et la façon d'avertir les serpents d'eau dans les mares avant de plonger au milieu d'eux. Dans la Jungle, personne n'aime à être dérangé, et on y est toujours prêt à se jeter sur l'intrus.

En outre, Mowgli apprit également le cri de chasse de l'Étranger, qu'un habitant de la Jungle, toutes les fois qu'il chasse hors de son terrain, doit répéter à voix haute jusqu'à ce qu'il ait reçu réponse. Traduit, il signifie : « Donnez-moi liberté de chasser ici, j'ai faim » ; la réponse est : « Chasse donc pour ta faim, mais non pour ton plaisir. »

Tout cela vous donnera une idée de ce qu'il fallait à Mowgli apprendre par cœur : et il se fatiguait beaucoup d'avoir à répéter cent fois la même chose. Mais, comme Baloo le disait à Bagheera, un jour que Mowgli avait reçu la correction d'un coup de patte et s'en était allé bouder :

— Un petit d'homme est un petit d'homme, et il doit apprendre toute... tu entends bien, toute la Loi de la Jungle.

— Oui, mais pense combien il est petit, dit la Panthère Noire, qui aurait gâté Mowgli si elle avait fait à sa guise. Comment sa petite tête peut-elle garder tous tes longs discours ?

— Y a-t-il quelque chose dans la Jungle de trop petit pour être tué ? Non, c'est pourquoi je lui enseigne ces choses, et c'est pourquoi je le corrige, oh ! très doucement, lorsqu'il oublie.

— Doucement ! Tu t'y connais, en douceur, vieux Pied de fer, grogna Bagheera. Elle lui a joliment meurtri le visage, aujourd'hui, ta... douceur. Fi ?

— J'aime mieux le voir meurtri de la tête aux pieds par moi qui l'aime, que mésaventure lui survenir à cause de son ignorance, répondit Baloo avec beaucoup de chaleur. Je suis en train de lui apprendre les Maîtres Mots de la Jungle appelés à le protéger auprès des oiseaux, du Peuple Serpent, et de tout ce qui passe sur quatre pieds, sauf son propre Clan. Il peut maintenant, s'il veut seulement se rappeler les mots, se réclamer de toute la Jungle. Est-ce que cela ne vaut pas une petite correction ?

— Eh bien ! en tout cas, prends garde à ne me point tuer mon Petit d'Homme. Ce n'est pas un tronc d'arbre bon à aiguiser tes griffes émoussées. Mais quels sont ces Maîtres Mots ? Il me convient plutôt d'accorder aide que d'en demander. — Bagheera étira une de ses pattes pour en admirer les griffes, dont l'acier bleu s'aiguisait au bout comme un ciseau à froid. — Toutefois, j'aimerais savoir.

— Je vais appeler Mowgli pour qu'il te les dise, s'il est disposé. Viens, Petit Frère !

— Ma tête sonne comme un arbre à frelons, dit une petite voix maussade au-dessus de leurs têtes.

Et Mowgli se laissa glisser le long d'un tronc d'arbre. Il avait la mine fâchée, et ce fut avec pétulance qu'au moment de toucher le sol il ajouta :

— Je viens pour Bagheera et non pour toi, vieux Baloo.

— Peu m'importe, dit Baloo, froissé et peiné. Répète alors à Bagheera les Maîtres Mots de la Jungle, que je t'ai appris aujourd'hui.

— Les Maîtres Mots pour quel peuple ? demanda Mowgli, charmé de se faire valoir. La Jungle a beaucoup de langues, et moi je les connais toutes.

— Tu sais quelque chose, mais pas beaucoup. Vois, Bagheera, ils ne remercient jamais leur maître. Jamais le moindre louveteau vint-il remercier le vieux Baloo de ses leçons ?... Dis le mot pour les Peuples Chasseurs, alors... grand savant.

— Nous sommes du même sang, vous et moi, dit Mowgli en donnant aux mots l'accent ours dont se sert tout le Peuple Chasseur.

— Bien... Maintenant, pour les oiseaux.

Mowgli répéta, en ajoutant le cri du vautour à la fin de la phrase.

— Maintenant, pour le Peuple Serpent, dit Bagheera.

La réponse fut un sifflement tout à fait indescriptible, après quoi Mowgli se donna du pied dans le derrière, battit des mains pour s'applaudir lui-même, et sauta sur le dos de Bagheera, où il s'assit de côté, pour jouer du tambour avec ses talons sur le pelage luisant, et faire à Baloo les plus affreuses grimaces qu'il pût imaginer.

— Là... là ! Cela valait bien une petite correction, dit avec tendresse l'Ours brun. Un jour peut-être tu m'en sauras gré.

Puis il se retourna pour dire à Bagheera comment l'enfant avait appris les Maîtres Mots de Hathi, l'Éléphant sauvage, qui sait tout ce qui a rapport à ces choses, et comment Hathi avait mené Mowgli à une mare pour apprendre d'un serpent d'eau le mot des Serpents, que Baloo ne pouvait prononcer ; et comment Mowgli se trouvait maintenant suffisamment garanti contre tous accidents possibles dans la Jungle, parce que ni serpent, ni oiseau, ni bête à quatre pieds ne lui ferait de mal.

— Personne n'est donc à craindre, conclut Baloo, en caressant avec orgueil son gros ventre fourré.

— Sauf ceux de sa propre tribu, dit à voix basse Bagheera.

Puis, tout haut, s'adressant à Mowgli :

— Fais attention à mes côtes, Petit Frère ; qu'as-tu donc à danser ainsi ?

Mowgli, voulant se faire entendre, tirait à pleines poignées sur l'épaule de Bagheera, et lui administrait de vigoureux coups de pied. Quand, enfin, tous deux prêtèrent l'oreille, il cria très fort :

— Moi aussi, j'aurai une tribu à moi, une tribu à conduire à travers les branches toute la journée.

— Quelle est cette nouvelle folie, petit songeur de chimères ? dit Bagheera.

— Oui, et pour jeter des branches et de la crotte au vieux Baloo, continua Mowgli. Ils me l'ont promis. Ah !

— *Whoof !*

La grosse patte de Baloo jeta Mowgli à bas du dos de Bagheera, et l'enfant, tombé en boule entre les grosses pattes de devant, put voir que l'Ours était en colère.

— Mowgli, dit Baloo, tu as parlé aux Bandar-log, le Peuple Singe.

Mowgli regarda Bagheera pour voir si la Panthère se fâchait aussi : les yeux de Bagheera étaient aussi durs que des pierres de jade.

— Tu as frayé avec le Peuple Singe... les singes gris... le peuple sans loi... les mangeurs de tout. C'est une grande honte.

— Quand Baloo m'a meurtri la tête, dit Mowgli (il était encore sur le dos), je suis parti, et les singes gris sont descendus des arbres pour s'apitoyer sur moi. Personne autre ne s'en souciait.

Il se mit à pleurnicher.

— La pitié du Peuple Singe ! ronfla Baloo. Le calme du torrent de montagne ! La fraîcheur du soleil d'été !... Et alors, Petit d'Homme ?

— Et alors... alors, ils m'ont donné des noix et tout plein de bonnes choses à manger, et ils... ils m'ont emporté dans leurs bras au sommet des arbres, pour me dire que j'étais leur frère par le sang, sauf que je n'avais pas de queue, et qu'un jour je serais leur chef.

— Ils n'ont pas de chefs, dit Bagheera. Ils mentent, ils ont toujours menti.

— Ils ont été très bons, et m'ont prié de revenir. Pourquoi ne m'a-t-on jamais mené chez le Peuple Singe ! ils se tiennent sur leurs pieds comme moi. Ils ne cognent pas avec de grosses pattes. Ils jouent toute la journée... Laissez-moi monter !... Vilain Baloo, laisse-moi monter. Je veux retourner jouer avec eux.

— Écoute, Petit d'Homme, dit l'Ours — et sa voix

gronda comme le tonnerre dans la nuit chaude. — Je t'ai appris toute la Loi de la Jungle pour tous les Peuples de la Jungle... sauf le Peuple Singe, qui vit dans les arbres. Ils n'ont pas de loi. Ils n'ont pas de patrie. Ils n'ont pas de langage à eux, mais se servent de mots volés, entendus par hasard lorsqu'ils écoutent et nous épient, là-haut, à l'affût dans les branches. Leur chemin n'est pas le nôtre. Ils n'ont pas de chefs. Ils n'ont pas de mémoire. Ils se vantent et jacassent, et se donnent pour un grand peuple prêt à faire de grandes choses dans la Jungle ; mais la chute d'une noix suffit à détourner leurs idées, ils rient, et tout est oublié. Nous autres de la Jungle, nous n'avons aucun rapport avec eux. Nous ne buvons pas où boivent les singes, nous n'allons pas où vont les singes, nous ne chassons pas où ils chassent, nous ne mourons pas où ils meurent. M'as-tu jamais jusqu'à ce jour entendu parler des Bandar-log ?

— Non, dit Mowgli tout bas, car le silence était très grand dans la forêt, maintenant que Baloo avait fini de parler.

— Le Peuple de la Jungle a banni leur nom de sa bouche et de sa pensée. Ils sont nombreux, méchants, malpropres, sans pudeur, et ils désirent, autant qu'ils sont capables de fixer un désir, que le Peuple de la Jungle fasse attention à eux.. Mais nous ne faisons point attention à eux, même lorsqu'ils nous jettent des noix et du bois mort sur la tête.

Il avait à peine achevé qu'une grêle de noix et de brindilles dégringola au travers du feuillage ; et on put entendre des toux, des ébrouements et des bonds irrités, très haut dans les branches.

— Le Peuple Singe est interdit, prononça Baloo, interdit auprès du Peuple de la Jungle. Souviens-t'en.

— Interdit, répéta Bagheera ; mais je pense tout

de même que Baloo aurait dû te prémunir contre eux...

— Moi... Moi ? Comment aurais-je deviné qu'il irait jouer avec pareille ordure ? Le Peuple Singe ! Pouah !

Une nouvelle grêle s'abattit sur leurs têtes, et ils détalèrent au trot, emmenant Mowgli avec eux.

Ce que Baloo avait dit des singes était parfaitement vrai. Ils appartenaient aux cimes des arbres ; et, comme les bêtes regardent très rarement en l'air, l'occasion ne se présentait guère pour eux et le Peuple de la Jungle de se rencontrer ; mais, toutes les fois qu'ils trouvaient un loup malade, ou un tigre blessé, ou un ours, les singes le tourmentaient, et ils avaient coutume de jeter des bâtons et des noix à n'importe quelle bête, pour rire, et dans l'espoir qu'on les remarquerait. Puis ils criaient ou braillaient à tue-tête des chansons dénuées de sens ; et ils provoquaient le Peuple de la Jungle à grimper aux arbres pour lutter avec eux, ou bien, sans motif, s'élançaient en furieuses batailles les uns contre les autres, en prenant soin de laisser les singes morts où le Peuple de la Jungle pourrait les voir. Toujours sur le point d'avoir un chef, des lois et des coutumes à eux, ils ne s'y résolvaient jamais, leur mémoire étant incapable de rien retenir d'un jour à l'autre ; aussi arrangeaient-ils les choses au moyen d'un dicton : « Ce que les Bandar-log pensent maintenant, la Jungle le pensera plus tard », dont ils tiraient grand réconfort. Aucune bête ne pouvait les atteindre, mais, d'un autre côté, aucune bête ne faisait attention à eux, et c'est pourquoi ils avaient été si contents d'attirer Mowgli et d'entendre combien Baloo en ressentait d'humeur.

Ils n'avaient pas l'intention de faire davantage — les Bandar-log n'ont jamais d'intentions — mais l'un imagina, et l'idée lui parut lumineuse, de dire aux autres que Mowgli serait utile à posséder dans la tribu, parce qu'il savait entrelacer des branches en abri contre le vent ; et que, s'ils s'en saisissaient, ils pourraient le forcer à leur apprendre. Mowgli, en effet, comme enfant de bûcheron, avait hérité de toutes sortes d'instincts et s'amusait souvent à fabriquer de petites huttes à l'aide de branches tombées, sans savoir pourquoi ; et le Peuple Singe, guettant dans les arbres, considérait ce jeu comme la chose la plus surprenante. Cette fois, disaient-ils, ils allaient réellement avoir un chef et devenir le peuple le plus sage de la Jungle... si sage qu'il serait pour tous les autres un objet de remarque et d'envie. Aussi suivirent-ils Baloo, Bagheera et Mowgli à travers la Jungle, fort silencieusement, jusqu'à ce que vînt l'heure de la sieste de midi. Alors Mowgli, très grandement honteux de lui-même, s'endormit entre la Panthère et l'Ours, résolu à n'avoir plus rien de commun avec le Peuple Singe.

La première chose qu'il se rappela ensuite, ce fut une sensation de mains sur ses jambes et ses bras... de petites mains dures et fortes... puis, de branches lui fouettant le visage ; et son regard plongeait à travers l'agitation des ramures, tandis que Baloo éveillait la Jungle de ses cris profonds, et que Bagheera bondissait le long de l'arbre, tous ses crocs à nu. Les Bandar-log hurlaient de triomphe et luttaient à qui tiendrait le plus vite les branches supérieures où Bagheera n'oserait les suivre, criant :

— Ils nous ont remarqués ! Bagheera nous a remarqués ! Tout le Peuple de la Jungle nous admire pour notre adresse et notre ruse !

Alors commença leur fuite, et la fuite du Peuple Singe au travers de la patrie des arbres est une chose que personne ne décrira jamais. Ils y ont leurs routes régulières et leurs chemins de traverse, des côtes et

des descentes, tous tracés à cinquante, soixante et cent pieds au-dessus du sol, et par lesquels ils voyagent, même la nuit, s'il le faut. Deux des singes les plus forts avaient empoigné Mowgli sous les bras et volaient à travers les cimes des arbres par bonds de vingt pieds à la fois. Seuls, ils auraient avancé deux fois plus vite, mais le poids de l'enfant les retardait. Tout mal à l'aise et pris de vertige qu'il se sentît, Mowgli ne pouvait s'empêcher de jouir de cette course furieuse ; mais il frissonna d'apercevoir par éclairs le sol si loin au-dessous de lui ; et les chocs et les secousses terribles, au bout de chaque saut qui le balançait à travers le vide, lui mettaient le cœur entre les dents. Son escorte s'élançait avec lui vers le sommet d'un arbre jusqu'à ce qu'il sentît les extrêmes petites branches craquer et plier sous leur poids ; puis, avec un han guttural, ils se jetaient, décrivaient dans l'air une courbe descendante et se recevaient suspendus par les mains et par les pieds, aux branches basses de l'arbre voisin.

Parfois, il découvrait des milles et des milles de calme jungle verte, de même qu'un homme au sommet d'un mât plonge à des lieues dans l'horizon de la mer ; puis, les branches et les feuilles lui cinglaient le visage, et, tout de suite après, ses deux gardes et lui descendaient presque à toucher terre de nouveau.

Ainsi, à grand renfort de bonds, de fracas, d'ahans, de hurlements, la tribu tout entière des Bandar-log filait à travers les routes des arbres avec Mowgli leur prisonnier.

D'abord, il eut peur qu'on ne le laissât tomber ; puis, il sentit monter la colère. Mais il savait l'inutilité de la lutte, et il se mit à réfléchir. La première chose à faire était d'avertir Baloo et Bagheera, car, au train dont allaient les singes, il savait que ses amis seraient vite distancés. Regarder en bas, cela n'eût servi de rien, car il ne pouvait voir que le dessus des branches ; aussi dirigea-t-il ses yeux en l'air et vit-il, loin dans le bleu, Chil le Vautour en train de flâner et de tournoyer au-dessus de la Jungle qu'il surveillait dans l'attente de choses à mourir. Chil s'aperçut que les singes portaient il ne savait quoi, et se laissa choir de quelques centaines de pieds pour voir si leur fardeau était bon à manger. Il siffla de surprise quand il vit Mowgli remorqué à la cime d'un arbre et l'entendit lancer l'appel du vautour :

— Nous sommes du même sang, toi et moi.

Les vagues de branches se refermèrent sur l'enfant ; mais Chil, d'un coup d'aile, se porta au-dessus de l'arbre suivant, assez de temps pour voir émerger de nouveau la petite face brune :

— Relève ma trace, cria Mowgli. Préviens Baloo de la tribu de Seeonee, et Bagheera du Conseil du Rocher.

— Au nom de qui, frère ?

Chil n'avait jamais vu Mowgli auparavant, bien que naturellement il eût entendu parler de lui.

— De Mowgli, la Grenouille... le Petit d'Homme... ils m'appellent !... Relève ma tra...ace !

Les derniers mots furent criés à tue-tête, tandis qu'on le balançait dans l'air ; mais Chil fit un signe d'assentiment et s'éleva en ligne perpendiculaire jusqu'à ce qu'il ne parût pas plus gros qu'un grain de sable ; alors, il resta suspendu, suivant du télescope de ses yeux le sillage dans les cimes, tandis que l'escorte de Mowgli y passait en tourbillon.

— Ils ne vont jamais loin, dit-il avec un petit rire, ils ne font jamais ce qu'ils ont projeté de faire. Toujours prêts, les Bandar-log, à donner du bec dans les nouveautés. Cette fois, si j'ai bon œil, ils ont mis le bec dans quelque chose qui leur donnera de la

51

besogne, car Baloo n'est pas un poussin, et Bagheera peut, je le sais, tuer mieux que des chèvres.

Là-dessus, il se berça sur ses ailes, les pattes ramenées sous le ventre, et attendit.

Pendant ce temps, Baloo et Bagheera se dévoraient de chagrin et de rage. Bagheera grimpait comme jamais de sa vie auparavant, mais les branches minces se brisaient sous le poids de son corps, qui glissait jusqu'en bas, de l'écorce plein les griffes.

— Pourquoi n'as-tu pas averti le Petit d'Homme ? rugissait le félin aux oreilles du pauvre Baloo, qui s'était mis en route, de son trot massif, dans l'espoir de rattraper les singes. Quelle utilité de le tuer de coups, si tu ne l'avais pas prévenu ?

— Vite !... Ah, vite !... Nous... pouvons encore les rattraper ! haletait Baloo.

— A ce pas !... Il ne forcerait pas une vache blessée. Docteur de la Loi... frappeur d'enfants... un mille à rouler et tanguer de la sorte, et tu éclaterais. Assieds-toi tranquille et réfléchis ! Fais un plan ; ce n'est pas le moment de leur donner la chasse. Ils pourraient le laisser tomber, si nous les serrions de trop près...

— *Arrula ! Whoo !...* Ils l'ont peut-être laissé tomber déjà, fatigués de le porter. Qui peut se fier aux Bandar-log ?... Qu'on me mette des chauves-souris mortes sur la tête !... Qu'on me donne des os noirs à ronger !... Qu'on me roule dans les ruches des abeilles sauvages pour que j'y sois piqué à mort, et qu'on m'enterre avec l'hyène, car je suis le plus misérable des ours !... *Arrulala ! Wahooa !...* O Mowgli, Mowgli ! Pourquoi ne t'ai-je pas prémuni contre le Peuple Singe au lieu de te cogner la tête ? Qui sait maintenant si mes coups n'ont pas fait envoler de sa mémoire la leçon du jour, et s'il ne se trouvera pas seul dans la Jungle sans les Maîtres Mots ?

Baloo se prit la tête entre les pattes, et se mit à rouler de droite et de gauche en gémissant.

— En tout cas, il m'a redit les mots très correctement il y a peu de temps, dit Bagheera avec impatience. Baloo, tu n'as ni mémoire, ni respect de toi-même. Que penserait la Jungle si moi, la Panthère Noire, je me roulais en boule comme Sahi, le Porc-Épic, pour me mettre à hurler ?

— Je me moque bien de ce que pense la Jungle ! Il est peut-être mort à l'heure qu'il est.

— A moins qu'ils ne l'aient laissé tomber des branches en manière de passe-temps, qu'ils l'aient tué par paresse de le porter plus loin, ou jusqu'à ce qu'ils le fassent, je n'ai pas peur pour le Petit d'Homme. Il est sage, il sait des choses, et, par-dessus tout, il a ces yeux que craint le Peuple de la Jungle. Mais, et c'est un grand malheur, il est au pouvoir des Bandar-log ; et parce qu'ils vivent dans les arbres, ils ne redoutent personne parmi nous.

Bagheera lécha une de ses pattes de devant pensivement.

— Vieux fou que je suis ! Lourdaud à poil brun, gros fouilleur de racines, dit Baloo, en se déroulant brusquement ; c'est vrai ce que dit Hathi, l'Éléphant sauvage : *A chacun sa crainte*. Et eux, les Bandar-log, craignent Kaa, le Serpent de Rocher. Il grimpe aussi bien qu'eux. Il vole les jeunes singes dans la nuit. Le murmure seul de son nom les glace jusqu'au bout de leurs méchantes queues. Allons trouver Kaa.

— Que fera-t-il pour nous ? Il n'est pas de notre race, puisqu'il est sans pieds, et... il a les yeux les plus funestes, dit Bagheera.

— Il est aussi vieux que rusé. Par-dessus tout, il a toujours faim, dit Baloo plein d'espoir. Promets-lui beaucoup de chèvres.

— Il dort un mois plein après chaque repas. Il se

peut qu'il dorme maintenant, et, fût-il éveillé, qu'il préférerait peut-être tuer lui-même ses chèvres.

Bagheera, qui ne savait pas grand-chose de Kaa, se méfiait comme il sied.

— En ce cas, à nous deux, vieux chasseur, nous pourrions lui faire entendre raison.

Là-dessus, Baloo frotta le pelage roussi de sa brune épaule contre la Panthère, et ils partirent ensemble à la recherche de Kaa, le Python de Rocher.

Ils le trouvèrent étendu sur une saillie de roc que chauffait le soleil de midi, en train d'admirer la magnificence de son habit neuf, car il venait de consacrer dix jours de retraite à changer de peau, et maintenant, il apparaissait dans toute sa splendeur : sa grosse tête camuse dardée au ras du sol, les trente pieds de long de son corps tordus en nœuds et en courbes capricieuses, et se léchant les lèvres à la pensée du repas à venir.

— Il n'a pas mangé, — dit Baloo, en grognant de soulagement à la vue du somptueux habit marbré de brun et de jaune. — Fais attention, Bagheera ! Il est toujours un peu myope après avoir changé de peau, et très prompt à l'attaque.

Kaa n'est pas un serpent venimeux, — en fait, il méprise plutôt les serpents venimeux, qu'il tient pour lâches — mais sa force réside dans son étreinte, et, une fois enroulés ses anneaux énormes autour de qui que ce soit, il n'y a plus rien à faire.

— Bonne chasse ! cria Baloo en s'asseyant sur ses hanches.

Comme tous les serpents de son espèce, Kaa est presque sourd, et tout d'abord il n'entendit pas l'appel. Cependant il se leva, prêt à tout événement, la tête basse :

— Bonne chasse à tous, répondit-il enfin. Oh ! oh !

Baloo, que fais-tu ici ?... Bonne chasse, Bagheera...
L'un de nous au moins a besoin de manger. A-t-on
vent de gibier sur pied ? Une biche, peut-être, sinon
un jeune daim ? Je suis aussi vide qu'un puits à sec.

— Nous sommes en train de chasser, fit Baloo
négligemment.

Il savait qu'il ne faut pas presser Kaa. Il est trop
gros.

— Permettez-moi de me joindre à vous, dit Kaa.
Un coup de patte de plus ou de moins n'est rien pour
toi, Bagheera, ni pour toi, Baloo ; alors que moi...
moi, il me faut attendre et attendre des jours dans un
sentier, et grimper la moitié d'une nuit pour le maigre
hasard d'un jeune singe. *Psshaw !* Les arbres ne sont
plus ce qu'ils étaient dans ma jeunesse. Tous rameaux
pourris et branches sèches.

— Il se peut que ton grand poids y soit pour
quelque chose, répliqua Baloo.

— Oui, je suis d'une jolie longueur... d'une jolie
longueur, dit Kaa avec une pointe d'orgueil. Mais,
malgré tout, c'est la faute de ce bois nouveau. J'ai
failli de bien près tomber lors de ma dernière prise...
bien près en vérité... et, en glissant, car ma queue
n'enveloppait pas étroitement l'arbre, j'ai réveillé les
Bandar-log, qui m'ont donné les plus vilains noms.

— Cul-de-jatte, ver de terre jaune, dit Bagheera
dans ses moustaches, comme se rappelant des souvenirs.

— *Ssss !* M'ont-ils appelé comme cela ? demanda
Kaa.

— C'était quelque chose de la sorte qu'ils nous
braillaient à la dernière lune, mais nous n'y avons pas
fait attention. Ils disent n'importe quoi... même, par
exemple, que tu as perdu tes dents, et que tu n'oses
affronter rien de plus gros qu'un chevreau parce que
(ils n'ont vraiment aucune pudeur, ces Bandar-log)...

parce que tu crains les cornes des boucs, continua suavement Bagheera.

Or, un serpent, et surtout un vieux python circonspect de l'espèce de Kaa, montre rarement qu'il est en colère, mais Baloo et Bagheera purent voir les gros muscles engloutisseurs onduler et se gonfler des deux côtés de sa gorge.

— Les Bandar-log ont changé de terrain, dit-il tranquillement. Quand je suis monté ici au soleil, aujourd'hui, j'ai entendu leurs huées parmi les cimes des arbres.

— Ce sont... ce sont les Bandar-log que nous suivons en ce moment..., dit Baloo.

Mais les mots s'étranglaient dans sa gorge, car c'était la première fois, à son souvenir, qu'un animal de la Jungle avouait s'intéresser aux actes des singes.

— Sans doute, alors, que ce n'est point une petite affaire, qui met deux tels chasseurs... chefs dans leur propre Jungle, j'en suis certain..., sur la piste des Bandar-log, répondit Kaa courtoisement, en enflant de curiosité.

— A vrai dire, commença Baloo, je ne suis rien de plus que le vieux et parfois imprévoyant Docteur de Loi des louveteaux de Seeonee, et Bagheera ici...

— Est Bagheera, dit la Panthère Noire.

Et ses mâchoires se fermèrent avec un bruit sec, car l'humilité n'était pas son fait.

— Voici l'affaire, Kaa : ces voleurs de noix et ramasseurs de palmes ont emporté notre Petit d'Homme, dont tu as peut-être ouï parler.

— J'ai entendu raconter par Sahi (ses piquants le rendent présomptueux) qu'une sorte d'homme était entré dans un clan de loups, mais je ne l'ai pas cru. Sahi est plein d'histoires à moitié entendues et très mal répétées.

— Eh bien ! c'est vrai. Il s'agit d'un petit d'homme comme on n'en a jamais vu, dit Baloo. Le meilleur, le plus sage, et le plus hardi des petits d'homme... mon propre élève, qui rendra fameux le nom de Baloo à travers toutes les jungles ; et, de plus, je... nous... l'aimons, Kaa.

— *Ts ! Ts !* dit Kaa, en balançant sa tête d'un mouvement de navette. Moi aussi, j'ai su ce que c'est que d'aimer. Il y a des histoires que je pourrais dire...

— Qu'il faudrait une nuit claire et l'estomac garni pour louer dignement, dit Bagheera avec vivacité. Notre Petit d'Homme est à l'heure qu'il est entre les mains des Bandar-log, et nous savons que de tout le Peuple de la Jungle, Kaa est le seul qu'ils redoutent.

— Je suis le seul qu'ils redoutent... Ils ont bien raison, dit Kaa. Bavardage, folie, vanité... Vanité, folie et bavardage ! voilà les singes. Mais, pour une chose humaine, c'est mauvais hasard de tomber entre leurs mains. Ils se fatiguent vite des noix qu'ils cueillent, et les jettent. Ils promènent une branche une demi-journée, avec l'intention d'en faire de grandes choses, et, tout à coup, ils la cassent en deux. Cette créature humaine n'est pas à envier. Ils m'ont appelé aussi... Poisson jaune, n'est-ce pas !

— Ver... ver... ver de terre, dit Bagheera... et bien d'autres choses que je ne peux maintenant répéter, par pudeur.

— Ils ont besoin qu'on leur apprenne à parler de leur maître. *Aaa-ssh !* Ils ont besoin qu'on aide à leur manque de mémoire. En ce moment, où sont-ils allés avec le petit ?

— La Jungle seule le sait. Vers le soleil couchant, je crois, dit Baloo. Nous avions pensé que tu saurais, Kaa.

— Moi ? Comment ?... Je les prends quand ils tombent sur ma route, mais je ne chasse pas les Bandar-log, pas plus que les grenouilles, ni que l'écume verte sur les trous d'eau... quant à cela. *Hsss !*

— Ici, en haut ! En haut, en haut ! *Hillo ! Illo ! Illo*, regardez en l'air, Baloo du Clan des Loups de Seeonee.

Baloo leva les yeux pour voir d'où venait la voix, et Chil le Vautour apparut. Il descendait en fauchant ses ailes. C'était presque l'heure du coucher pour Chil, mais il avait battu toute l'étendue de la Jungle à la recherche de l'Ours, sans pouvoir le découvrir sous l'épais feuillage.

— Qu'est-ce ? dit Baloo.

— J'ai vu Mowgli parmi les Bandar-log. Il m'a prié de vous le dire. J'ai veillé. Les Bandar-log l'ont emporté au-delà de la rivière, à la cité des singes... aux Grottes Froides. Il est possible qu'ils y restent une nuit, dix nuits, une heure. J'ai dit aux chauves-souris de les guetter pendant les heures obscures. Voilà mon message. Bonne chasse, vous tous en bas !

— Pleine gorge et profond sommeil, Chil, cria Bagheera. Je me souviendrai de toi lors de ma prochaine prise et réserverai la tête pour toi seul... ô le meilleur des vautours !

— Ce n'est rien... Ce n'est rien... L'enfant avait le Maître Mot. Je ne pouvais rien faire de moins.

Et Chil remonta en décrivant un cercle pour gagner son aire.

— Il n'a pas oublié sa langue, dit Baloo avec un petit rire d'orgueil. Si jeune et se souvenir du Maître Mot, même de celui des oiseaux, tandis qu'on est traîné par les sommets des arbres !

— On le lui avait enfoncé assez ferme dans la tête,

dit Bagheera. Mais nous sommes contents de lui... Et maintenant, il nous faut aller aux Grottes Froides.

Ils savaient tous où se trouvait l'endroit, mais peu l'avaient jamais visité parmi le Peuple de la Jungle. Ce qu'ils appelaient, en effet, les Grottes Froides était une vieille ville abandonnée, perdue, et enfouie dans la Jungle ; et les bêtes fréquentent rarement un endroit que les hommes ont déjà fréquenté. Il arrive bien au sanglier de le faire, mais jamais aux tribus qui chassent. En outre, les singes y habitaient, autant qu'ils peuvent passer pour habiter quelque part, et nul animal qui se respecte n'en eût approché à portée du regard, sauf en temps de sécheresse, quand les citernes et les réservoirs à demi ruinés contenaient encore un peu d'eau.

— C'est un voyage d'une demi-nuit... à toute allure, dit Bagheera.

Baloo prit un air soucieux.

— J'irai le plus vite que je peux, fit-il anxieusement.

— Nous n'osons pas t'attendre. Suis-nous, Baloo. Il nous faut filer d'un pied leste... Kaa et moi.

— Avec ou sans pieds, je me tiendrai de pair avec toi sur tes quatre pattes, repartit Kaa sèchement.

Baloo fit effort pour se hâter, mais il dut s'asseoir en soufflant. Ils le laissèrent donc. Il suivrait plus tard, et Bagheera pressa vers le but son rapide galop de panthère. Kaa ne disait rien, mais quelque effort que fit Bagheera, l'énorme Python de Rocher se tenait à son niveau. Au passage d'un torrent de montagne, Bagheera prit de l'avance, ayant franchi d'un bond, et laissant Kaa traverser à la nage, la tête et deux pieds de cou hors de l'eau, mais, sur terrain égal, Kaa rattrapa la distance.

— Par la Serrure Brisée qui me délivra, dit Bagheera, quand tomba le crépuscule, tu n'es pas un petit marcheur !

— J'ai faim, dit Kaa. En outre, ils m'ont appelé grenouille mouchetée.

— Ver..., ver de terre... et jaune, par-dessus le marché.

— C'est tout un. Allons.

Et Kaa semblait se répandre lui-même sur le sol où ses yeux sûrs choisissaient la route la plus courte et la savaient garder.

Aux Grottes Froides, le Peuple Singe ne songeait pas du tout aux amis de Mowgli. Ils avaient apporté l'enfant à la Ville Perdue et se trouvaient pour le moment très satisfaits d'eux-mêmes. Mowgli n'avait jamais vu de ville hindoue auparavant, et, bien que celle-ci ne fût guère qu'un amoncellement de ruines, le spectacle lui parut aussi splendide qu'étonnant. Quelque roi l'avait bâtie, au temps jadis, sur une petite colline. On pouvait encore discerner les chaussées de pierre qui conduisaient aux portes en ruine, où de derniers éclats de bois pendaient aux gonds rongés de rouille. Des arbres avaient poussé entre les pierres des murs, les créneaux étaient tombés et s'effritaient par terre, des lianes sauvages, aux fenêtres des tours, se balançaient en grosses touffes.

Un grand palais sans toit couronnait la colline, le marbre des cours d'honneur et des fontaines se fendait, tout taché de rouge et de vert, et les galets mêmes des cours où habitaient naguère les éléphants royaux avaient été soulevés et disjoints par les herbes et les jeunes arbres. Du palais, on pouvait voir les innombrables rangées de maisons sans toits qui composaient la ville, semblables à des rayons de miel vides emplis de ténèbres ; le bloc de pierre informe qui avait été une idole, sur la place où se rencontraient quatre routes ; les puits et les rigoles aux coins des

rues où se creusaient jadis les réservoirs publics, et les dômes brisés des temples avec les figuiers sauvages qui sortaient de leurs flancs.

Les singes appelaient ce lieu leur ville, et affectaient de mépriser le Peuple de la Jungle parce qu'il vit dans la forêt. Et cependant, ils ne savaient jamais à quel usage avaient été destinés les édifices ni comment y habiter. Ils s'asseyaient en cercles dans le vestibule menant à la chambre du conseil royal, grattaient leurs puces et faisaient semblant d'être des hommes ; ou bien ils couraient au travers des maisons sans toits, ramassaient dans un coin des plâtras et de vieilles briques, puis oubliaient les cachettes ; ou bien ils se battaient, ils criaient, se chamaillaient en foule, puis, cessant tout à coup, se mettaient à jouer, du haut en bas des terrasses, dans les jardins du Roi, dont ils secouaient les rosiers et les orangers pour le plaisir d'en voir tomber les fruits et les fleurs. Ils exploraient tous les passages, tous les souterrains du palais et les centaines de petites chambres obscures, mais ils ne se rappelaient jamais ce qu'ils avaient vu ; et ils erraient ainsi au hasard, un à un, deux à deux, ou par groupes, en se félicitant l'un l'autre d'agir tellement comme des hommes. Ils buvaient aux réservoirs dont ils troublaient l'eau, et se mordaient pour en approcher, puis s'élançaient tous ensemble en masses compactes et criaient :

— Il n'y a personne dans la Jungle d'aussi sage, d'aussi bon, d'aussi intelligent, d'aussi fort et d'aussi doux que les Bandar-log.

Ensuite, ils recommençaient jusqu'à ce que, fatigués de la ville, ils retournassent aux cimes des arbres, dans l'espoir que le Peuple de la Jungle les remarquerait.

Mowgli, élevé à observer la Loi de la Jungle, n'aimait ni ne comprenait ce genre de vie. Il se faisait tard dans l'après-midi quand les singes, le portant, arrivèrent aux Grottes Froides. Et, au lieu d'aller dormir, comme Mowgli l'aurait fait après un long voyage, ils se prirent par la main et se mirent à danser en chantant leurs plus folles chansons. Un des singes fit un discours et dit à ses compagnons que la capture de Mowgli marquerait une nouvelle étape dans l'histoire des Bandar-log, car il allait leur montrer comment on entrelaçait des branches et des roseaux pour s'abriter contre la pluie et le vent. Mowgli cueillit des lianes et entreprit de les tresser ; les singes essayèrent de l'imiter, mais, au bout de quelques minutes, ils ne s'intéressaient plus à leur besogne et se mirent à tirer les queues de leurs camarades, ou à sauter des quatre pattes en toussant.

— Je voudrais manger, dit Mowgli. Je suis un étranger dans cette partie de la Jungle. Apportez-moi de la nourriture, ou permettez-moi de chasser ici.

Vingt ou trente singes bondirent au-dehors pour lui rapporter des noix et des pawpaws sauvages ; mais ils commencèrent à se battre en route, et cela leur eût donné trop de peine de revenir avec ce qui restait de fruits. Mowgli, non moins endolori et furieux qu'affamé, vaguait dans la cité vide, lançant de temps à autre le cri de chasse des étrangers ; mais personne ne lui répondait, et il pensait qu'en vérité c'était un mauvais gîte qu'il avait trouvé là.

— Tout ce qu'a dit Baloo au sujet des Bandar-log est vrai, songeait-il en lui-même. Ils sont sans loi, sans cri de chasse, et sans chefs... rien qu'en mots absurdes et en petites mains prestes et pillardes. De sorte que si je meurs de faim ou suis tué en cet endroit, ce sera par ma faute. Mais il faut que j'essaie de retourner dans ma Jungle. Baloo me battra sûrement, mais cela vaudra mieux que de faire la chasse à des billevesées en compagnie des Bandar-log.

A peine se dirigeait-il vers le mur de la ville que les singes le tirèrent en arrière, en lui disant qu'il ne connaissait pas son bonheur et en le pinçant pour lui donner de la reconnaissance. Il serra les dents et ne dit rien, mais marcha, parmi le tumulte des singes braillants, jusqu'à une terrasse qui dominait les réservoirs de grès rouge à demi remplis d'eau de pluie. Au centre de la terrasse se dressaient les ruines d'un pavillon, tout de marbre blanc, bâti pour des reines mortes depuis cent ans. Le toit, en forme de dôme, s'était écroulé à demi et bouchait le passage souterrain par lequel les reines avaient coutume de venir au palais. Mais les murs étaient faits d'écrans de marbre découpé, merveilleux ouvrage d'entrelacs blancs comme le lait, incrustés d'agates, de cornalines, de jaspe et de lapis-lazuli ; et, lorsque la lune se montra par-dessus la montagne, elle brilla au travers du lacis ajouré, projetant sur le sol des ombres semblables à une dentelle de velours noir.

Tout meurtri, las et à jeun qu'il fût, Mowgli ne put, malgré tout, s'empêcher de rire quand les Bandar-log se mirent, par vingt à la fois, à lui remontrer combien ils étaient grands, sages, forts et doux, et quelle folie c'était à lui de vouloir les quitter.

— Nous sommes grands. Nous sommes libres. Nous sommes étonnants. Nous sommes le peuple le plus étonnant de toute la Jungle ! Nous le disons tous, aussi ce doit être vrai, criaient-ils. Maintenant, comme tu nous entends pour la première fois, et que tu es à même de rapporter nos paroles au Peuple de la Jungle afin qu'il nous remarque dans l'avenir, nous te dirons tout ce qui concerne nos excellentes personnes.

Mowgli ne fit aucune objection, et les singes se rassemblèrent par centaines et centaines sur la terrasse pour écouter leurs propres orateurs chanter les louanges des Bandar-log, et, toutes les fois qu'un orateur s'arrêtait par manque de respiration, ils criaient tous ensemble :

— C'est vrai, nous pensons de même.

Mowgli hochait la tête, battait des paupières et disait : *Oui* quand ils lui posaient une question ; mais tant de bruit lui donnait le vertige.

— Tabaqui, le Chacal, doit avoir mordu tous ces gens, songeait-il, et maintenant ils ont la rage. Certainement, c'est la *dewanee*, la folie. Ne dorment-ils donc jamais ?... Tiens, voici un nuage sur cette lune de malheur. Si c'était seulement un nuage assez gros pour que je puisse tenter de fuir dans l'obscurité. Mais... je suis si las.

Deux fidèles guettaient le même nuage du fond du fossé en ruine, au bas du mur de la ville ; car Bagheera et Kaa, sachant bien le danger que présentait le Peuple Singe en masse, ne voulaient pas courir de risques inutiles. Les singes ne luttent jamais à moins d'être cent contre un, et peu d'habitants de la jungle tiennent à jouer semblable partie.

— Je vais gravir le mur de l'ouest, murmura Kaa, et fondre sur eux brusquement à la faveur du sol en pente. Ils ne se jetteront pas sur mon dos, à moi, malgré leur nombre, mais...

— Je le sais, dit Bagheera. Que Baloo n'est-il ici ! Mais il faut faire ce qu'on peut. Quand ce nuage va couvrir la lune, j'irai vers la terrasse : ils tiennent là une sorte de conseil au sujet de l'enfant.

— Bonne chasse, dit Kaa d'un air sombre.

Et il glissa vers le mur de l'ouest. C'était le moins en ruine, et le gros serpent perdit quelque temps à trouver un chemin pour atteindre le haut des pierres. Le nuage cachait la lune, et comme Mowgli se demandait ce qui allait survenir, il entendit le pas léger de Bagheera sur la terrasse. La Panthère Noire avait gravi le talus presque sans bruit, et, sachant qu'il ne fallait pas perdre son temps à mordre, frappait de droite et de gauche parmi les singes assis autour de Mowgli en cercle de cinquante et soixante rangs d'épaisseur. Il y eut un hurlement d'effroi et de rage, et, comme Bagheera trébuchait sur les corps qui roulaient en se débattant sous son poids, un singe cria :

— Il n'y en a qu'un ici ! Tuez-le ! Tue !

Une mêlée confuse de singes, mordant, griffant, déchirant, arrachant, se referma sur Bagheera, pendant que cinq ou six d'entre eux, s'emparant de Mowgli, le remorquaient jusqu'en haut du pavillon et le poussaient par le trou du dôme brisé. Un enfant élevé par les hommes se fût affreusement contusionné, car la chute mesurait quinze bons pieds ; mais Mowgli tomba comme Baloo lui avait appris à tomber, et toucha le sol les pieds les premiers.

— Reste ici, crièrent les singes, jusqu'à ce que nous ayons tué tes amis, et plus tard nous reviendrons jouer avec toi... si le Peuple Venimeux te laisse en vie.

— Nous sommes du même sang, vous et moi, dit vivement Mowgli en lançant l'appel des serpents.

Il put entendre un frémissement et des sifflements dans les décombres alentour, et il lança l'appel une seconde fois pour être sûr.

— Bien, *sssoit...* ! A bas les capuchons, vous tous ! dirent une demi-douzaine de voix sourdes (toute ruine dans l'Inde devient tôt ou tard un repaire de serpents, et le vieux pavillon grouillait de cobras). Reste tranquille, Petit Frère, car tes pieds pourraient nous faire mal.

Mowgli se tint immobile autant qu'il lui fut possible, épiant, à travers le réseau de marbre, et prêtant l'oreille au furieux tapage où luttait la Panthère

Noire : hurlements, glapissements, bousculades, que dominait le râle rauque et profond de Bagheera, rompant, fonçant, plongeant et virant sous les tas compacts de ses ennemis. Pour la première fois depuis sa naissance, Bagheera luttait pour défendre sa vie.

— Baloo doit suivre de près ; Bagheera ne serait pas là sans renfort, pensait Mowgli.

Et il cria à haute voix :

— Au réservoir ! Bagheera. Gagne les citernes. Gagne-les et plonge ! Vers l'eau !

Bagheera entendit, et le cri qui lui apprenait le salut de Mowgli lui rendit un nouveau courage. Elle s'ouvrit un chemin, avec des efforts désespérés, pouce par pouce, droit dans la direction des réservoirs, avançant péniblement, en silence. Alors, du mur ruiné le plus voisin de la Jungle s'éleva, comme un roulement, le cri de guerre de Baloo. Le vieil Ours avait fait de son mieux mais il n'avait pu arriver plus tôt.

— Bagheera, cria-t-il, me voici. Je grimpe ! Je me hâte ! *Ahuwora !* Les pierres glissent sous mes pieds ! Attendez, j'arrive, ô très infâmes Bandar-log !

Il n'apparut, haletant, au haut de la terrasse, que pour disparaître jusqu'à la tête sous une vague de singes ; mais il se cala carrément sur ses hanches, et, ouvrant ses pattes de devant, il en étreignit autant qu'il en pouvait tenir, et se mit à cogner d'un mouvement régulier : bat... bat... bat, qu'on eût pris pour le rythme cadencé d'une roue à aubes. Un bruit de chute et d'eau rejaillissante avertit Mowgli que Bagheera s'était taillé un chemin jusqu'au réservoir où les singes ne pouvaient suivre. La Panthère resta là, suffoquant, la tête juste hors de l'eau, tandis que les singes, échelonnés sur les marches rouges, par trois rangs de profondeur, dansaient de rage de haut en bas, prêts à l'attaquer de tous côtés à la fois, si elle

faisait mine de sortir pour venir au secours de Baloo. Ce fut alors que Bagheera souleva son menton tout dégouttant d'eau, et, de désespoir, lança l'appel des serpents pour demander secours :

— Nous sommes du même sang, vous et moi.

Kaa, semblait-il, avait tourné queue à la dernière minute. Et Baloo, à demi suffoqué sous les singes au bord de la terrasse, ne put retenir un petit rire en entendant la Panthère Noire appeler à l'aide.

Kaa venait à peine de se frayer une route par-dessus le mur de l'ouest, prenant terre d'un effort qui délogea une des pierres du faîte pour l'envoyer rouler dans le fossé. Il n'avait pas l'intention de perdre aucun des avantages du terrain ; aussi se roula-t-il et dérou-la-t-il une ou deux fois, pour être sûr que chaque pied de son long corps était en condition. Pendant ce temps, la lutte avec Baloo continuait, les singes glapissaient dans le réservoir autour de Bagheera, et Mang, la Chauve-Souris, volant de-ci, de-là, portait à travers la Jungle la nouvelle de la grande bataille, si bien que Hathi lui-même, l'Éléphant sauvage, se mit à trompeter, et que, de très loin, des bandes de singes éparses, réveillées par le bruit, accoururent, en bon-dissant à travers les routes des arbres, à l'aide de leurs amis des Grottes Froides, tandis que le fracas de la lutte effarouchait tous les oiseaux diurnes à des milles à l'entour.

Alors vint Kaa, tout droit, très vite, avec la hâte de tuer. La puissance de combat d'un python réside dans le choc de sa tête appuyée de toute la force et de tout le poids de son corps. Si vous pouvez imaginer une lance, ou un bélier, ou un marteau lourd d'à peu près une demi-tonne, conduit et habité par une volonté froide et calme, vous pouvez grossièrement vous figurer à quoi ressemblait Kaa dans le combat. Un python de quatre ou cinq pieds peut renverser un homme s'il le frappe en pleine poitrine ; or, Kaa, vous le savez, avait trente pieds de long. Son premier coup fut donné au cœur même de la masse des singes qui s'acharnaient sur Baloo, dirigé au but bouche close et sans bruit. Il n'y en eut pas besoin d'un second. Les singes se dispersèrent aux cris de :

— Kaa ! C'est Kaa ! Fuyez ! Fuyez !...

Depuis des générations, les singes avaient été tenus en respect par l'épouvante où les plongeaient les histoires de leurs aînés à propos de Kaa, le voleur nocturne, qui glisse le long des branches aussi doucement que s'étend la mousse, et enlève aisément le singe le plus vigoureux ; du vieux Kaa, qui peut se rendre tellement pareil à une branche morte ou à une souche pourrie, que les plus avisés s'y laissent prendre, jusqu'à ce que la branche les happe. Kaa était tout ce que craignaient les singes dans la Jungle, car aucun d'eux ne savait où s'arrêtait son pouvoir, aucun d'eux ne pouvait le regarder en face, et aucun d'eux n'était jamais sorti vivant de son étreinte.

Aussi fuyaient-ils, en bégayant de terreur, sur les murs et les toits des maisons, tandis que Baloo poussait un profond soupir de soulagement. Malgré sa fourrure beaucoup plus épaisse que celle de Bagheera, il avait cruellement souffert de la lutte. Alors, Kaa ouvrit la bouche pour la première fois : un ordre prolongé siffla et les singes qui, au loin, se pressaient de venir à la défense des Grottes Froides s'arrêtèrent où ils étaient, cloués par l'épouvante, tandis que pliaient et craquaient sous leur poids les branches qu'ils chargeaient. Ceux qui couvraient les murs et les maisons vides turent subitement leurs cris, et, dans le silence qui tomba sur la cité, Mowgli entendit Bagheera secouer ses flancs humides en sortant du réservoir. Puis, la clameur recommença. Les singes bondirent plus haut sur les murs ; ils se cramponnè

rent aux cous des grandes idoles de pierre et poussèrent des cris perçants en sautillant le long des créneaux, tandis que Mowgli, qui dansait de joie dans le
pavillon, collait son œil aux jours du marbre et huait à
la façon des hiboux, entre ses dents de devant, pour se
moquer et montrer son mépris.

— Remonte le Petit d'Homme par la trappe ; je ne
peux pas faire davantage, haleta Bagheera. Prenons
le Petit d'Homme et fuyons. Ils pourraient nous
attaquer de nouveau.

— Ils ne bougeront plus jusqu'à ce que je le leur
commande. Restez. *Ssss !*

Kaa siffla et le silence se répandit une fois de plus
sur la ville.

— Je ne pouvais pas venir plus tôt, camarade...
mais... j'ai cru, en vérité, t'entendre appeler...

Cela s'adressait à Bagheera.

— Je... je peux bien avoir crié dans la lutte,
répondit Bagheera. Baloo, es-tu blessé ?

— Je ne suis pas sûr qu'ils ne m'aient pas taillé en
cent petits oursons, dit Baloo en secouant gravement
ses pattes l'une après l'autre. *Wow !* Je suis moulu.
Kaa, nous te devons, je pense, la vie... Bagheera et
moi.

— Peu importe. Où est le Petit d'Homme ?

— Ici, dans une trappe ; je ne peux pas grimper,
cria Mowgli.

La courbe du dôme écroulé s'arrondissait sur sa
tête.

— Emmenez-le. Il danse comme Mor, le Paon. Il
va écraser nos petits, dirent les cobras à l'intérieur.

— Ah ! ah ! fit Kaa avec un petit rire ; elle a des
amis partout, cette graine d'homme ! Recule-toi,
petit ; cachez-vous, Peuple du Poison. Je vais briser le
mur.

Kaa examina avec soin la maçonnerie, jusqu'à ce

qu'il découvrît, dans le réseau du marbre, une lézarde plus pâle dénotant un point faible. Il donna deux ou trois légers coups de tête pour se rendre compte de la distance ; puis, élevant six pieds de son corps au-dessus du sol, il lança de toutes ses forces, le nez en avant, une demi-douzaine de coups de bélier. Le travail à jour céda, s'émietta en un nuage de poussière et de gravats, et Mowgli se jeta d'un bond par l'ouverture entre Baloo et Bagheera... un bras passé autour de chaque cou musculeux...

— Es-tu blessé ? — demanda Baloo, en le serrant doucement.

— Je suis las, j'ai faim, et je ne suis pas moulu à moitié. Mais... oh !... ils vous ont cruellement traités, mes frères. Vous saignez.

— Il y en a d'autres, dit Bagheera en se léchant les lèvres et en regardant les singes morts sur la terrasse et autour du réservoir.

— Ce n'est rien, ce n'est rien, si tu es sauf, ô mon orgueil entre toutes les petites grenouilles ! pleura Baloo.

— Nous jugerons de cela plus tard, dit Bagheera d'un ton sec, qui ne plut pas du tout à Mowgli. Mais voici Kaa, auquel nous devons l'issue de la bataille, et toi, la vie. Remercie-le suivant nos coutumes, Mowgli.

Mowgli se tourna et vit la tête du grand Python qui oscillait à un pied au-dessus de la sienne.

— Ainsi, c'est là cette graine d'homme, dit Kaa. Sa peau est très douce et il ne diffère pas beaucoup des Bandar-log. Aie soin, petit, que je ne te prenne jamais pour un singe par quelque crépuscule, un jour où je vienne de changer d'habit.

— Nous sommes du même sang, toi et moi, répondit Mowgli. Je te dois la vie, cette nuit. Ma proie sera ta proie, si jamais tu as faim, ô Kaa !

— Tous mes remerciements, Petit Frère, dit Kaa, dont l'œil narquois brillait. Et que peut tuer un si hardi chasseur ? Je demande à suivre, la prochaine fois qu'il se met en campagne.

— Je ne tue rien..., je suis trop petit..., mais je rabats les chèvres au-devant de ceux qui en ont l'emploi. Quand tu te sentiras vide, viens à moi et tu verras si je dis vrai. J'ai quelque adresse, grâce à ceci — il montra ses mains — et si jamais tu tombes dans un piège, je peux payer la dette que je te dois, ainsi que ma dette envers Bagheera et Baloo, ici présents. Bonne chasse à vous tous, mes maîtres.

— Bien dit ! grommela Baloo.

Car Mowgli avait joliment tourné ses remerciements.

Le Python laissa tomber légèrement sa tête, pour une minute, sur l'épaule de Mowgli.

— Cœur brave et langue courtoise, dit-il, te conduiront loin dans la Jungle, petit... Mais maintenant, va-t'en vite avec tes amis. Va-t'en dormir, car la lune se couche, et il vaut mieux que tu ne voies pas ce qui va suivre.

La lune s'enfonçait derrière les collines, et les rangs de singes tremblants, pressés les uns contre les autres sur les murs et les créneaux, paraissaient comme des franges grelottantes et déchiquetées. Baloo descendit au réservoir pour y boire et Bagheera commença de mettre ordre dans sa fourrure tandis que Kaa rampait vers le centre de la terrasse et fermait ses mâchoires d'un claquement sonore qui rivait sur lui les yeux de tous les singes.

— La lune se couche, dit-il. Y a-t-il encore assez de lumière pour voir ?

Des murs vint un gémissement comme celui du vent à la pointe des arbres :

— Nous voyons, ô Kaa !

— Bien. Et maintenant, voici la danse... la Danse de la Faim de Kaa. Restez tranquilles et regardez !

Il se lova deux ou trois fois en un grand cercle, agitant sa tête de droite et de gauche d'un mouvement de navette. Puis il se mit à faire des boucles et des huit avec son corps, des triangles visqueux qui se fondaient en carrés mous, en pentagones, en tertres mouvants, tout cela sans se hâter, sans jamais interrompre le sourd bourdonnement de sa chanson. La nuit se faisait de plus en plus noire ; bientôt, on ne distingua plus la lente et changeante oscillation du corps, mais on continuait d'entendre le bruissement des écailles.

Baloo et Bagheera se tenaient immobiles comme des pierres, des grondements au fond de la gorge, le cou hérissé, et Mowgli regardait, tout surpris.

— Bandar-log, dit enfin la voix de Kaa, pouvez-vous bouger mains ou pieds sans mon ordre ? Parlez !

— Sans ton ordre, nous ne pouvons bouger pieds ni mains, ô Kaa !

— Bien ! Approchez d'un pas plus près de moi.

Les rangs des singes, irrésistiblement, ondulèrent en avant, et Baloo et Bagheera firent avec eux un pas raide.

— Plus près ! siffla Kaa.

Et tous entrèrent en mouvement de nouveau.

Mowgli posa ses mains sur Baloo et sur Bagheera pour les entraîner au loin, et les deux grosses bêtes tressaillirent, comme si on les eût tirées d'un rêve.

— Laisse ta main sur mon épaule, murmura Bagheera. Laisse-la, ou je vais être obligée de retourner... de retourner vers Kaa. Aah !

— Mais ce n'est rien que le vieux Kaa en train de faire des ronds dans la poussière, allons-nous-en, dit Mowgli, allons-nous-en !

Et tous trois se glissèrent à travers une brèche des murs pour gagner la Jungle.

— *Whoof !* dit Baloo, quand il se retrouva dans la calme atmosphère des arbres. Jamais plus je ne fais alliance avec Kaa.

Et il se secoua du haut en bas.

— Il en sait plus que nous, dit Bagheera, en frissonnant. Un peu plus, si je n'avais suivi, je marchais dans sa gueule.

— Plus d'un en prendra la route avant que la lune se lève de nouveau, dit Baloo. Il fera bonne chasse... à sa manière.

— Mais qu'est-ce que tout cela signifiait ? demanda Mowgli, qui ne savait rien de la puissance de fascination du Python. Je n'ai rien vu de plus qu'un gros serpent en train de faire des ronds ridicules, jusqu'à ce qu'il fit noir. Et son nez était tout abîmé. Oh ! oh !

— Mowgli, dit Bagheera avec irritation, son nez était abîmé à cause de toi, comme c'est à cause de toi que sont déchirés mes oreilles, mes flancs et mes pattes, ainsi que le mufle et les épaules de Baloo. Ni Baloo ni Bagheera ne seront en humeur de chasser avec plaisir pendant de longs jours.

— Ce n'est rien, dit Baloo, nous sommes rentrés en possession du Petit d'Homme.

— C'est vrai, mais il nous coûte cher ; il nous a coûté du temps qu'on aurait pu passer en chasses utiles, des blessures, du poil (je suis à moitié pelée tout le long du dos), et enfin de l'honneur. Je dis de l'honneur, car, rappelle-toi, Mowgli, que moi, la Panthère Noire, j'ai dû appeler à l'aide Kaa, et que tu nous as vus, Baloo et moi, demeurer stupides comme des oisillons devant la Danse de la Faim. Tout ceci, Petit d'Homme, vient de tes jeux avec les Bandar-log.

— C'est vrai, c'est vrai, dit Mowgli avec chagrin. Je suis un vilain petit d'homme, et je me sens le cœur très gros.

— Hum ! Que dit la Loi de la Jungle, Baloo ?

Baloo ne voulait pas accabler Mowgli, mais il ne pouvait prendre de licences avec la Loi ; aussi mâchonna-t-il :

— Chagrin n'est pas punition. Mais souviens-t'en, Bagheera... il est tout petit !

— Je m'en souviendrai ; mais il a mal fait, et les coups méritent maintenant des coups. Mowgli, as-tu quelque chose à dire ?

— Rien. J'ai eu tort. Baloo et toi, vous êtes blessés. C'est juste.

Bagheera lui donna une demi-douzaine de tapes, amicales pour une panthère (elles auraient à peine réveillé un de ses propres petits), mais qui furent pour un enfant de sept ans une correction aussi sévère qu'on en pourrait souhaiter d'éviter. Quand ce fut fini, Mowgli éternua et tâcha de se reprendre, sans un mot.

— Maintenant, dit Bagheera, saute sur mon dos, Petit Frère, et retournons à la maison.

Une des beautés de la Loi de la Jungle, c'est que la punition règle tous les comptes. C'en est fini, après, de toutes tracasseries.

Mowgli laissa tomber sa tête sur le dos de Bagheera et s'endormit si profondément qu'il ne s'éveilla même pas lorsqu'on le déposa dans la caverne de ses frères.

CHANSON DE ROUTE
DES BANDAR-LOG

Voyez-vous passer festonnant la brune
A mi-chemin de la jalouse lune !
N'enviez-vous pas nos libres tribus ?
Que penseriez-vous de deux mains de plus ?
N'aimeriez-vous pas cette queue au tour
Plus harmonieux que l'arc de l'Amour ?
Vous vous fâchez ?... Ça n'est pas important,

Frère, regarde ta queue
Qui pend !

Sur la branche haute en rangs nous rêvons
A de beaux secrets que seuls nous savons,
Songeant aux exploits que le monde espère,
Et qu'à l'instant notre génie opère,
Quelque chose de noble et de sage fait
De par la vertu d'un simple souhait...
Quoi ? Je ne sais plus... Était-ce important ?

Frère, regarde ta queue
Qui pend !

Tous les différents langages ou cris
D'oiseau, de reptile ou de fauve appris,
Plume, écaille, poil, chants de plaine ou bois,
Jacassons-les vite et tous à la fois !
Excellent ! Parfait ! Voilà que nous sommes
Maintenant pareils tout à fait aux hommes !
Jouons à l'homme... est-ce bien important ?

> Frère, regarde ta queue
> Qui pend !
> *Le peuple singe est étonnant.*

Venez ! Notre essaim bondissant dans les grands bois
monte et descend

En fusée aux sommets légers où mûrit le raisin
sauvage,

Par le bois mort que nous cassons et le beau bruit que
nous faisons

Oh ! soyez sûrs que nous allons consommer
un sublime ouvrage !

"Au tigre, au tigre !"

Reviens-tu content, chasseur fier ?
    Frère, à l'affût j'eus froid hier.
C'est ton gibier que j'aperçois ?
    Frère, il broute encore sous bois.
Où donc ta force et ton orgueil ?
    Frère, ils ont fui mon cœur en deuil.
Si vite pourquoi donc courir ?
    Frère, à mon trou je vais mourir.

Quand Mowgli quitta la caverne du loup, après sa querelle avec le Clan au Rocher du Conseil, il descendit aux terres cultivées où habitaient les villageois, mais il ne voulut pas s'y arrêter : la Jungle était trop proche, et il savait qu'il s'était fait au moins un ennemi dangereux au Conseil. Il continua sa course par le chemin raboteux qui descendait la vallée ; il le suivit au grand trot, d'une seule traite, fit environ vingt milles et parvint à une contrée qu'il ne connaissait pas. La vallée s'ouvrait sur une vaste plaine parsemée de rochers et coupée de ravins. A un bout se tassait un petit village et à l'autre la Jungle touffue s'abaissait rapidement vers les pâturages et s'y arrêtait net, comme si on l'eût tranchée d'un coup de bêche. Partout dans la plaine paissaient les bœufs et les buffles, et, quand les petits garçons chargés de la garde des troupeaux aperçurent Mowgli, ils poussèrent des cris et s'enfuirent, et les chiens parias jaunes, qui errent toujours autour d'un village hindou, se mirent à aboyer. Mowgli avança, car il se sentait grand faim, et, en arrivant à l'entrée du village, il vit le gros buisson épineux que chaque jour, au crépuscule, l'on tirait devant, poussé sur l'un des côtés.

— Hum ! dit-il, car il avait rencontré plus d'une de ces barricades dans ses expéditions nocturnes en quête de choses à manger. Alors, les hommes craignent le Peuple de la Jungle même ici !

Il s'assit près de la barrière et, au premier homme qui sortit, il se leva, ouvrit la bouche et en désigna du doigt le fond pour indiquer qu'il avait besoin de nourriture. L'homme écarquilla les yeux et remonta en courant l'unique rue du village, appelant le prêtre, gros Hindou vêtu de blanc avec une marque rouge et jaune sur le front. Le prêtre vint à la barrière et, avec lui, plus de cent personnes écarquillant aussi les yeux, parlant, criant et se montrant Mowgli du doigt.

— Ils n'ont point de façons, ces gens qu'on appelle des hommes ! se dit Mowgli. Il n'y a que le singe gris capable de se conduire comme ils font.

Il rejeta en arrière ses longs cheveux et fronça le sourcil en regardant la foule.

— Qu'y a-t-il là d'effrayant ? dit le prêtre. Regardez les marques de ses bras et de ses jambes. Ce sont les morsures des loups. Ce n'est qu'un enfant-loup échappé de la Jungle.

En jouant avec lui, les petits loups avaient souvent mordu Mowgli plus fort qu'ils ne voulaient et il portait aux jambes et aux bras nombre de balafres blanches. Mais il eût été la dernière personne du monde à nommer cela des morsures, car il savait, lui, ce que mordre veut dire.

— Arré ! Arré ! crièrent en même temps deux ou trois femmes. Mordu par les loups, pauvre enfant ! C'est un beau garçon. Il a les yeux comme du feu. Parole d'honneur, Messua, il ressemble à ton garçon qui fut enlevé par le tigre.

— Laissez-moi voir ! dit une femme qui portait de lourds anneaux de cuivre aux poignets et aux chevilles.

Et elle étendit la main au-dessus de ses yeux pour regarder attentivement Mowgli.

— C'est vrai. Il est plus maigre, mais il a tout à fait les yeux de mon garçon.

Le prêtre était un habile homme et savait Messua la femme du plus riche habitant de l'endroit. Il leva les yeux au ciel pendant une minute et dit solennellement :

— Ce que la Jungle a pris, la Jungle le rend. Emmène ce garçon chez toi, ma sœur, et n'oublie pas d'honorer le prêtre qui voit si loin dans la vie des hommes.

— Par le taureau qui me racheta ! dit Mowgli en lui-même, du diable si, avec toutes ces paroles, on ne se croirait pas à un autre examen du Clan ! Allons, puisque je suis un homme, il faut me conduire en homme.

La foule se dispersa en même temps que la femme faisait signe à Mowgli de venir jusqu'à sa hutte, où il y avait un lit laqué de rouge, un large récipient à grains, en terre cuite, orné de curieux dessins en relief, une demi-douzaine de casseroles en cuivre, l'image d'un dieu hindou dans une petite niche, et, sur le mur, un vrai miroir, tel qu'il s'en trouve pour huit sous dans les foires de campagne.

Elle lui donna un grand verre de lait et du pain, puis elle lui posa la main sur la tête et le regarda au fond des yeux... Elle pensait que peut-être c'était son fils, son fils revenu de la Jungle où le tigre l'avait emporté. Aussi lui dit-elle :

— Nathoo, Nathoo !...

Mowgli ne parut pas connaître ce nom.

— Ne te rappelles-tu pas le jour où je t'ai donné des souliers neufs ?

Elle toucha ses pieds, ils étaient presque aussi durs que de la corne.

— Non, fit-elle avec tristesse, ces pieds-là n'ont jamais porté de souliers ; mais tu ressembles tout à fait à mon Nathoo, et tu seras mon fils.

Mowgli éprouvait un malaise parce qu'il n'avait jamais de sa vie été sous un toit ; mais, en regardant le chaume, il s'aperçut qu'il pourrait l'arracher toutes les fois qu'il voudrait s'en aller ; et, d'ailleurs, la fenêtre ne fermait pas.

Puis il se dit : « A quoi bon être homme, si on ne comprend pas le langage de l'homme ? A cette heure, je me trouve aussi niais et aussi muet que le serait un homme avec nous dans la Jungle. Il faut que je parle leur langue. »

Ce n'était pas seulement par jeu qu'il avait appris, pendant qu'il vivait avec les loups, à imiter l'appel du daim dans la Jungle et le grognement du marcassin. De même, dès que Messua prononçait un mot, Mowgli l'imitait à peu près parfaitement et, avant la nuit, il avait appris le nom de bien des choses dans la hutte.

Une difficulté se présenta à l'heure du coucher, parce que Mowgli ne voulait pas dormir emprisonné par rien qui ressemblât à une trappe à panthères autant que cette hutte, et, lorsqu'on ferma la porte, il sortit par la fenêtre.

— Laisse-le faire, dit le mari de Messua. Rappelle-toi qu'il n'a peut-être jamais dormi dans un lit. S'il nous a été réellement envoyé pour remplacer notre fils, il ne s'enfuira pas.

Mowgli alla s'étendre sur l'herbe longue et lustrée qui bordait le champ ; mais il n'avait pas fermé les yeux qu'un museau gris et soyeux se fourrait sous son menton.

— Pouah ! grommela Frère Gris (c'était l'aîné des petits de Mère Louve). Voilà un pauvre salaire pour t'avoir suivi pendant vingt milles ! Tu sens la fumée de bois et l'étable, tout à fait comme un homme, déjà… Réveille-toi, Petit Frère ! j'apporte des nouvelles.

— Tout le monde va bien dans la Jungle ? dit Mowgli, en le serrant dans ses bras.

— Tout le monde, sauf les loups qui ont été brûlés par la Fleur Rouge. Maintenant, écoute. Shere Khan est parti chasser au loin jusqu'à ce que son habit repousse, car il est vilainement roussi. Il jure qu'à son retour il couchera tes os dans la Waingunga.

— Nous sommes deux à jurer : moi aussi, j'ai fait une petite promesse. Mais les nouvelles sont toujours bonnes à savoir. Je suis fatigué, ce soir, très fatigué de toutes ces nouveautés, Frère Gris ; mais tiens-moi toujours au courant.

— Tu n'oublieras pas que tu es un loup ? Les hommes ne te le feront pas oublier ? demanda Frère Gris d'une voix inquiète.

— Jamais. Je me rappellerai toujours que je t'aime, toi et tous ceux de notre caverne ; mais je me rappellerai toujours aussi que j'ai été chassé du Clan.

— Et que tu peux être chassé d'un autre clan !… Les hommes ne sont que des hommes, Petit Frère, et leur bavardage est comme le babil des grenouilles dans la mare. Quand je reviendrai ici, je t'attendrai dans les bambous, au bord du pacage…

Pendant les trois mois qui suivirent cette nuit,

Mowgli ne passa guère la barrière du village, tant il besognait à apprendre les us et coutumes des hommes. D'abord il eut à porter un pagne autour des reins, ce qui l'ennuya horriblement ; ensuite, il lui fallut apprendre ce que c'était que l'argent, à quoi ne comprenait rien du tout, et le labourage, dont il ne voyait pas l'utilité. Puis, les petits enfants du village le mettaient en colère. Heureusement, la Loi de la Jungle lui avait appris à ne pas se fâcher, car, dans la Jungle, la vie et la nourriture dépendent du sang-froid ; mais, quand ils se moquaient de lui parce qu'il refusait de jouer à leurs jeux, comme de lancer un cerf-volant, ou parce qu'il prononçait un mot de travers, il avait besoin de se rappeler qu'il est indigne d'un chasseur de tuer des petits tout nus, pour s'empêcher de les prendre et de les casser en deux. Il ne se rendait pas compte de sa force le moins du monde. Dans la jungle, il se savait faible en comparaison des bêtes ; mais, dans le village, les gens disaient qu'il était fort comme un taureau.

Il ne se faisait assurément aucune idée de ce que peut être la crainte : le jour où le prêtre du village lui déclara que, s'il volait ses mangues, le dieu du temple serait en colère, il alla prendre l'image, l'apporta au prêtre dans sa maison, et lui demanda de mettre le dieu en colère, parce qu'il aurait plaisir à se battre avec. Ce fut un scandale affreux, mais le prêtre l'étouffa, et le mari de Messua paya beaucoup de bon argent pour apaiser le dieu.

Mowgli n'avait pas non plus le moindre sentiment de la différence qu'établit la caste entre un homme et un autre homme. Quand l'âne du potier glissait dans l'argilière, Mowgli le hissait dehors par la queue ; et il aidait à empiler les pots lorsqu'ils partaient pour le marché de Khanhiwara. Geste on ne peut plus choquant, attendu que le potier est de basse caste, et son âne pis encore. Si le prêtre le réprimandait, Mowgli le menaçait de le camper aussi sur l'âne, et le prêtre conseilla au mari de Messua de mettre l'enfant au travail aussitôt que possible ; en conséquence, le chef du village prescrivit à Mowgli d'avoir à sortir avec les buffles le jour suivant et de les garder pendant qu'ils seraient à paître.

Rien ne pouvait plaire davantage à Mowgli ; et le soir même, puisqu'il était chargé d'un service public, il se dirigea vers le cercle de gens qui se réunissaient quotidiennement sur une plate-forme en maçonnerie, à l'ombre d'un grand figuier. C'était le club du village, et le chef, le veilleur et le barbier, qui savaient tous les potins de l'endroit, et le vieux Buldeo, le chasseur du village, qui possédait un mousquet, s'assemblaient et fumaient là. Les singes bavardaient, perchés sur les branches supérieures, et il y avait sous la plate-forme un trou, demeure d'un cobra, auquel on servait une petite jatte de lait tous les soirs, parce qu'il était sacré ; et les vieillards, assis autour de l'arbre, causaient et aspiraient leurs gros houkas très avant dans la nuit. Ils racontaient d'étonnantes histoires de dieux, d'hommes et de fantômes ; et Buldeo en rapportait de plus étonnantes encore sur les habitudes des bêtes dans la Jungle, jusqu'à faire sortir les yeux de la tête aux enfants, assis en dehors du cercle. La plupart des histoires concernaient des animaux car, pour ces villageois, la Jungle était toujours à leur porte. Le daim et le sanglier fouillaient leurs récoltes et de temps à autre le tigre enlevait un homme, au crépuscule, en vue des portes du village.

Mowgli, qui, naturellement, connaissait un peu les choses dont ils parlaient, avait besoin de se cacher la figure pour qu'on ne le vît pas rire, tandis que Buldeo, son mousquet en travers des genoux, passait d'une histoire merveilleuse à une autre plus merveilleuse encore ; et les épaules de Mowgli en sautaient de gaieté.

Buldeo expliquait maintenant comment le tigre qui avait enlevé le fils de Messua était un tigre fantôme, habité par l'âme d'un vieux coquin d'usurier mort quelques années auparavant.

— Et je sais que cela est vrai, dit-il, parce que Purun Dass boitait toujours du coup qu'il avait reçu dans une émeute, quand ses livres de comptes furent brûlés, et le tigre dont je parle boite aussi, car les traces de ses pattes sont inégales.

— C'est vrai, c'est vrai, ce doit être la vérité ! approuvèrent ensemble les barbes grises.

— Toutes vos histoires ne sont-elles que pareilles turlutaines et contes de lune ? dit Mowgli. Ce tigre boite parce qu'il est né boiteux, comme chacun sait. Et parler de l'âme d'un usurier dans une bête qui n'a jamais eu le courage d'un chacal, c'est parler comme un enfant.

La surprise laissa Buldeo sans parole pendant un moment, et le chef du village ouvrit de grands yeux.

— Oh, oh ! C'est le marmot de jungle, n'est-ce pas ? dit enfin Buldeo. Puisque tu es si malin, tu ferais mieux d'apporter sa peau à Khanhiwara, car le gouvernement a mis sa tête à prix pour cent roupies... Mais tu ferais encore mieux de te taire quand tes aînés parlent !

Mowgli se leva pour partir.

— Toute la soirée, je suis resté là vous écoutant, jeta-t-il par-dessus son épaule, et, sauf une ou deux fois, Buldeo n'a pas dit un mot de vrai sur la Jungle, qui est à sa porte... Comment croire, alors, ces histoires de fantômes, de dieux et de daims qu'il prétend avoir vus ?

— Il est grand temps que ce garçon aille garder les

troupeaux ! dit le chef du village, tandis que Buldeo soufflait et renâclait de colère, devant l'impertinence de Mowgli.

Selon la coutume de la plupart des villages hindous, quelques jeunes pâtres emmenaient le bétail et les buffles de bonne heure, le matin, et les ramenaient à la nuit tombante ; et les mêmes bestiaux qui fouleraient à mort un homme blanc se laissent battre, bousculer et ahurir par des enfants dont la tête arrive à peine à la hauteur de leur museau. Tant que les enfants restent avec les troupeaux, ils sont en sûreté, car le tigre lui-même n'ose charger le bétail en nombre ; mais, s'ils s'écartent pour cueillir des fleurs ou courir après les lézards, il leur arrive d'être enlevés. Mowgli descendit la rue du village au point du jour, assis sur le dos de Rama, le grand taureau du troupeau ; et les buffles bleu ardoise, avec leurs longues cornes traînantes et leurs yeux hagards, se levèrent de leurs étables, un par un, et le suivirent ; et Mowgli, aux enfants qui l'accompagnaient, fit voir très clairement qu'il était le maître. Il frappa les buffles avec un long bambou poli, et dit à Kamya, un des garçons, de laisser paître le bétail tandis qu'il allait en avant avec les buffles et de prendre bien garde à ne pas s'éloigner du troupeau.

Un pâturage indien est tout en rochers, en mottes, en trous et en petits ravins, parmi lesquels les troupeaux se dispersent et disparaissent. Les buffles aiment généralement les mares et les endroits vaseux, où ils se vautrent et se chauffent, dans la boue chaude, durant des heures. Mowgli les conduisit jusqu'à la lisière de la plaine, où la Waingunga sortait de la Jungle ; là, il se laissa glisser du dos de Rama, et s'en alla trottant vers un bouquet de bambous où il trouva Frère Gris.

— Ah ! dit Frère Gris, je suis venu attendre ici bien

des jours de suite. Que signifie cette besogne de garder le bétail ?

— Un ordre que j'ai reçu, dit Mowgli ; me voici pour un temps berger de village. Quelles nouvelles de Shere Khan ?

— Il est revenu dans le pays et t'a guetté longtemps par ici. Maintenant, il est reparti, car le gibier se fait rare. Mais il veut te tuer.

— Très bien, fit Mowgli. Aussi longtemps qu'il sera loin, viens t'asseoir sur un rocher, toi ou l'un de tes frères, de façon que je puisse vous voir en sortant du village. Quand il reviendra, attends-moi dans le ravin proche de l'arbre *dhâk,* au milieu de la plaine. Il n'est pas nécessaire de courir dans la gueule de Shere Khan.

Puis Mowgli choisit une place à l'ombre, se coucha et dormit pendant que les buffles paissaient autour de lui. La garde des troupeaux, dans l'Inde, est un des métiers les plus paresseux du monde. Le bétail change de place et broute, puis se couche et change de place encore, sans mugir presque jamais. Il grogne seulement. Quant aux buffles, ils disent rarement quelque chose, mais entrent l'un après l'autre dans les mares bourbeuses, s'enfoncent dans la boue jusqu'à ce que leurs mufles et leurs grands yeux bleu faïence se montrent seuls à la surface, et là, ils restent immobiles, comme des blocs. Le soleil fait vibrer les rochers dans la chaleur de l'atmosphère et les petits bergers entendent un vautour — jamais plus — siffler presque hors de vue au-dessus de leur tête ; et ils savent que s'ils mouraient, ou si une vache mourait, ce vautour descendrait en fauchant l'air, que le plus proche vautour, à des milles plus loin, le verrait choir et suivrait, et ainsi de suite, de proche en proche, et qu'avant même qu'ils fussent morts, il y aurait là une vingtaine de vautours affamés venus de nulle part.

Tantôt ils dorment, veillent, se rendorment ; ils tressent de petits paniers d'herbe sèche et y mettent des sauterelles, ou attrapent deux *mantes* religieuses pour les faire lutter ; ils enfilent en colliers des noix de jungle rouges et noires, guettent le lézard qui se chauffe sur la roche ou le serpent à la poursuite d'une grenouille près des fondrières. Tantôt ils chantent de longues, longues chansons avec de bizarres trilles indigènes à la chute des phrases, et le jour leur semble plus long qu'à la plupart des hommes la vie entière ; parfois ils élèvent un château de boue avec des figurines d'hommes, de chevaux, de buffles, modelées en boue également, et placent des roseaux dans la main des hommes, et prétendent que ce sont des rois avec leurs armées ou les dieux qu'il faut adorer. Puis le soir vient, les enfants rassemblent les bêtes en criant, les buffles s'arrachent de la boue gluante avec un bruit semblable à des coups de fusil partant l'un après l'autre, et tous prennent la file à travers la plaine grise pour retourner vers les lumières qui scintillent là-bas au village.

Chaque jour, Mowgli conduisait les buffles à leurs marécages et chaque jour il voyait le dos de Frère Gris à un mille et demi dans la plaine — il savait ainsi que Shere Khan n'était pas de retour — et chaque jour il se couchait sur l'herbe, écoutant les rumeurs qui s'élevaient autour de lui et rêvant aux anciens jours de la Jungle. Shere Khan aurait fait un faux pas de sa patte boiteuse, là-haut dans les fourrés, au bord de la Waingunga, que Mowgli l'eût entendu par ces longs matins silencieux.

Un jour enfin, il ne vit pas Frère Gris au poste convenu. Il rit et dirigea ses buffles vers le ravin proche de l'arbre *dhâk,* que couvraient tout entier des fleurs d'un rouge doré. Là se tenait Frère Gris, chaque poil du dos hérissé.

— Il s'est caché pendant un mois pour te mettre hors de tes gardes. Il a traversé les champs, la nuit dernière, avec Tabaqui, et suivi ta voie chaude, fit le loup haletant.

Mowgli fronça les sourcils :

— Je n'ai pas peur de Shere Khan, mais Tabaqui sait plus d'un tour !

— Ne crains rien, dit Frère Gris en se passant légèrement la langue sur les lèvres, j'ai rencontré Tabaqui au lever du soleil ; il enseigne maintenant sa science aux vautours... Mais il m'a tout raconté, à moi, avant que je lui casse les reins. Le plan de Shere Khan est de t'attendre à la barrière du village, ce soir... de t'attendre, toi, et personne d'autre. En ce moment, il dort dans le grand ravin desséché de la Waingunga.

— A-t-il mangé aujourd'hui, ou chasse-t-il à vide ? fit Mowgli.

Car la réponse, pour lui, signifiait vie ou mort.

— Il a tué à l'aube... un sanglier... et il a bu aussi... Rappelle-toi que Shere Khan ne peut jamais rester à jeun, même lorsqu'il s'agit de sa vengeance.

— Oh ! le fou, le fou ! Quel triple enfant cela fait !... Mangé et bu ! Et il se figure que je vais attendre qu'il ait dormi !... A présent, où est-il couché, là-haut ? Si nous étions seulement dix d'entre nous, nous pourrions en venir à bout tandis qu'il est couché. Mais ces buffles ne chargeront pas sans l'avoir éventé, et je ne sais pas leur langage. Pouvons-nous le tourner et trouver sa piste en arrière, de façon qu'ils puissent la flairer ?

— Il a descendu la Waingunga à la nage, de très loin en amont, pour couper la voie, dit Frère Gris.

— C'est Tabaqui, j'en suis sûr, qui lui aura donné l'idée ! Il n'aurait jamais inventé cela tout seul.

Mowgli se tenait pensif, un doigt dans la bouche :

— Le grand ravin de la Waingunga..., il débouche sur la plaine à moins d'un demi-mille d'ici. Je peux tourner à travers la Jungle, mener le troupeau jusqu'à l'entrée du ravin, et alors, en redescendant, balayer tout... mais il s'échappera par l'autre bout. Il nous faut boucher cette issue. Frère Gris, peux-tu me rendre le service de couper le troupeau en deux ?

— Pas tout seul... peut-être... mais j'ai amené du renfort, quelqu'un de rusé.

Frère Gris s'éloigna au trot et se laissa tomber dans un trou. Alors, de ce trou, se leva une énorme tête grise que Mowgli reconnut bien, et l'air chaud se remplit du cri le plus désolé de la Jungle..., le hurlement de chasse d'un loup en plein midi.

— Akela ! Akela ! dit Mowgli en battant des mains. J'aurais dû savoir que tu ne m'oublierais pas... Nous avons de la besogne sur les bras ! Coupe le troupeau en deux, Akela. Retiens les vaches et les veaux d'une part et les taureaux de l'autre avec les buffles de labour.

Les deux loups traversèrent en courant, de-ci, de-là, comme à la chaîne des dames, le troupeau qui s'ébroua, leva la tête et se sépara en deux masses.

D'un côté, les vaches, serrées autour de leurs veaux, qui se pressaient au centre, lançaient des regards furieux et piaffaient, prêtes, si l'un des loups s'était arrêté un moment, à le charger et à l'écraser sous leurs sabots. De l'autre, les taureaux adultes et les jeunes s'ébrouaient aussi et frappaient du pied, mais, bien qu'ils parussent plus imposants, ils étaient beaucoup moins dangereux, car ils n'avaient pas de veaux à défendre. Six hommes n'auraient pu partager le troupeau si nettement.

— Quels ordres ? haleta Akela. Ils essaient de se rejoindre.

Mowgli se hissa sur le dos de Rama :

— Chasse les taureaux sur la gauche, Akela. Frère Gris, quand nous serons partis, tiens bon ensemble les vaches et fais-les remonter par le débouché du ravin.

— Jusqu'où ? dit Frère Gris, haletant et mordant de droite et de gauche.

— Jusqu'à ce que les côtés s'élèvent assez pour que Shere Khan ne puisse les franchir ! cria Mowgli. Garde-les jusqu'à ce que nous redescendions.

Les taureaux décampèrent aux aboiements d'Akela, et Frère Gris s'arrêta en face des vaches. Elles foncèrent sur lui, et il fuit devant elles jusqu'au débouché du ravin, tandis qu'Akela chassait les taureaux loin sur la gauche.

— Bien fait ! Un autre temps de galop comme celui-là et ils sont joliment lancés... Tout beau, maintenant, tout beau, Akela ! Un coup de dent de trop et les taureaux chargent... *Huyah !* C'est de l'ouvrage plus sûr que de courre un daim noir. Tu n'aurais pas cru que ces lourdauds pouvaient aller si vite ? cria Mowgli.

— J'ai... j'en ai chassé dans mon temps, souffla Akela dans un nuage de poussière. Faut-il les rabattre dans la Jungle ?

— Oui ! Rabats-les bien vite ! Rama est fou de rage. Oh ! si je pouvais seulement lui faire comprendre ce que je veux de lui maintenant.

Les taureaux furent rabattus sur la droite, cette fois-ci, et se jetèrent dans le fourré qu'ils enfoncèrent avec fracas. Les autres petits bergers, qui regardaient, en compagnie de leurs troupeaux, à un demi-mille plus loin, se précipitèrent vers le village aussi vite que leurs jambes pouvaient les porter en criant que les buffles étaient devenus fous et s'étaient enfuis. Mais le plan de Mowgli était simple. Il voulait décrire un grand cercle en remontant, atteindre la tête du ravin, puis le faire descendre aux taureaux et prendre Shere Khan entre eux et les vaches. Il savait qu'après manger et boire le tigre ne serait pas en état de combattre ou de grimper aux flancs du ravin. Maintenant, il calmait de la voix ses buffles et Akela, resté loin en arrière, se contentait de japper de temps en temps pour presser l'arrière-garde. Cela faisait un vaste, très vaste cercle : ils ne tenaient pas à serrer le ravin de trop près pour donner déjà l'éveil à Shere Khan. A la fin, Mowgli parvint à rassembler le troupeau affolé à l'entrée du ravin, sur une pente gazonnée qui dévalait rapidement vers le ravin lui-même. De cette hauteur, on pouvait voir par-dessus les cimes des arbres jusqu'à la plaine qui s'étendait en bas ; mais, ce que Mowgli regardait, c'étaient les flancs du ravin. Il put constater avec une vive satisfaction qu'ils montaient presque à pic et que les vignes et les lianes qui en tapissaient les parois ne donneraient pas prise à un tigre s'il voulait s'échapper par là.

— Laisse-les souffler, Akela, dit-il en levant la main. Ils ne l'ont pas encore éventé. Laisse-les souffler. Il est temps de s'annoncer à Shere Khan. Nous tenons la bête au piège.

Il mit ses mains en porte-voix, héla dans la direction du ravin — c'était tout comme héler dans un tunnel — et les échos bondirent de rocher en rocher.

Au bout d'un long intervalle répondit le miaulement traînant et endormi du tigre repu qui s'éveille.

— Qui appelle ? dit Shere Khan.

Et un magnifique paon s'éleva du ravin, battant des ailes et criant.

— C'est moi, Mowgli... Voleur de bétail, il est temps de venir au Rocher du Conseil ! En bas... pousse-les en bas, Akela !... En bas, Rama, en bas !

Le troupeau hésita un moment au bord de la pente,

mais Akela, donnant de la voix, lança son plein hurlement de chasse et les buffles se ruèrent les uns derrière les autres exactement comme des steamers dans un rapide, le sable et les pierres volant autour d'eux. Une fois partis, il n'y avait plus moyen de les arrêter, et, avant qu'ils fussent en plein dans le lit du ravin, Rama éventa Shere Khan et mugit.

Et le torrent de cornes noires, de mufles écumants, d'yeux fixes, tourbillonna dans le ravin, absolument comme roulent des rochers en temps d'inondation, les buffles plus faibles rejetés vers les flancs du ravin qu'ils frôlaient en écorchant la brousse. Ils savaient maintenant quelle besogne les attendait en avant — la terrible charge des buffles à laquelle nul tigre ne peut espérer de résister. Shere Khan entendit le tonnere de leurs sabots, se leva et rampa lourdement vers le bas du ravin, cherchant de tous côtés un moyen de s'enfuir ; mais les parois étaient à pic, il lui fallait rester là, lourd de son repas et de l'eau qu'il avait bue, prêt à tout plutôt qu'à livrer bataille. Le troupeau plongea dans la mare qu'il venait de quitter, en faisant retentir l'étroit vallon de ses mugissements. Mowgli entendit des mugissements répondre à l'autre bout du ravin, il vit Shere Khan se retourner (le tigre savait que, dans ce cas désespéré, mieux valait encore faire tête aux buffles qu'aux vaches avec leurs veaux) ; et alors, Rama broncha, faillit tomber, continua sa route en piétinant quelque chose de flasque, puis, les autres taureaux à sa suite, pénétra dans le second troupeau à grand bruit, tandis que les buffles plus faibles étaient soulevés des quatre pieds au-dessus du sol par le choc de la rencontre. La charge entraîna dans la plaine les deux troupeaux renâclant, donnant de la corne et frappant du sabot. Mowgli attendit le bon moment pour se laisser glisser du dos de Rama, et cogna de droite et de gauche autour de lui avec son bâton.

— Vite, Akela ! Arrête-les ! Sépare-les, ou bien ils vont se battre... Emmène-les, Akela... *Hai !*... Rama ! *Hai ! hai ! hai !* mes enfants... Tout doux, maintenant, tout doux ! C'est fini.

Akela et Frère Gris coururent de côté et d'autre en mordillant les buffles aux jambes, et, bien que le troupeau fît d'abord volte-face pour charger de nouveau en remontant la gorge, Mowgli réussit à faire tourner Rama, et les autres le suivirent aux marécages. Il n'y avait plus besoin de trépigner Shere Khan. Il était mort, et les vautours arrivaient déjà.

— Frères, il est mort comme un chien, dit Mowgli, en cherchant de la main le couteau qu'il portait toujours dans une gaine suspendue à son cou maintenant qu'il vivait avec les hommes. Mais il ne se serait jamais battu... *Wallah !* sa peau fera bien sur le Rocher du Conseil. Il faut nous mettre à la besogne lestement.

Un enfant élevé parmi les hommes n'aurait jamais rêvé d'écorcher seul un tigre de dix pieds, mais Mowgli savait mieux que personne comment tient une peau de bête, et comment elle s'enlève. Toutefois, c'était un rude travail, et Mowgli tailla, tira, peina pendant une heure, tandis que les loups le contemplaient et l'aidaient à tirer quand il l'ordonnait. Tout à coup, une main tomba sur son épaule ; et, levant les yeux, il vit Buldeo avec son mousquet. Les enfants avaient raconté dans le village la charge des buffles, et Buldeo était sorti fort en colère, très pressé de corriger Mowgli pour n'avoir pas pris soin du troupeau. Les loups s'éclipsèrent dès qu'ils virent l'homme venir.

— Quelle est cette folie ? dit Buldeo d'un ton de colère. Et tu te figures pouvoir écorcher un tigre !... Où les buffles l'ont-ils tué ?... C'est même le tigre boiteux, et il y a cent roupies pour sa tête... Bien,

bien, nous fermerons les yeux sur la négligence avec laquelle tu as laissé le troupeau s'échapper ; et peut-être te donnerai-je une des roupies de la récompense quand j'aurai porté la peau à Khanhiwara.

Il fouilla dans son pagne, en tira une pierre à fusil et un briquet, et se baissa pour brûler les moustaches de Shere Khan. La plupart des chasseurs indigènes ont coutume de brûler les moustaches du tigre pour empêcher son fantôme de les hanter.

— Hum, dit Mowgli comme à lui-même, tout en rabattant la peau d'une des pattes. Ainsi, tu emporte-ras la peau à Khanhiwara pour avoir la récompense et tu me donneras peut-être une roupie ? Eh bien ! j'ai dans l'idée de garder la peau pour mon compte. Hé, vieil homme, à bas le feu !

— Quelle est cette façon de parler au chef des chasseurs du village ? Ta chance et la stupidité de tes buffles t'ont aidé à tuer ce gibier. Le tigre venait de manger : sans quoi, il serait maintenant à vingt milles. Tu ne peux même pas l'écorcher proprement, petit mendiant, et il faut que ce soit moi, Buldeo, qui me laisse dire : « Ne brûle pas ses moustaches ! » Je ne te donnerai pas un anna de la récompense, mais une bonne correction, et voilà tout. Laisse cette car-casse !

— Par le taureau qui me racheta ! dit Mowgli en attaquant l'épaule, dois-je rester tout l'après-midi à bavarder avec ce vieux singe ? Ici, Akela ! cet hom-me-là m'assomme !

Buldeo, encore penché sur la tête de Shere Khan, se trouva soudain aplati dans l'herbe, un loup gris sur les reins, tandis que Mowgli continuait à écorcher, comme s'il n'y avait eu que lui dans toute l'Inde.

— Ou-ui, dit-il entre ses dents. Tu as raison après tout, Buldeo : tu ne me donneras jamais un anna de la récompense !... Il y a une vieille querelle entre ce tigre boiteux et moi... une très vieille querelle... et j'ai gagné !

Pour rendre justice à Buldeo, s'il avait eu dix ans de moins et qu'il eût rencontré Akela dans les bois, il aurait couru la chance d'une bataille ; mais un loup qui obéissait aux ordres d'un enfant, d'un enfant qui lui-même avait des difficultés personnelles avec des tigres mangeurs d'hommes, n'était pas un animal ordinaire. C'était de la sorcellerie, de la magie, et de la pire espèce, pensait Buldeo ; et il se demandait si l'amulette qu'il avait au cou suffirait à le protéger. Il restait là sans bouger d'une ligne, s'attendant, chaque minute, à voir Mowgli lui-même se changer en tigre.

— Maharadjah ! Grand roi ! murmura-t-il enfin d'un ton déconfit.

— Eh bien ? fit Mowgli, sans tourner la tête et en ricanant.

— Je suis un vieil homme. Je ne savais pas que tu fusses rien de plus qu'un petit berger. Puis-je me lever et partir, ou bien ton serviteur va-t-il me mettre en pièces ?

— Va, et la paix avec toi !... Seulement, une autre fois, ne te mêle pas de mon gibier... Lâche-le, Akela.

Buldeo s'en alla clopin-clopant vers le village, aussi vite qu'il pouvait, regardant par-dessus son épaule pour le cas où Mowgli se serait métamorphosé en quelque chose de terrible. A peine arrivé, il raconta une histoire de magie, d'enchantement et de sortilège, qui fit faire au prêtre une mine très grave.

Mowgli continua sa besogne, mais le jour tombait que les loups et lui n'avaient pas séparé complètement du corps la grande et rutilante fourrure.

— Maintenant, il nous faut cacher ceci et rentrer les buffles. Aide-moi à les rassembler, Akela.

Le troupeau rallié s'ébranla dans le brouillard du crépuscule. En approchant du village, Mowgli vit des lumières, il entendit souffler et sonner les conques et les cloches. La moitié du village semblait l'attendre à la barrière.

— C'est parce que j'ai tué Shere Khan ! se dit-il.

Mais une grêle de pierres siffla à ses oreilles, et les villageois crièrent :

— Sorcier ! Fils de loup ! Démon de la Jungle ! Va-t'en ! Va-t'en bien vite, ou le prêtre te rendra ta forme de loup. Tire, Buldeo, tire !

Le vieux mousquet partit avec un grand bruit et un jeune buffle poussa un gémissement de douleur.

— Encore de la sorcellerie ! crièrent les villageois. Il peut faire dévier les balles... Buldeo, c'est justement ton buffle.

— Qu'est ceci maintenant ? demanda Mowgli stupéfait, tandis que les pierres s'abattaient dru autour de lui.

— Ils sont assez pareils à ceux du Clan, tes frères d'ici ! dit Akela, en s'asseyant avec calme. Il me paraît que si les balles veulent dire quelque chose, on a envie de te chasser.

— Loup ! Petit de Loup ! Va-t'en ! cria le prêtre en agitant un brin de la plante sacrée appelée *tulsi*.

— Encore ? L'autre fois, c'était parce que j'étais un homme. Cette fois, c'est parce que je suis un loup. Allons-nous-en, Akela.

Une femme — c'était Messua — courut vers le troupeau et pleura :

— Oh ! mon fils, mon fils ! Ils disent que tu es un sorcier qui peut se changer en bête à volonté. Je ne le crois pas, mais va-t'en, ou ils vont te tuer. Buldeo raconte que tu es un magicien, mais moi je sais que tu as vengé la mort de Nathoo.

— Reviens, Messua ! cria la foule. Reviens, ou l'on va te lapider !

Mowgli se mit à rire, d'un vilain petit rire sec, une pierre venait de l'atteindre à la bouche :

— Rentre vite, Messua. C'est une de ces fables ridicules qu'ils répètent sous le gros arbre, à la tombée de la nuit. Au moins, j'aurai payé la vie de ton fils. Adieu, et dépêche-toi, car je vais leur renvoyer le troupeau plus vite que n'arrivent leurs tessons. Je ne suis pas sorcier, Messua. Adieu !

— Maintenant, encore un effort, Akela ! cria-t-il. Fais rentrer le troupeau.

Les buffles n'avaient pas besoin d'être pressés pour regagner le village. Au premier hurlement d'Akela, ils chargèrent comme une trombe à travers la barrière, dispersant la foule de droite et de gauche.

— Faites votre compte, cria dédaigneusement Mowgli. J'en ai peut-être volé un. Comptez-les bien, car je ne serai plus jamais berger sur vos pâturages. Adieu, enfants des hommes, et remerciez Messua de ce que je ne vienne pas avec mes loups vous pourchasser dans votre rue !

Il fit demi-tour, et s'en fut en compagnie du Loup solitaire ; et, comme il regardait les étoiles, il se sentit heureux.

— J'en ai assez de dormir dans des trappes, Akela. Prenons la peau de Shere Khan et allons-nous-en... Non, nous ne ferons pas de mal au village, car Messua fut bonne pour moi.

Quand la lune se leva, inondant la plaine de sa clarté laiteuse, les villageois, terrifiés, virent passer au loin Mowgli, avec deux loups sur les talons et un fardeau sur la tête, à ce trot soutenu des loups qui dévorent les longs milles comme du feu. Alors, ils sonnèrent les cloches du temple et soufflèrent dans les conques de plus belle ; et Messua pleura, et Buldeo broda l'histoire de son aventure dans la Jungle, finissant par raconter que le loup se tenait debout sur ses jambes de derrière et parlait comme un homme.

La lune allait se coucher quand Mowgli et les deux loups arrivèrent à la colline du Conseil ; ils firent halte à la caverne de Mère Louve.

— On m'a chassé du Clan des hommes, mère ! héla Mowgli, mais je reviens avec la peau de Shere Khan : j'ai tenu parole.

Mère Louve sortit d'un pas raide, ses petits derrière elle, et ses yeux s'allumèrent lorsqu'elle aperçut la peau.

— Je le lui ai dit, le jour où il fourra sa tête et ses épaules dans cette caverne, réclamant ta vie, Petite Grenouille..., je le lui ai dit, que le chasseur serait chassé. C'est bien fait.

— Bien fait, Petit Frère ! dit une voix profonde qui venait du fourré. Nous étions seuls, dans la Jungle, sans toi.

Et Bagheera vint en courant jusqu'aux pieds nus de Mowgli. Ils escaladèrent ensemble le Rocher du Conseil. Mowgli étendit la peau sur la pierre plate où Akela avait coutume de s'asseoir, et la fixa au moyen de quatre éclats de bambou ; puis Akela se coucha dessus, et lança le vieil appel au Conseil :

« Regardez, regardez bien, ô loups ! » exactement comme il l'avait lancé quand Mowgli fut apporté là pour la première fois.

Depuis la déposition d'Akela, le Clan était resté sans chef, menant chasse et bataille à son gré. Mais tous, par habitude, répondirent à l'appel : et quelques-uns boitaient pour être tombés dans des pièges, et d'autres traînaient une patte fracassée par un coup de feu, d'autres encore étaient galeux pour avoir mangé des nourritures immondes, et beaucoup man-

quaient. Mais ceux qui restaient vinrent au Rocher du Conseil, et là, ils virent la peau zébrée de Shere Khan étendue sur la pierre, et les énormes griffes qui pendaient au bout des pattes vidées.

— Regardez bien, ô loups ! Ai-je tenu parole ? dit Mowgli.

Et les loups aboyèrent : Oui. Et l'un d'eux, tout déchiré de blessures, hurla :

— Ô Akela ! conduis-nous de nouveau. Ô Toi, Petit d'Homme ! conduis-nous aussi : nous en avons assez de vivre sans lois, et nous voulons redevenir le Peuple Libre.

— Non, ronronna Bagheera, cela ne se peut pas. Et si, repus, la folie va vous reprendre ? Ce n'est pas pour rien que vous êtes appelés le Peuple Libre. Vous avez lutté pour la liberté, elle vous appartient. Mangez-la, ô loups !

— Le Clan des hommes et le Clan des loups m'ont repoussé, dit Mowgli. Maintenant, je chasserai seul dans la Jungle.

— Et nous chasserons avec toi ! dirent les quatre louveteaux.

Mowgli s'en alla et, dès ce jour, il chassa dans la jungle avec les quatre petits. Mais il ne fut pas toujours seul, car, au bout de quelques années, il devint homme et se maria.

Mais c'est là une histoire pour les grandes personnes.

LA CHANSON DE MOWGLI

Telle qu'il la chanta au Rocher du Conseil lorsqu'il dansa sur la peau de Shere Khan.

C'est la chanson de Mowgli. — Moi, Mowgli, je

chante. Que la Jungle écoute quelles choses j'ai faites :

Shere Khan dit qu'il tuerait — qu'il tuerait ! Que près des portes, au crépuscule, il tuerait Mowgli la Grenouille !

Il mangea, il but. Bois bien, Shere Khan, quand boiras-tu encore ? Dors et rêve à ta proie.

Je suis seul dans les pâturages. Viens, Frère Gris ! Et toi, Solitaire, viens, nous chassons la grosse bête ce soir.

Rassemblez les grands taureaux buffles, les taureaux à la peau bleue, aux yeux furieux. Menez-les çà et là selon que je l'ordonne.

Dors-tu encore, Shere Khan ? Debout, oh ! debout. Voici que je viens et les taureaux derrière moi !

Rama, le roi des buffles, frappa du pied. Eaux de la Waingunga, où Shere Khan s'en est-il allé ?

Il n'est point Sahi pour creuser des trous, ni Mor le Paon pour voler. Il n'est point Mang, la Chauve-Souris, pour se suspendre aux branches. Petits bambous qui craquez, dites où il a fui !

Ow ! il est là. *Ahoo !* il est là. Sous les pieds de Rama gît le boiteux. Lève-toi, Shere Khan. Lève-toi et tue ! Voici du gibier ; brise le cou des taureaux !

Chut ! il dort. Nous ne l'éveillerons pas, car sa force est très grande. Les vautours sont descendus pour la voir. Les fourmis noires sont montées pour la connaître. Il se tient grande assemblée en son honneur.

Alala ! Je n'ai rien pour me vêtir. Les vautours verront que je suis nu. J'ai honte devant tous ces gens.

Prête-moi ta robe, Shere Khan. Prête-moi ta gaie robe rayée, que je puisse aller au Rocher du Conseil.

Par le taureau qui m'a payé, j'avais fait une

promesse — une petite promesse. Il ne manque que ta robe pour que je tienne parole.

Couteau en main — le couteau dont se servent les hommes — avec le couteau du chasseur je me baisserai pour prendre mon dû.

Eaux de la Waingunga, soyez témoin que Shere Khan me donne sa robe, car il m'aime. Tire, Frère Gris ! Tire, Akela ! Lourde est la peau de Shere Khan.

Le Clan des Hommes est irrité. Ils jettent des pierres et parlent comme des enfants. Ma bouche saigne. Laissez-moi partir.

A travers la nuit, la chaude nuit, courez vite avec moi, mes frères. Nous quitterons les lumières du village, nous irons vers la lune basse.

Eaux de la Waingunga, le Clan des Hommes m'a chassé. Je ne leur ai point fait de mal, mais ils avaient peur de moi. Pourquoi ?

Clan des Loups, vous m'avez chassé aussi. La Jungle m'est fermée, les portes du village aussi. Pourquoi ?

De même que Mang vole entre les bêtes et les oiseaux, de même je vole entre le village et la Jungle. Pourquoi ?

Je danse sur la peau de Shere Khan, mais mon cœur est très lourd. Les pierres du village ont frappé ma bouche et l'ont meurtrie. Mais mon cœur est très léger, car je suis revenu à la Jungle. Pourquoi ?

Ces deux choses se combattent en moi comme les serpents luttent au printemps. L'eau tombe de mes yeux et, pourtant, je ris. Pourquoi ?

Je suis deux Mowglis, mais la peau de Shere Khan est sous mes pieds. Toute la Jungle sait que j'ai tué Shere Khan. Regardez, regardez bien, ô Loups !

Ahae ! Mon cœur est lourd de choses que je ne comprends pas.

Le phoque blanc

Dors, mon baby, la nuit est derrière nous,
Et noires sont les eaux qui brillaient si vertes.
Par-dessus les brisants la lune nous cherche
Au repos entre leurs seins soyeux et doux.
Où flot touche flot, fais là ton nid clos,
Roule ton corps las, mon petit nageur,
Ni vent, ni requin t'éveille ou te blesse
Dormant dans les bras des lents flots berceurs.

Berceuse phoque.

Les choses que je vais dire sont arrivées, il y a plusieurs années, en un lieu appelé Novastoshnah, à la pointe nord-est de l'île de Saint-Paul, là-bas, là-bas, dans la mer de Behring. Limmershin, le roitelet d'hiver, m'a raconté l'histoire quand il fut jeté par le vent dans le gréement d'un steamer en route pour le Japon. Je l'avais descendu dans ma cabine, réchauffé et nourri durant deux jours, jusqu'à ce qu'il fût en état de retourner à Saint-Paul. Limmershin est un drôle de petit oiseau, mais qui sait dire la vérité.

Personne ne vient à Novastoshnah, hormis pour affaires ; et les seules gens qui aient là des affaires régulières sont les phoques. Ils y abordent pendant les mois d'été, et c'est par centaines et centaines de mille qu'on les voit émerger de la froide mer grise ; car la grève de Novastoshnah offre plus de commodités aux phoques que nul lieu du monde. Sea Catch le savait ; aussi, chaque printemps, partait-il à la nage — d'où qu'il se trouvât — fonçant, comme un torpilleur, droit sur Novastoshnah, où il passait un mois à se battre avec ses camarades pour une bonne place dans les rochers, aussi près de la mer que possible. Sea Catch avait quinze ans d'âge : c'était un énorme phoque gris, dont la fourrure sur les épaules ressemblait à une crinière, et qui montrait de longues canines à l'air mauvais. Quand il se soulevait sur ses nageoires de devant, il dominait le sol de quatre pieds au moins, et son poids, si quelqu'un eût osé le peser, aurait atteint près de sept cents livres. Il était tout couvert de cicatrices de ses furieuses batailles, mais toujours prêt à une bataille de plus. Il mettait sa tête de côté, comme s'il avait peur de regarder son ennemi en face ; mais il la projetait en avant, plus prompt que la foudre, et, une fois les fortes dents fixées dans le cou d'un autre phoque, l'autre phoque s'en tirait comme il pouvait, mais Sea Catch ne l'y aidait pas. Pourtant Sea Catch n'aurait jamais attaqué un phoque déjà battu, car cela était contre les Lois de la Grève. Tout ce qu'il lui fallait, c'était son emplacement près de la mer pour y établir son ménage ; mais, comme il se trouvait quarante ou cinquante mille autres phoques en quête, tous les printemps, de la même chose, les sifflements, les meuglements, les hurlements et les rauquements qu'on entendait sur la grève faisaient un terrible concert. D'une petite colline, appelée Hutchinson's Hill, on pouvait découvrir trois milles et demi de terrain couvert de phoques en train de combattre, et l'écume se tachetait sur toute la baie de têtes de phoques se hâtant vers la terre pour y prendre leur part de bataille. Ils se battaient dans les brisants, ils se battaient sur le sable, ils se battaient sur les basaltes, polis par l'usage, des rochers où s'établissaient les *nurseries,* car ils étaient tout aussi stupides et difficiles à vivre que des hommes. Leurs compagnes n'arrivaient jamais à l'île avant la fin de mai ou le commencement de juin, ne tenant pas à être taillées en pièces ; et les jeunes phoques de deux, trois et quatre ans, qui n'avaient pas encore commencé la vie de ménage, s'avançaient d'un demi-mille environ à l'intérieur des terres, à travers les rangs des combattants, et jouaient sur les dunes par troupeaux et par légions, effaçant jusqu'à la moindre trace de verdure alentour. On les appelait les *holluschickie* — les célibataires — et il y en avait peut-être deux ou trois cent mille à Novastoshnah seulement.

Sea Catch venait de livrer son quarante-cinquième combat, un printemps, quand Matkah, son épouse, la douce et souple Matkah aux yeux caressants, sortit de la mer. Il la saisit par la peau du cou, la posa brutalement sur sa réserve, et grogna :

— En retard comme à l'ordinaire ! Où donc as-tu bien pu aller ?

Sea Catch avait l'habitude de ne rien manger pendant les quatre mois qu'il demeurait sur les grèves ; aussi son humeur était-elle généralement bourrue. Matkah, trop avisée pour répondre sur le même ton, regarda autour d'elle et roucoula :

— Quelle bonne pensée ! Tu as pris le vieil endroit cette fois encore.

— Je crois bien que je l'ai pris, dit Sea Catch... Regarde-moi.

Il se montra déchiré, saignant en vingt endroits, un œil quasi crevé, les flancs à l'état de loques.

— Oh ! ces hommes, ces hommes ! dit Matkah en

s'éventant avec sa nageoire postérieure. Pourquoi ne pouvez-vous être raisonnables, et convenir de vos emplacements avec tranquillité ? Tu as l'air de t'être battu avec Killer Whale [1].

— Je n'ai fait autre chose que me battre depuis le milieu de mai. La grève est encombrée cette année, c'est une honte. J'ai rencontré au moins cent phoques de Lukannon à la recherche d'un logis. Pourquoi les gens ne restent-ils pas chez eux ?

— J'ai souvent pensé que nous nous trouverions beaucoup mieux d'aborder à Otter Island au lieu de choisir cette grève encombrée, dit Matkah.

— Bah ! les *holluschickie* seuls vont à Otter Island. On dirait que nous avons peur. Il y a des apparences à garder, ma chère.

Sea Catch enfonça fièrement sa tête entre se fortes épaules et fit semblant de dormir quelques minutes, mais d'un œil seulement, car il se tenait strictement sur ses gardes en vue d'une bataille possible.

Maintenant que tous les phoques et leurs femelles étaient à terre, on pouvait entendre leur clameur à plusieurs milles au large, au-dessus des plus bruyantes tempêtes. Au plus bas mot, il y avait bien un million de phoques sur la grève — vieux phoques, mères phoques, petits phoques et *holluschickie* — combattant, se roulant, rampant et jouant ensemble, descendant à la mer et revenant en troupes et en régiments, couvrant chaque pied de terrain aussi loin que l'œil pouvait atteindre, partant par brigades en escarmouches à travers le brouillard. Il fait presque toujours du brouillard à Novastoshnah, sauf quand le soleil paraît pour donner à toutes choses, l'espace d'un instant, des aspects de perle et d'arc-en-ciel.

Kotick, le baby de Matkah, naquit au milieu de

---

1. La Baleine Tueuse.

cette confusion. Il était tout en tête et en épaules, avec de pâles yeux bleus couleur d'eau, comme sont les tout petits phoques ; mais il y avait quelque chose de la teinte de son pelage qui le fit examiner de très près par sa mère :

— Sea Catch, dit-elle enfin, notre baby va être blanc !

— Coquilles vides et goémon sec ! éternua Catch, il n'y a jamais eu au monde rien qui ressemblât à un phoque blanc.

— Ce n'est pas ma faute, dit Matkah ; il y en aura un maintenant.

Et elle chanta à mi-voix la lente chanson que toutes les mères phoques chantent à leurs babies.

Ne nage pas avant d'avoir six semaines,
Ou ta tête sera coulée par tes talons ;
Et moussons d'été, requins et baleines
Sont mauvais pour les bébés phoques.

Mauvais pour les bébés phoques, mon rat,
Plus mauvais que rien ne peut l'être,
Mais barbote et deviens fort,
Et tu n'auras jamais tort,
Libre enfant de la mer ouverte !

Le petit, naturellement, ne comprenait pas tout d'abord les paroles. Il pagayait et barbotait à côté de sa mère, et apprenait à déblayer le terrain quand son père se battait avec un autre phoque et que les deux roulaient et rugissaient à travers les rochers glissants. Matkah allait au large chercher des choses à manger, et le baby n'était nourri qu'une fois tous les deux jours ; mais, alors, il mangeait comme quatre et en profitait.

La première chose qu'il fit, ce fut de ramper vers

l'intérieur ; là, il rencontra des dizaines de mille de babies de son âge et ils jouèrent ensemble comme de petits chiens, s'endormant sur le sable clair et se remettant à jouer. Les vieilles gens des *nurseries* ne s'en occupaient pas, les *holluschichie* s'en tenaient à leur propre territoire, et les babies s'amusaient merveilleusement. Quand Matkah revenait de sa pêche en eau profonde, elle allait droit à leur lieu de récréation et appelait, comme une brebis appelle son agneau, jusqu'à ce qu'elle entendît bêler Kotick. Alors elle se dirigeait vers lui en stricte ligne droite, se lançant de côté et d'autres avec ses nageoires de devant et jetant les jeunes phoques cul par-dessus tête. Il y avait toujours quelques centaines de mères en quête de leurs enfants à travers le terrain des jeux, et les babies avaient grand besoin d'ouvrir l'œil ; mais, comme Matkah disait à Kotick :

— Tant que tu ne te vautres pas dans l'eau bourbeuse pour y prendre la gale, tant que tu ne te mets pas de sable sec dans une coupure ou une éraflure, et tant que tu ne nages pas quand la mer est grosse, aucun mal ne peut t'arriver ici.

Les petits phoques ne savent pas mieux nager que les petits enfants, mais ils ne sont pas heureux jusqu'à ce qu'ils aient appris. La première fois que Kotick descendit à la mer, une vague l'emporta, lui fit perdre pied, sa grosse tête s'enfonça, et ses petites nageoires de derrière se dressèrent en l'air exactement comme sa mère le lui avait dit dans la chanson ; en effet, si la vague suivante ne l'avait rejeté vers le bord, il se serait noyé. Après cela, il apprit à rester étendu dans une flaque de la grève, à se laisser tout juste recouvrir par le flux de chaque vague qui le soulevait, tandis qu'il pagayait ; mais il veillait toujours d'un œil pour voir arriver les grosses vagues qui peuvent faire mal. Il fut deux semaines avant d'apprendre l'usage de ses nageoires, et, tout ce temps, il se traîna du rivage dans la mer, de la mer sur le rivage, toussant, grognant, remontant la grève à plat ventre, dormant comme un chat sur le sable, puis se remettant à l'eau jusqu'à ce qu'enfin il se sentît vraiment en possession de son élément.

Vous pouvez imaginer quel bon temps, alors, il prit avec ses camarades, les plongeons sous les lames, les chevauchées sur la crête d'un brisant, les arrivées à terre avec un éternuement et un pouf, tandis que la grande vague filait en écumant, très haut sur le rivage ; la joie de se tenir tout droit sur sa queue et de se gratter la tête, comme font les vieilles gens, ou de jouer à *Je suis le Roi du Château* sur les roches herbues et glissantes qui affleuraient à ras d'écume. Parfois il voyait un mince aileron, semblable à l'aileron d'un gros requin, dérivant au large, non loin du bord, et il savait que c'était le cachalot tueur, le Grampus, qui mange les jeunes phoques lorsqu'il peut les prendre... et Kotick fonçait vers la grève comme une flèche, et l'aileron s'en allait louvoyant lentement, comme s'il ne cherchait rien du tout.

A la fin d'octobre, les phoques commencèrent à quitter Saint-Paul pour la haute mer, par familles et par tribus ; les batailles cessèrent autour des *nurseries,* et les *holluschickie* jouaient où bon leur semblait.

— L'année prochaine, dit Matkah à Kotick, tu seras un *holluschickie* ; mais, cette année, il faut que tu apprennes à prendre du poisson.

Il se mirent tous deux en route à travers le Pacifique, et Matkah montra à Kotick comment dormir sur le dos, les nageoires proprement bordées et son petit nez juste hors de l'eau. Il n'y a pas de berceau plus confortable que la longue houle balancée du Pacifique. Lorsque Kotick sentit des picotements sur toute la surface de la peau, Matkah lui dit qu'il connaissait maintenant « le toucher de l'eau », que ses élancements et ces picotements annonçaient du gros temps en route, et qu'il fallait souquer dur et fuir devant l'orage.

— Avant longtemps, dit-elle, tu sauras vers où nager, mais, pour l'instant, nous suivrons Sea Pig, car il est très sage.

Une bande de marsouins plongeait et filait à travers l'eau, et le petit Kotick les suivit de toute sa vitesse.

— Comment savez-vous la route ? souffla-t-il.

Le chef de la bande roula son œil blanc et plongea :

— Ma queue m'élance, jeunesse, dit-il. C'est signe de grain derrière nous. Viens, viens ! Quand on est au sud de l'Eau Lourde (il voulait dire l'Equateur) et qu'on éprouve des élancements dans la queue, cela signifie qu'il y a un orage devant soi et qu'il faut gouverner nord. Viens, l'eau ne me dit rien de bon par ici.

Ce fut une des nombreuses choses qu'apprit Kotick, et, chaque jour, il en apprenait de nouvelles. Matkah lui enseigna à suivre la morue et le flétan, le long des bancs sous-marins ; à extirper les bêtes de rocher de leur trou parmi les goémons ; à longer les épaves par cent brasses de fond, enfilant un hublot, raide comme balle, pour sortir par un autre à la suite des poissons ; à danser sur la crête des vagues, tandis que les éclairs se pourchassent à travers le ciel, et à saluer poliment de la nageoire l'albatros à queue tronquée et la frégate, tandis qu'ils descendent le vent ; à sauter, trois ou quatre pieds hors de l'eau, comme un dauphin, nageoires au flanc et queue recourbée ; à laisser les poissons volants tranquilles, parce qu'ils sont tout en arêtes ; à happer l'épaule d'une morue à toute vitesse par dix brasses ; et à ne jamais s'arrêter pour regarder une embarcation ou un navire, mais surtout un canot à rames. Au bout de six mois, ce que Kotick ignorait encore de la pêche en eau profonde ne valait pas la peine d'être su : et, tout ce temps, il ne se posa pas une fois sur la terre ferme.

Un jour, cependant, comme il flottait à moitié endormi dans l'eau tiède quelque part au large de l'île Juan Fernandez, il sentit un malaise et une paresse l'envahir, tout comme les humains lorsqu'ils ont « le printemps dans les jambes », et il se rappela le bon sable ferme des grèves de Novastoshnah, à deux mille lieues de là, les jeux de ses camarades, l'odeur du varech, le cri des phoques et leurs batailles. A la même minute, il mit le cap nord, nageant d'aplomb, et, comme il allait, il rencontra des douzaines de ses compagnons, tous à même destination, qui lui dirent :

— Salut, Kotick ! Cette année, nous sommes tous *holluschikie,* nous pourrons danser la danse du feu dans les brisants de Lukannon et jouer sur l'herbe neuve. Mais où as-tu pris cette robe ?

Le pelage de Kotick était d'un blanc presque immaculé maintenant, et, quoiqu'il en fût très fier, il répondit seulement :

— Nagez vite ! J'ai des crampes dans les os, tant il me tarde de revoir la terre.

C'est ainsi qu'ils arrivèrent aux grèves où ils étaient nés, et ils entendirent de loin les vieux phoques, leurs pères, combattre dans la brume pesante.

Cette nuit-là, Kotick dansa la « danse du feu » avec les jeunes phoques de l'année. La mer est pleine de feu, pendant les nuits d'été, depuis Novastoshnah jusqu'à Lukannon, et chaque phoque laisse un sillage derrière lui, comme d'huile brûlante, et une flamme brusque lorsqu'il saute, et les vagues se brisent en grandes zébrures et en tourbillons phosphorescents. Puis ils remontèrent à l'intérieur jusqu'aux terrains des *holluschickie,* se roulèrent du haut en bas dans les folles avoines nouvelles et racontèrent des histoires sur ce qu'ils avaient fait pendant qu'ils couraient la mer. Ils parlaient du Pacifique comme les écoliers d'un bois d'où ils viendraient de gauler des noisettes, et, si quelqu'un les eût compris, il aurait pu, rentré chez lui, dresser de cet océan une carte comme on n'en vit jamais. Les *holluschickie* de trois et quatre ans dégringolèrent de Hutchinson's Hill en criant :

— Place, gosses ! La mer est profonde, et vous ne savez pas encore tout ce qu'il y a dedans. Attendez d'avoir doublé le Cap... Eh ! petit, où as-tu pris cet habit ?

— Je ne l'ai pas pris, dit Kotick, il a poussé tout seul. — Et, au moment où il allait rouler son interlocuteur, deux hommes à cheveux noirs, à faces rougeaudes et plates, sortirent de derrière une dune, et Kotick, qui n'avait jamais vu d'hommes auparavant, toussa et mit la tête basse. Les *holluschickie* s'ébranlèrent pesamment de quelques mètres, puis restèrent immobiles à les dévisager stupidement. Les hommes n'étaient rien moins que Kerick Booterin, le chef des chasseurs de phoques de l'île, et Patalamon, son fils. Ils venaient d'un petit village à moins d'un demi-mille des *nurseries,* et ils s'occupaient de décider quels phoques ils rabattraient vers les abattoirs — car on mène les phoques tout comme des moutons — pour être, par la suite, transformés en jaquettes fourrées.

— Oh ! dit Patalamon. Regarde. Voilà un phoque blanc.

Kerick Booterin devint presque pâle sous sa couche d'huile et de fumée — car il était Aléoute, et les

Aléoutes ne sont pas des gens soignés. Puis il marmotta une prière.

— Ne le touche pas, Patalamon. Il n'y a jamais eu de phoque blanc depuis que je suis né. Peut-être que c'est l'esprit du vieux Zaharrof qui s'est perdu l'année dernière dans un gros coup de vent.

— Je passe au large, dit Patalamon. Ça porte malheur... Vous croyez vraiment que c'est le vieux Zaharrof qui revient ? Je lui dois quelque chose pour des œufs de mouette.

— Ne le regarde pas, dit Kerick. Rabats cette troupe de quatre ans. Les hommes devraient en écorcher deux cents aujourd'hui, mais c'est le début de la saison, et ils sont neufs à l'ouvrage. Cent suffiront. Vite !

Patalamon secoua une paire de castagnettes, formées de deux clavicules de phoque, devant un troupeau de *holluschickie,* et ceux-ci s'arrêtèrent net, reniflant et soufflant. Puis il s'approcha. Les phoques se mirent en mouvement, et Kerick les mena vers l'intérieur sans qu'ils essayassent une fois de rejoindre leurs compagnons. Des centaines et des centaines de phoques virent emmener les autres, mais ils continuèrent à jouer comme si de rien n'était. Kotick fut le seul à poser des questions, et aucun de ses camarades ne put rien lui dire, sinon que les hommes menaient toujours les phoques de cette manière pendant six semaines ou deux mois chaque année.

— Je vais les suivre, dit-il.

Et les yeux lui sortaient presque de la tête comme il clopinait derrière le troupeau.

— Le Phoque Blanc vient derrière nous, cria Patalamon. C'est la première fois qu'un phoque est jamais venu aux abattoirs tout seul.

— Ne regarde pas en arrière, dit Kerick. Je suis sûr

maintenant que c'est l'esprit de Zaharrof !... Il faut que j'en parle au prêtre.

La distance jusqu'aux abattoirs n'était que d'un demi-mille, mais elle prit une heure à couvrir, car, si les phoques allaient trop vite. Kerick savait qu'ils s'échaufferaient et qu'alors leur fourrure s'en irait par plaques lorsqu'on les écorcherait. De sorte qu'ils allèrent très lentement, passé Sea-Lion's Neck et passé Webster-House jusqu'à ce qu'ils atteignissent le saloir situé juste hors de vue des phoques de la grève. Kotick suivit, haletant et perplexe. Il se croyait au bout du monde, mais les cris des *nurseries,* derrière lui, résonnaient aussi haut que le bruit d'un train dans un tunnel.

Enfin, Kerick s'assit sur la mousse, tira une lourde montre d'étain et laissa le troupeau fraîchir pendant trente minutes... et Kotick pouvait entendre la rosée du brouillard s'égoutter du bord de son bonnet. Puis dix ou douze hommes, chacun armé d'une massue bandée de fer et longue de trois ou quatre pieds, s'approchèrent. Kerick leur désigna un ou deux individus de la bande qui avaient été mordus par leurs camarades ou s'étaient échauffés, et les hommes les jetèrent de côté à grands coups de leurs lourdes bottes faites en peau de gorge de morse. Alors, Kerick dit :

— Allez !

Et les hommes se mirent à assommer les phoques le plus vite qu'ils pouvaient. Dix minutes plus tard, Kotick ne reconnaissait plus ses amis, car leurs peaux, soulevées du nez aux nageoires postérieures, arrachées d'un coup sec, gisaient à terre, en tas.

C'en était assez pour Kotick. Il fit volte-face et partit au galop — un phoque peut galoper très vite pour peu de temps — vers la mer, sa petite moustache naissante toute hérissée d'horreur. A Sea-Lion's

Neck, où les grands lions de mer siègent au bord de l'écume, il se jeta, nageoires par-dessus tête, dans l'eau fraîche, et se mit à se balancer en soupirant misérablement.

— Qui va là ? dit un lion de mer rudement.

Car, en règle générale, les lions de mer s'en tiennent à leur propre société.

— *Scoochnie ! Ochen Scoochnie !* Je suis seul, tout seul ! dit Kotick. On est en train de tuer tous les *holluschickie* sur toutes les grèves !

Le lion de mer tourna les yeux vers la terre.

— Absurde ! dit-il. Tes amis font autant de bruit que jamais. Tu as dû voir le vieux Kerick en train de nettoyer une bande. Il y a trente ans qu'il fait ce métier.

— C'est horrible, dit Kotick en s'arc-boutant dans l'eau, tandis qu'une vague le couvrait, et reprenant l'équilibre d'un coup de nageoires en hélice qui l'arrêta à trois centimètres d'une déchiqueture de rocher.

— Pas mal pour un petit de l'an, dit le lion de mer, qui était à même d'apprécier un bon nageur. Je suppose qu'à votre point de vue c'est en effet assez vilain ; mais, vous autres, phoques, comme vous persistez à venir ici d'année en année, les hommes arrivent naturellement à le savoir, et si vous ne pouvez pas trouver une île où les hommes ne viennent jamais, vous serez toujours rabattus.

— N'y a-t-il pas d'île pareille ? commença Kotick.

— J'ai suivi le *poltoo* (le flétan) pendant vingt années et je ne peux pas dire que je l'ai trouvée encore. Mais, écoute... tu sembles prendre plaisir à causer avec tes supérieurs... pourquoi ne vas-tu pas à Walrus Islet parler à Sea Vitch ? Il sait peut-être quelque chose. Ne te presse pas comme cela. C'est une traversée de six milles, et à ta place je me mettrais à sec et ferais un somme auparavant.

Kotick jugea l'avis bon ; aussi, de retour à sa propre grève, se mit-il à sec et dormit-il une demi-heure, avec des frissons tout le long du corps à la manière des phoques. Puis il mit le cap sur Walrus Islet, petit plateau bas d'île rocheuse, presque en plein norois de Novastoshnah, tout en langues de rochers et en nids de mouettes, où les morses vivaient entre eux. Il prit terre près du vieux Sea Vitch, le gros vilain morse bouffi et dartreux, du Nord Pacifique, au col épais et aux longues défenses, qui n'a de bonnes manières que lorsqu'il dort — comme il faisait en ce moment — ses nageoires de derrière baignant à moitié dans l'écume.

— Éveille-toi ! aboya Kotick, car les mouettes menaient grand bruit.

— Ah ! oh ! Humph ! Qu'est-ce que c'est ? dit Sea Vitch.

Et il heurta de ses défenses le morse qui était près de lui et l'éveilla ; celui-ci éveilla son voisin, et ainsi de suite jusqu'à ce qu'il fussent tous réveillés, écarquillant les yeux dans toutes les directions, sauf la bonne.

— Hé ! c'est moi, dit Kotick, pointant dans l'écume et semblable à une petite limace blanche.

— Eh bien ! que je sois... écorché ! dit Sea Vitch.

Ils toisèrent tous Kotick, comme vous pouvez imaginer qu'un club de vieux messieurs somnolents toiserait un petit garçon. Kotick ne tenait pas à entendre parler davantage d'écorchement ce jour-là, il en avait vu assez, de sorte qu'il héla :

— N'y a-t-il pas un lieu où puissent aller les phoques et où les hommes ne viennent jamais ?

— Débrouille-toi et trouve, dit Sea Vitch, en fermant les yeux. Cours. Nous avons affaire ici.

Kotick fit un saut de dauphin en l'air, et cria de toutes ses forces :

— Mangeur de Moules ! Mangeur de Moules ! Mangeur de Moules !

Il savait que Sea Vitch n'avait jamais pris un poisson de sa vie, mais déterrait toujours des coquillages et des algues, quoiqu'il se fît passer pour personnage terrible. Comme de juste, les Chickies, les Gooverooskies et les Epatkas — Mouettes-Bourgmestres, Mouettes tachetées et Plongeons —, qui cherchent toujours l'occasion d'être impolis, reprirent le cri, et, comme Limmershin me l'a dit, pendant près de cinq minutes on n'eût pas entendu un coup de fusil sur Walrus Islet. Toute la population piaulait et criait :

— Mangeur de Moules ! *Stareek !* (vieil homme), tandis que Sea Vitch roulait d'un flanc sur l'autre, grognant et toussant.

— Et maintenant, me le diras-tu ? dit Kotick, tout essoufflé.

— Va demander à Sea Cow, dit Sea Vitch. S'il vit encore, il pourra te le dire.

— Comment connaîtrai-je Sea Cow lorsque je le rencontrerai ? dit Kotick, en faisant une embardée pour s'en aller.

— C'est dans la mer la seule chose plus vilaine que Sea Vitch ! cria une Mouette-Bourgmestre en tournant sous le nez de Sea Vitch, plus vilaine et plus mal élevée ! *Stareek !*

Kotick reprit à la nage le chemin de Novastoshnah, laissant crier les mouettes. Mais il ne trouva au retour nulle sympathie envers son humble tentative de découvrir un lieu sûr pour les phoques. On lui dit que les hommes avaient toujours mené les *holluschickie,* cela faisait partie de la besogne courante, et que, s'il n'aimait pas à voir de laides choses, il n'avait qu'à ne pas aller aux abattoirs. Mais aucun des autres phoques n'avait vu la tuerie, et c'est ce qui faisait la différence entre lui et ses amis. De plus, Kotick était un phoque blanc.

— Ce qu'il te faut faire, dit le vieux Sea Catch, après avoir entendu les aventures de son fils, c'est pousser et devenir un grand phoque comme ton père, puis fonder une *nursery* sur la plage : et alors, ils te laisseront la paix. Dans cinq ans d'ici, tu devrais pouvoir te battre pour ton compte.

Même la douce Matkah, sa mère, lui dit :

— Tu ne pourras jamais empêcher les tueries. Va jouer dans la mer, Kotick.

Et Kotick s'en alla danser la danse du feu, son petit cœur très gros.

Cet automne, il quitta la grève sitôt qu'il put et se mit seul en route, à cause d'une idée qu'il avait dans sa tête obstinée. Il trouverait Sea Cow, si tel personnage existait dans l'étendue des mers, et il découvrirait une île paisible avec de bonnes grèves de sable ferme pour les phoques, où les hommes ne pourraient pas les atteindre.

Infatigablement, tout seul, il explora l'océan, du nord au sud du Pacifique, nageant jusqu'à trois cents milles en un jour et une nuit. Il lui arriva plus d'aventures qu'on ne peut conter ; c'est tout juste s'il échappa au Requin tacheté ainsi qu'au Marteau ; il rencontra tous les ruffians sans foi qui vagabondent à travers les mers, et les lourds poissons polis et les grands coquillages écarlates et tachetés qui restent à l'ancre au même endroit des centaines d'années et en tirent grand orgueil ; mais il ne rencontra jamais Sea Cow, et jamais il ne trouva une île qui lui plût. Si la grève était bonne et ferme avec une pente douce où les phoques pussent jouer, il y avait toujours à l'horizon la fumée d'un baleinier qui faisait bouillir de la graisse, et Kotick savait ce que cela signifiait. Ou bien il pouvait voir que les phoques avaient visité l'île autrefois et y avaient été détruits par des massacres ; et Kotick se rappelait que là où les hommes sont déjà venus ils reviennent toujours.

Il fit route avec un vieil albatros à queue tronquée, qui lui recommanda l'île de Kerguelen comme l'endroit rêvé pour la paix et le silence, et, lorsque Kotick descendit par là, c'est tout au plus s'il ne se fracassa pas en miettes contre de mauvaises falaises noires, pendant un violent orage de grêle accompagné de foudre et de tonnerre. Pourtant, comme il souquait contre le vent, il put voir que, même là, il y avait eu jadis une *nursery* de phoques. Et il en était de même dans toutes les autres îles qu'il visita.

Limmershin en énuméra une longue liste, car il disait que Kotick passa en exploration cinq saisons, avec, chaque année, un repos de quatre mois à Novastoshnah, où les *holluschickie* se moquaient de lui et de ses îles imaginaires. Il alla aux Galapagos, un horrible endroit desséché sous l'Equateur, où il pensa être cuit par le soleil ; il alla aux îles de Géorgie, aux Orcades, à l'île d'Emeraude, à l'île du Petit-Rossignol, à l'île de Bouvet, aux Grossets, et jusqu'à une toute petite île au sud du cap de Bonne-Espérance. Mais partout le peuple de la mer lui répétait la même chose. Les phoques étaient venus à ces îles dans les temps, mais les hommes les y avaient massacrés et détruits. Même, un jour, après avoir nagé des centaines de lieues dans les eaux du Pacifique, en atteignant un endroit nommé le cap Corrientes (c'était à son retour de l'île de Gough), il trouva sur un rocher quelques centaines de phoques galeux qui lui dirent que les hommes venaient là aussi. Cela faillit le désespérer, et il doublait le cap, en route vers ses grèves natales, quand, sur le chemin du nord, il aborda dans une île couverte d'arbres verts, où il trouva un vieux, très vieux phoque qui se mourait. Kotick pêcha pour lui et lui conta tous ses échecs.

— Maintenant, dit Kotick, je retourne à Novastoshnah et, si je suis poussé vers les abattoirs avec les *Holluschickie,* je ne m'en soucie plus.

Le vieux phoque, au contraire, l'encouragea :

— Essaie une fois encore. Je suis le dernier de la tribu perdue de Masafuera, et, au temps où les hommes nous tuaient par centaines de mille, il courait une légende sur les grèves au sujet d'un phoque blanc qui, un jour, descendrait du nord et conduirait le peuple des phoques en un lieu sûr. Je suis vieux et je ne vivrai pas pour voir ce jour-là, mais d'autres le verront à ma place... Essaie une fois encore.

Kotick retroussa sa moustache (elle était superbe) et dit :

— Je suis le seul phoque blanc jamais né sur les grèves, et je suis le seul phoque, blanc ou noir, qui ait pensé jamais à chercher des îles nouvelles.

Cela le ragaillardit considérablement.

Quand il revint à Novastoshnah, cet été-là, Matkah, sa mère, le supplia de se marier et d'établir son ménage, car il n'était plus un *holluschickie,* mais un *sea catch* ayant atteint sa pleine croissance, avec une crinière blanche et frisée sur les épaules, aussi lourd, aussi grand, aussi courageux que son père.

— Donnez-moi une autre saison, dit-il. Rappelez-vous, mère, c'est toujours la septième vague qui remonte la grève le plus haut.

Coïncidence assez bizarre, il se trouva une jeune phoque qui jugea, comme lui, qu'elle remettrait son mariage à l'an suivant et Kotick dansa avec elle la danse du feu tout le long de la grève de Lukannon, la nuit qui précéda son départ pour sa dernière croisière. Cette fois, il se dirigea vers l'ouest, car il était tombé sur la piste d'un grand banc de flétans, et il avait besoin d'au moins cent livres de poisson par jour pour se tenir en condition. Il les chassa jusqu'à ce qu'il fût las, puis il se mit en rond et s'endormit dans le creux de la houle qui bat Copper Island. Il connaissait parfaitement la côte, de sorte que, vers minuit, en heurtant doucement un lit de varech, il dit :

— Hum, il y a grosse marée, ce soir !

Se retournant sous l'eau, il ouvrit lentement les yeux et s'étira. Puis il sauta comme un chat, en apercevant d'énormes choses qui musaient dans l'eau des hauts-fonds et broutaient les lourdes franges des varechs.

— Par les Grands Brisants de Magellan, dit-il dans sa moustache, qui donc, de toute la mer profonde, sont ces gens-là ?

Ils ne ressemblaient à rien, morse, lion de mer, phoque, ours, baleine, requin, poisson, pieuvre ou coquillage, que Kotick eût jamais vu auparavant. Ils avaient de vingt à trente pieds de long, pas de nageoires postérieures, mais une queue en forme de pelle qui paraissait taillée dans du cuir mouillé. Leurs têtes étaient les plus ridicules choses qu'on pût voir, et ils se balançaient sur le bout de leurs queues en eau profonde lorsqu'ils ne paissaient pas, se saluant solennellement les uns les autres, et agitant leurs nageoires de devant comme un gros homme agite des bras trop courts.

— Ahem ! dit Kotick. Bon plaisir, messieurs !

Les grosses créatures répondirent en dodelinant et en agitant leurs nageoires comme le Frog-Footman [1].

1. Personnage d'*Alice*. Il s'agit d'un valet de pied qui salue toujours et ne répond jamais.

Quand ils se remirent à pâturer, Kotick vit que leur lèvre supérieure était fendue en deux morceaux, qu'ils pouvaient écarter d'environ un pied, pour de nouveau les joindre avec un boisseau de goémon dans la fente. Ils poussaient le varech dans leurs bouches et mâchaient solennellement.

— Sale manière de manger, fit Kotick.

Ils dodelinèrent encore, et Kotick commença à perdre patience.

— Très bien ! dit-il. Ce n'est pas pour une articulation de plus que les autres dans votre nageoire de devant, qu'il vaut la peine de faire tant d'embarras. Je vois que vous saluez gracieusement, mais je voudrais connaître vos noms.

Les lèvres fendues remuèrent, se tordirent ; les yeux vitreux et verdâtres s'arrondirent, mais ils ne parlèrent pas.

— Eh bien ! dit Kotick, vous êtes les seules gens que j'aie jamais rencontrés qui soient plus laids que Sea Vitch... et plus mal léchés !

Alors, il se souvint, en un éclair, de ce que la Mouette-Bourgmestre qui avait crié, quand il n'était qu'un petit de l'année, à Walrus Islet, et il retomba en arrière dans l'eau : il le voyait bien, il avait enfin découvert Sea Cow.

Les vaches marines continuaient de mâchonner, de pâturer et de ruminer dans le varech, et Kotick leur posa des questions dans toutes les langues qu'il avait ramassées au cours de ses voyages, car le peuple de la mer parle presque autant de langues que les êtres humains. Mais les vaches marines ne répondaient pas, car Sea Cow ne sait pas parler. Il n'a que six os dans le cou au lieu de sept, et on dit, dans la mer, que c'est cela qui l'empêche de parler, même avec ses semblables ; mais, comme vous le savez, il possède une articulation de plus dans sa nageoire antérieure, et, en l'agitant de haut en bas et de droite à gauche, il produit des mouvements qui répondent à une sorte de grossier code télégraphique.

Au lever du jour, la crinière de Kotick se tenait debout toute seule, et sa patience était partie où vont les crabes morts. Alors, les vaches marines entreprirent de voyager très lentement du côté du nord, en s'arrêtant souvent pour tenir d'absurdes conciliabules tout en saluts grotesques, et Kotick les suivit en se disant :

— Des gens idiots à ce point se seraient fait massacrer depuis longtemps s'ils n'avaient découvert quelque île sûre ; et ce qui est assez bon pour Sea Cow est assez bon pour Sea Catch... C'est égal, j'aimerais qu'ils se dépêchent.

Ce fut un voyage harassant pour Kotick. Le troupeau des vaches marines ne parcourait jamais plus de quarante ou cinquante milles par jour, s'arrêtait la nuit pour brouter, et suivait la côte tout le temps, pendant que Kotick nageait autour, par-dessus et par-dessous, mais sans en obtenir rien de plus. A mesure qu'elles avançaient vers le nord, elles tenaient un conseil en saluts toutes les quelques heures, et Kotick s'était presque rongé la moustache d'impatience, lorsqu'il s'aperçut qu'elles remontaient un courant d'eau chaude. Alors, son respect pour elles s'accrut. Une nuit, elles se laissèrent couler à travers l'eau luisante — couler comme des pierres — et, pour la première fois depuis qu'il les connaissait, elles se mirent à nager vite. Kotick suivit, étonné de leur allure ; il n'avait jamais rêvé que Sea Cow existât comme nageur. Elles mirent le cap sur une falaise du rivage, une falaise dont le pied plongeait en eau profonde, et dans laquelle s'ouvrait un trou noir, par vingt brasses de profondeur. Ce fut un long, très long parcours, et Kotick avait grand besoin d'air frais en émergeant du boyau sombre par lequel on l'avait conduit.

— Par ma perruque, dit-il, en débouchant en eau libre, l'autre extrémité, tout suffoquant et soufflant — c'est un long plongeon, mais il en vaut la peine.

Les vaches marines s'étaient séparées et paissaient paresseusement sur les bords des plus belles grèves que Kotick eût jamais vues. Il y avait de longues bandes de rochers, polis par l'usure de l'eau, s'étendant sur des lieues, exactement adaptés à l'installation de *nurseries* phoques ; et il y avait en arrière, et remontant en pente douce, des terrains de jeu, en sable dur ; il y avait des houles pour y danser, de l'herbe drue pour s'y rouler, des dunes à escalader et à dégringoler ; et, par-dessus tout, Kotick connut, au toucher de l'eau, qui ne trompe pas un Sea Catch, que jamais un homme n'était venu dans ces parages. La première chose qu'il fit, ce fut de s'assurer si la pêche était bonne ; puis, il nagea le long des grèves, et compta les délectables îlots bas et sablonneux à demi cachés dans la brume vagabonde. Au nord s'étendait une ligne de fonds, d'écueils et de rochers, qui ne permettrait jamais à un navire d'approcher à plus de six milles du rivage ; entre les îles et la terre courait un chenal d'eau profonde où plongeait la falaise perpendiculaire ; et, quelque part au-dessous des falaises, s'ouvrait la bouche du tunnel.

— C'est un autre Novastoshnah, dit Kotick, mais dix fois mieux. Sea Cow doit être moins bête que je ne croyais. Les hommes mêmes, s'il y avait ici des hommes, ne pourraient pas descendre des falaises et les récifs, du côté de la mer, réduiraient un navire en charpie. S'il est un lieu sûr dans la mer, c'est celui-ci.

Il se prit à penser à celle qu'il avait laissée à l'attendre ; mais, quoiqu'il eût hâte de rentrer à

Novastoshnah, il explora complètement le nouveau pays, afin d'être en état de répondre à toutes les questions.

Puis il plongea, reconnut une fois pour toutes l'embouchure du tunnel, et l'enfila dans la direction du sud. Personne autre qu'une vache marine ou un phoque n'eût soupçonné l'existence d'une telle retraite, et, en se retournant vers les falaises, Kotick lui-même doutait d'y avoir abordé jamais.

Il mit dix jours à rentrer, quoique sans perdre de temps en route ; et, en prenant terre au-dessus de Sea Lion's Neck, la première personne qu'il rencontra fut celle qu'il avait laissée à l'attendre. Elle comprit au regard de ses yeux qu'enfin il avait trouvé son île.

Mais les *holluschickie*, Sea Catch son père lui-même, et tous les autres phoques se moquèrent de lui quand il leur conta sa découverte, et un jeune phoque d'à peu près son âge lui dit :

— Tout cela est bel et bon, Kotick, mais tu ne vas pas arriver du diable sait où pour nous y expédier à ta guise. Rappelle-toi que nous autres, nous venons de nous battre pour nos *nurseries,* ce que tu n'as jamais fait. Tu préfères vagabonder à travers la mer.

Les autres phoques éclatèrent de rire à ces paroles, et le jeune phoque se mit à hocher la tête de gauche à droite. Il s'était marié cette année-là, et en faisait beaucoup d'état.

— Pourquoi me battrais-je, puisque je n'ai pas de *nursery* ? dit Kotick. Je veux seulement vous montrer un endroit où vous serez en sûreté. A quoi bon se battre ?

— Oh ! si tu te dérobes, bien entendu, je n'ai plus rien à dire, fit le jeune phoque avec un vilain ricanement.

— Viendras-tu avec moi, si j'ai le dessus ? demanda Kotick.

Et une lueur verte flamba dans ses yeux, car il était furieux d'avoir à se battre.

— Fort bien, dit le jeune phoque négligemment, si tu as le dessus, je viens.

Il n'eut pas le temps de changer d'avis, car la tête de Kotick s'était détendue, et ses dents crochaient dans le gras du cou de son adversaire. Puis il se rabattit sur ses hanches et traîna son ennemi le long de la grève, le secoua et le jeta à terre pour en finir.

Alors Kotick, s'adressant aux phoques, rugit :

— J'ai fait de mon mieux pour votre bien, au cours des cinq dernières saisons. Je vous ai trouvé l'île où vous serez en sécurité. Mais, à moins d'arracher vos têtes à vos sottes épaules, vous ne me croirez pas. Eh bien ! je vais vous apprendre, maintenant. Garde à vous !

Limmershin m'a dit que jamais de sa vie — et Limmershin voit dix mille grands phoques se battre tous les ans — que jamais, dans toute sa petite vie, il n'avait vu rien de pareil à la charge de Kotick à travers les *nurseries*. Il se jeta sur le plus gros Sea Catch qu'il put trouver, le happa à la gorge, l'étrangla, le cogna et l'assomma, jusqu'à ce que l'autre poussât le grognement de miséricorde, puis le jeta de côté pour attaquer le suivant. Voyez-vous, Kotick n'avait jamais jeûné quatre mois durant, selon la coutume annuelle des grands phoques ; ses courses en haute mer l'avaient gardé en parfaite condition, et, par-dessus tout, il ne s'était jamais encore battu. Toute blanche, sa crinière frisée se hérissait de colère, ses yeux flamboyaient, ses grandes canines brillaient : il était splendide à voir. Le vieux Sea Catch, son père, le vit passer comme une trombe, traînant sur le sable les vieux phoques grisonnants, comme autant de plies, et culbutant les jeunes dans tous les sens, et Sea Catch cria :

— Il est peut-être fou, mais c'est le meilleur champion des grèves ! N'attaque pas ton père, mon fils ! Il marche avec toi !

Kotick rugit pour toute réponse, et le vieux Sea Catch entra dans la lutte en se dandinant, la moustache hérissée et soufflant comme une locomotive, tandis que Matkah et la fiancée de Kotick s'accroupissaient pour suivre le spectacle, et admiraient leurs hommes. Ce fut une magnifique bataille, car l'un et l'autre se battirent aussi longtemps qu'il resta le moindre phoque à oser lever la tête ; et, lorsqu'il n'en resta plus, ils paradèrent fièrement sur la grève, côte à côte, en mugissant.

A la nuit, comme les feux boréaux commençaient à scintiller et à danser à travers le brouillard, Kotick escalada un rocher nu et contempla les *nurseries* dispersées, les phoques meurtris et saignants.

— Maintenant, dit-il, je vous ai donné la leçon que vous méritiez.

— Par me perruque, dit le vieux Sea Catch en se redressant avec raideur, car il était terriblement courbatu, Killer Whale ne les aurait pas plus mal arrangés... Fils, je suis fier de toi... et mieux, je viendrai, moi, à ton île... si elle existe.

— Écoutez, lourds pourceaux de la mer. Qui m'accompagne au tunnel de Sea Cow ?... Répondez, ou je recommence la leçon, rugit Kotick.

Il y eut un murmure, pareil au friselis de la marée, sur toute l'étendue des grèves.

— Nous viendrons, dirent des milliers de voix lasses. Nous suivrons Kotick, le Phoque Blanc.

Alors, Kotick enfonça sa tête entre ses épaules, et ferma les yeux, orgueilleusement. Ce n'était plus un phoque blanc, en ce moment, il était rouge de la tête à la queue. Malgré cela, il eût dédaigné de regarder ou de toucher une seule de ses blessures.

Une semaine plus tard, lui et son armée (environ pour le moment un milier de *holluschickie* et de vieux phoques) prirent le chemin du nord, vers le tunnel des Vaches Marines. Kotick les guidait. Et les phoques qui demeurèrent à Novastoshnah les traitèrent de fous. Mais, le printemps suivant, quand ils se trouvèrent tous parmi les bancs de pêche du Pacifique, les phoques de Kotick firent de tels récits des grèves d'au-delà le tunnel de Sea Cow, que des phoques de plus en plus nombreux quittèrent Novastoshnah. Sans doute, cela ne se fit pas tout de suite, car les phoques ne sont pas gens très malins, et il leur faut du temps pour peser le pour et le contre des choses ; mais, d'année en année, un plus grand nombre d'entre eux s'en allaient de Novastoshnah, de Lukannon et des autres *nurseries,* vers les calmes grèves abritées où Kotick trône tout l'été, plus grand chaque année, plus gros et plus fort, pendant que les *holluschickie* jouent autour de lui, en cette mer où nul homme ne vient.

LUKANNON

(Ceci est une sorte d'hymne national phoque, sur le mode triste.)

Au matin, j'ai trouvé mes frères (oh ! que je suis vieux !)
Là-bas où la houle d'été rugit aux caps rocheux.
Leur chœur montant couvre le chant des brisants, et de joie.
Chante, grève de Lukannon, par deux millions de voix !

Chantez la lente sieste au bord de la lagune,
Les escadrons soufflant qui descendent les dunes,
Les danses aux minuits fouettés de feux marins,
Grèves de Lukannon, avant que l'homme vînt !

Au matin, j'ai trouvé mes frères (jamais, jamais
    plus !)
Ils obscurcissaient le rivage, ils allaient par tribus ;
Du plus loin que portait la voix au large de la mer,
Nous hélions les bandes en route et leur chantions la
    terre.

Grève de Lukannon... l'avoine aux longs épis,
La brume ruisselant, les lichens en tapis,
Les plateaux de nos jeux et leurs roches usées,
Grève de Lukannon... ô plage où je suis né !

Au matin, j'ai trouvé mes frères, tristes, solitaires ;
Qu'on nous fusille dans l'eau, qu'on nous assomme
    sur terre,
Que l'homme nous mène au saloir, sot bétail orphe-
    lin !
Pourtant nous chantons Lukannon... avant que
    l'homme vînt.

En route au Sud, au Sud... ô Gooverooska, va,
Dis notre deuil aux Rois des Mers tandis qu'hélas,
Vide bientôt ainsi que l'œuf du requin mort,
Grève de Lukannon, tu nous connais encore !

Rikki-tikki-tavi

L'œil Rouge à la Peau-Ridée
Au trou devant lui dardée,
L'Œil Rouge a crié très fort :
Viens danser avec la mort !

Œil à œil, en tête à tête !
    (En mesure, Nag !)
L'un mort, finira la fête !
    (A ta guise, Nag !)
Tour pour tour, et bond pour bond !
    (Cours, cache-toi, Nag !)
Manquée ! mort à Chaperon !
    (Malheur à toi, Nag !)

Ceci est l'histoire de la grande guerre que Rikki-tikki-tavi livra tout seul dans les salles de bains du grand bungalow, au cantonnement de Segowlee. Darzee, l'oiseau-tailleur, l'aida et Chuchundra, le rat musqué, qui n'ose jamais marcher au milieu du plancher, mais se glisse toujours le long du mur, lui donna un avis ; mais Rikki-tikki fit la vraie besogne.

C'était une mangouste. Il rappelait assez un petit

chat par la fourrure et la queue, mais plutôt une belette par la tête et les habitudes. Ses yeux étaient roses comme le bout de son nez affairé ; il pouvait se gratter partout où il lui plaisait, avec n'importe quelle patte de devant ou de derrière, à son choix ; il pouvait gonfler sa queue au point de la faire ressembler à un goupillon pour nettoyer les bouteilles, et son cri de guerre, lorsqu'il louvoyait à travers l'herbe longue, était : *Rikk-tikk-tikki-tikki-tchk !*

Un jour, les hautes eaux d'été l'entraînèrent hors du terrier où il vivait avec son père et sa mère, et l'emportèrent, battant des pattes et gloussant, le long d'un fossé qui bordait une route. Il trouva là une petite touffe d'herbe qui flottait, et s'y cramponna jusqu'à ce qu'il perdît le sentiment. Quand il revint à la vie, il gisait au chaud soleil, au milieu d'une allée de jardin, très mal en point, il est vrai, tandis qu'un petit garçon disait :

— Tiens, une mangouste morte. Faisons-lui un enterrement.

— Non, dit la mère, prenons-le pour le sécher. Peut-être n'est-il pas mort pour de bon.

Ils l'emportèrent dans la maison, où un homme le prit entre le pouce et l'index, et affirma qu'il n'était pas mort, mais seulement à moitié suffoqué ; alors ils l'enveloppèrent dans du coton, l'exposèrent à la chaleur d'un feu doux, et... Rikki-tikki ouvrit les yeux et éternua.

— Maintenant, dit l'homme (un Anglais qui venait justement de s'installer dans le bungalow), ne l'effrayez pas, et nous allons voir ce qu'il va faire.

C'est la chose la plus difficile du monde que d'effrayer une mangouste, parce que, de la tête à la queue, leur race est dévorée de curiosité. La devise de toute la famille est : « Cherche et trouve », et Rikki-tikki était une vraie mangouste. Il regarda la bourre de coton, décida que ce n'était pas bon à manger, courut tout autour de la table, s'assit, remit sa fourrure en ordre, se gratta et sauta sur l'épaule du petit garçon.

— N'aie pas peur, Teddy, dit son père. C'est sa manière d'entrer en amitié.

— Ouch ! Il me chatouille sous le menton, dit Teddy.

Rikki-tikki plongea son regard entre le col et le cou du petit garçon, flaira son oreille, et descendit sur le plancher, où il s'assit en se grattant le nez.

— Seigneur, dit la mère de Teddy, et c'est cela qu'on appelle une bête sauvage ! Je suppose que si elle est à ce point apprivoisée, c'est que nous avons été bons pour elle.

— Toutes les mangoustes sont comme cela, dit son mari. Si Teddy ne lui tire pas la queue ou n'essaie pas de le mettre en cage, il courra par la maison toute la journée. Donnons-lui quelque chose à manger.

Ils lui donnèrent un petit morceau de viande crue. Rikki-tikki trouva cela excellent, et, quand il eut fini, il sortit sous la véranda, s'assit au soleil, et fit bouffer sa fourrure pour la sécher jusqu'aux racines. Puis, il se sentit mieux.

— Il y a plus à découvrir dans cette maison, se dit-il, que tous les gens de ma famille n'en découvriraient pendant toute leur vie. Je resterai, certes, et trouverai.

Il employa tout le jour à parcourir la maison. Il se noya presque dans les tubs, mit son nez dans l'encre sur un bureau et le brûla au bout du cigare de l'homme en grimpant sur ses genoux pour voir comment on s'y prenait pour écrire. A la tombée de la nuit, il courut dans la chambre de Teddy pour regarder comment on allumait les lampes à pétrole ;

et, quand Teddy se mit au lit, Rikki-tikki y grimpa aussi. Mais c'était un compagnon agité, parce qu'il lui fallait, toute la nuit, se lever pour répondre à chaque bruit et en trouver la cause. La mère et le père de Teddy vinrent jeter un dernier coup d'œil sur leur petit garçon, et trouvèrent Rikki-tikki tout éveillé sur l'oreiller.

— Je n'aime pas cela, dit la mère de Teddy ; il pourrait mordre l'enfant.

— Il ne fera rien de pareil, dit le père. Teddy est plus en sûreté avec cette petite bête qu'avec un dogue pour le garder... Si un serpent entrait dans la chambre maintenant...

Mais la mère de Teddy ne voulait même songer à de pareilles horreurs.

De bonne heure, le matin, Rikki-tikki vint au premier déjeuner sous la véranda, porté sur l'épaule de Teddy ; on lui donna une banane et un peu d'œuf à la coque, et il se laissa prendre sur les genoux des uns après les autres, parce qu'une mangouste bien élevée espère toujours devenir à quelque moment une mangouste domestique, et avoir des chambres pour courir au travers. Or, la mère de Riki-tikki (elle avait habité autrefois la maison du général à Segowlee) avait soigneusement instruit son fils de ce qu'il devait faire si jamais il rencontrait des hommes blancs.

Puis, Rikki-tikki sortit dans le jardin pour voir ce qu'il y avait à voir. C'était un grand jardin, seulement à demi cultivé, avec des buissons de roses Maréchal Niel aussi gros que des kiosques, des citronniers et des orangers, des bouquets de bambous et des fourrés de hautes herbes. Rikki-tikki se lécha les lèvres.

— Voilà un spendide terrain de chasse, dit-il.

A cette pensée, sa queue se hérissa en goupillon, et il courait déjà de haut en bas et de bas en haut du jardin, flairant de tous côtés, lorsqu'il entendit les voix les plus lamentables sortir d'un buisson épineux.

C'était Darzee, l'oiseau-tailleur, et sa femme. Ils avaient construit un beau nid en rapprochant deux larges feuilles dont ils avaient cousu les bords avec des fibres et rempli l'intérieur de coton et de bourres duveteuses. Le nid se balançait de côté et d'autre, tandis qu'ils pleuraient, perchés à l'entrée.

— Qu'est-ce que vous avez ? demanda Rikki-tikki.

— Nous sommes très malheureux, dit Darzee. Un de nos bébés, hier, est tombé du nid, et Nag l'a mangé.

— Hum ! dit Rikki-tikki, voilà qui est fort triste... Mais je suis étranger ici. Qui est-ce, Nag ?

Darzee et sa femme, pour toute réponse, se blottirent dans leur nid, car, de l'épaisseur de l'herbe, au pied du buisson, sortit un sifflement sourd... un horrible son glacé... qui fit sauter Rikki-tikki de deux pieds en arrière. Alors, pouce par pouce, s'éleva de l'herbe la tête au capuchon éployé de Nag, le gros cobra noir, qui comptait bien cinq pieds de long de la langue à la queue. Lorsqu'il eut soulevé un tiers de son corps au-dessus du sol, il resta à se balancer de droite et de gauche, exactement comme se balance dans le vent une touffe de pissenlit et dévisagea Rikki-tikki de ses mauvais yeux de serpent, qui ne changent jamais d'expression, quelle que soit sa pensée.

— Qui est-ce, Nag ? dit-il. C'est *moi,* Nag. Le grand Dieu Brahma mit sa marque sur tout notre peuple quand le premier cobra eut étendu son capuchon pour préserver Brahma dormant au soleil... Regarde, et tremble !

Il étendit davantage son capuchon, et Rikki-tikki

vit sur son dos la marque des lunettes, qui ressemble plus exactement à l'œillet d'une fermeture d'agrafe.

Il eut peur une minute : mais il est impossible à une mangouste d'avoir peur plus longtemps, et, bien que Rikki-tikki n'eût jamais encore rencontré de cobra vivant, sa mère l'avait nourri de cobras morts, et il savait bien que la grande affaire de la vie d'une mangouste adulte est de faire la guerre aux serpents et de les manger. Nag le savait aussi, et, tout au fond de son cœur de glace, il avait peur.

— Eh bien ! dit Rikki-tikki, et sa queue se gonfla de nouveau, marqué ou non, pensez-vous qu'on ait le droit de manger les petits oiseaux qui tombent des nids ?

Nag réfléchissait et surveillait les moindres mouvements de l'herbe derrière Rikki-tikki. Il savait qu'une mangouste dans le jardin signifiait, tôt ou tard, la mort pour lui-même et les siens ; mais il voulait mettre Rikki-tikki hors de garde. Aussi laissa-t-il retomber un peu sa tête et la pencha-t-il de côté.

— Causons…, dit-il. Vous mangez bien des œufs. Pourquoi ne mangerions-nous pas des oiseaux ?

— Derrière toi !… Attention derrière toi ! chanta Darzee.

Rikki-tikki en savait trop pour prendre son temps à ouvrir de grands yeux. Il sauta en l'air aussi haut qu'il put et, juste au-dessous de lui siffla la tête de Nagaina, la méchante femme de Nag. Elle avait rampé par-derrière pendant la conversation afin d'en finir tout de suite ; et Rikki-tikki entendit son sifflement de rage en voyant son coup manqué. Il retomba presque au travers de son dos, et une vieille mangouste aurait su qu'il fallait saisir le moment pour lui briser les reins d'un coup de dent ; mais il eut peur du terrible coup de fouet en retour du cobra, et sauta hors de portée de

la queue cinglante, laissant Nagaina saignant et furieuse.

— Méchant, méchant Darzee ! dit Nag.

Et il fouetta l'air aussi haut qu'il pouvait atteindre dans la direction du nid au milieu du buisson d'épines ; mais Darzee l'avait construit hors de l'atteinte des serpents et le nid ne fit que se balancer de-ci de-là.

Rikki-tikki sentit ses yeux devenir rouges et brûlants (quand les yeux d'une mangouste rougissent, c'est qu'elle est en colère), il se cala sur sa queue et ses pattes de derrière comme un petit kanguroo, regarda tout autour de lui, et claqua des dents de rage. Mais Nag et Nagaina avaient disparu dans l'herbe. Lorsqu'un serpent manque son coup, il ne laisse jamais rien deviner de ce qu'il compte faire ensuite. Rikki-tikki ne se souciait pas de les suivre, car il ne se croyait pas sûr de venir à bout de deux serpents à la fois. Aussi, trottant vers l'allée sablée, près de la maison, s'assit-il pour réfléchir. Il s'agissait pour lui d'une affaire sérieuse.

Si vous lisez les vieux livres d'histoire naturelle, vous y verrez que, lorsqu'une mangouste combat un serpent et qu'il lui arrive d'être mordue, elle se sauve pour manger quelque herbe qui la guérit. Ce n'est pas vrai. La victoire n'est qu'affaire d'œil vif et de pied prompt, détente de serpent contre saut de mangouste, et, comme nul œil ne peut suivre le mouvement d'une tête de serpent lorsqu'elle frappe, il s'agit là d'un prodige plus étonnant que les herbes magiques n'en pourraient opérer.

Rikki-tikki se connaissait pour une jeune mangouste et n'en fut que plus satisfait d'avoir su éviter si adroitement un coup porté par-derrière. Il en tira confiance en soi-même, et, lorsque Teddy descendit en courant le sentier, Rikki-tikki se sentait disposé à recevoir des compliments. Mais, juste au moment où Teddy se penchait, quelque chose se tortilla un peu dans la poussière et une toute petite voix dit :

— Prenez garde, je suis la Mort !

C'était Karait, le minuscule serpent brun, couleur de sable, qui aime à se dissimuler dans la poussière. Sa morsure est aussi dangereuse que celle du cobra ; mais il est si petit que personne n'y prend garde, aussi n'en fait-il que plus de mal.

Les yeux de Rikki-tikki devinrent rouges de nouveau, et il remonta en dansant vers Karait avec ce balancement particulier et cette marche ondulante qu'il avait hérités de sa famille. Cela paraît très comique, mais c'est une allure si parfaitement équilibrée qu'à n'importe quel angle on en peut changer soudain la direction : ce qui, lorsqu'il s'agit de serpents, constitue un avantage. Rikki ne s'en rendait pas compte, mais il faisait là une chose beaucoup plus dangereuse que de combattre Nag : Karait est si petit et peut se retourner si facilement qu'à moins, pour Rikki, de mordre à la partie supérieure du dos, tout près de la tête, un coup en retour pouvait l'atteindre à l'œil ou à la lèvre. Rikki ne savait pas ; ses yeux étaient tout rouges, et il se balançait d'arrière en avant, cherchant la bonne place à saisir. Karait s'élança. Rikki sauta de côté et tenta de lui courir sus ; mais, à moins d'un cheveu de son épaule siffla la malfaisante petite bête grise couleur de poussière, si bien qu'il lui fallut bondir par-dessus le corps, tandis que la tête suivait de près ses talons.

Teddy héla du côté de la maison :

— Oh ! venez voir ! Notre mangouste qui tue un serpent.

Et Rikki-tikki entendit la mère de Teddy pousser un cri, tandis que le père se précipitait dehors avec un bâton ; mais, dans le temps qu'il venait, Karait avait poussé une botte imprudente, et Rikki-tikki avait bondi, sauté sur le dos du serpent, laissé tomber sa tête très bas entre ses pattes de devant, mordu à la nuque le plus haut qu'il pouvait atteindre et roulé au loin. Cette morsure paralysa Karait, et Rikki-tikki allait le dévorer en commençant par la queue, suivant la coutume de sa famille à dîner, lorsqu'il se rappela qu'un repas copieux appesantit une mangouste, et que, pouvant avoir besoin sur l'heure de toute sa force et de toute son agilité, il lui fallait rester à jeun. Il s'en alla prendre un bain de poussière sous des touffes de ricins, tandis que le père de Teddy frappait le cadavre de Karait.

— A quoi cela sert-il ? pensa Rikki-tikki ; j'ai tout réglé.

Alors la mère de Teddy le prit dans la poussière et le serra dans ses bras, en pleurant qu'il avait sauvé Teddy de la mort ; et le père de Teddy traita Rikki de providence ; et Teddy regarda tout cela avec de grands yeux effarés.

Rikki-tikki se divertissait plutôt de tous ces embarras, que naturellement il ne comprenait pas. La mère de Teddy eût tout aussi bien pu caresser l'enfant pour avoir joué dans la poussière. Rikki s'amusait énormément.

Ce soir-là, en se faufilant parmi les verres sur la table, il lui eût été facile de se bourrer de bonnes choses trois fois plus que de raison, mais il avait Nag et Nagaina présents à la mémoire, et malgré tout l'agrément d'être flatté et choyé par la mère de Teddy, et de rester sur l'épaule de Teddy, ses yeux devenaient rouges tout à coup, et il poussait son long cri de guerre : *Rikk-tikk-tikki-tikki-tchk !*

Teddy l'emmena coucher et insista pour qu'il dormît sous son menton. Rikki-tikki était trop bien élevé pour mordre ou égratigner. Mais il s'en alla, aussitôt

Teddy endormi, faire sa ronde de nuit autour de la maison et, dans l'obscurité, se heurta, en courant, contre Chuchundra, le rat musqué, qui se coulait le long du mur.

Chuchundra est une petite bête au cœur brisé. Il pleurniche et pépie toute la nuit, en essayant de se remonter le moral pour courir au milieu des chambres ; mais jamais il n'y parvient.

— Ne me tuez pas, dit Chuchundra, presque en pleurant. Rikki-tikki, ne me tuez pas !

— Crois-tu qu'un tueur de serpents tue des rats musqués ? dit Rikki-tikki avec mépris.

— Ceux qui tuent les serpents seront tués par les serpents, dit Chuchundra, plus lamentable que jamais. Et comment être sûr que Nag ne me prendra pas pour vous, quelque nuit sombre ?

— Il n'y a pas le moindre danger, dit Rikki-tikki, car Nag est dans le jardin, et je sais que tu n'y vas pas.

— Mon cousin Chua, le rat, m'a raconté…, commença Chuchundra.

Et alors, il s'arrêta.

— Raconté quoi ?

— Chut ! Nag est partout, Rikki-tikki. Vous auriez dû parler à Chua dans le jardin.

— Je ne lui ai pas parlé… Donc, il faut me dire. Vite, Chuchundra, ou je vais te mordre !

Chuchundra s'assit, et pleura au point que les larmes coulaient le long de ses moustaches.

— Je suis un très pauvre homme, sanglota-t-il. Je n'ai jamais assez de courage pour trotter au milieu des chambres… Chut ! Je n'ai besoin de rien vous dire… N'entendez-vous pas, Rikki-tikki ?

Rikki-tikki prêta l'oreille. La maison était aussi tranquille que possible, mais il lui sembla distinguer un imperceptible cra-cra… un bruit aussi léger que celui d'une guêpe marchant sur un carreau de vitre… un crissement sec d'écailles sur la brique.

— C'est Nag ou Nagaina, se dit-il, qui rampe par le conduit de la salle de bains… Tu as raison, Chuchundra, j'aurais dû parler à Chua.

Il se glissa dans la salle de bains de Teddy, mais il n'y trouva personne, puis, dans la salle de bains de la mère de Teddy. Au bas du mur crépi de plâtre, une brique avait été enlevée pour le passage d'une conduite d'eau, et, au moment où Rikki-tikki s'introduisait dans la pièce, le long de l'espèce de margelle en maçonnerie où la baignoire était posée, il entendit Nag et Nagaina chuchoter dehors au clair de lune :

— Quand la maison sera vide, disait à son mari Nagaina, il faudra bien qu'il s'en aille ; alors, nous rentrerons en possession du jardin. Entrez tout doucement et souvenez-vous que l'homme qui a tué Karait est la première personne à mordre. Puis, revenez me dire ce qu'il en advient, et nous ferons ensemble la chasse à Rikki-tikki.

— Mais êtes-vous sûre qu'il y a quelque chose à gagner en tuant les gens ? demanda Nag.

— Tout à gagner. Quand personne n'habitait le bungalow, avions-nous une mangouste dans le jardin ? Tant que le bungalow reste vide, nous sommes roi et reine du jardin ; et souvenez-vous qu'aussitôt nos œufs éclos dans la melonnière… demain peut-être… nos enfants auront besoin de place et de paix.

— Je n'y songeais pas, dit Nag. J'y vais, mais il est inutile de faire la chasse à Rikki-tikki ensuite. Je tuerai l'homme et sa femme, puis l'enfant si je peux, et partirai sans bruit. Alors, le bungalow sera vide, et Rikki-tikki s'en ira.

Rikki-tikki tressaillit tout entier de rage et de haine en entendant cela. Puis il vit la tête de Nag sortir du conduit, suivie des cinq pieds de long de son corps écailleux et froid. Malgré sa colère, il eut cependant très peur en voyant la taille du grand cobra. Nag se couda, dressa la tête, et son regard parcourut la salle de bains, à travers l'obscurité où Rikki-tikki pouvait voir ses yeux luire.

— Si je le tue maintenant, à cette place, Nagaina le saura ; et d'autre part, si je lui livre bataille ouverte sur le plancher, l'avantage lui demeure... Que faire ? se dit Rikki-tikki.

Nag ondula de-ci de-là, et Rikki-tikki l'entendit boire dans la grosse jarre qui servait à remplir la baignoire.

— Voilà qui est bien, dit le serpent. Maintenant, lorsque Karait a été tué, l'homme avait un bâton. Il peut l'avoir encore ; mais, quand il viendra au bain, le matin, il ne l'aura pas. J'attendrai ici qu'il vienne... Nagaina... m'entendez-vous ?... Je vais attendre ici, au frais, jusqu'au jour.

Aucune réponse ne vint du dehors, d'où Rikki-tikki conclut que Nagaina était partie. Nag se replia sur lui-même, anneau par anneau, tout autour du fond bombé de la jarre, et Rikki-tikki se tint tranquille comme mort.

Au bout d'une heure, il commença d'avancer muscle à muscle, vers la jarre. Nag était endormi, et Rikki-tikki contempla son grand dos, se demandant quelle place offrirait la meilleure prise.

— Si je ne lui casse pas les reins au premier saut se dit Rikki, il peut encore se battre ; et... s'il combat... ô Rikki !

Il considéra l'épaisseur du cou plus bas que le capuchon, c'en était trop pour ses mâchoires ; et une morsure près de la queue ne ferait que mettre Nag en fureur.

— Il faut que ce soit à la tête, dit-il enfin ; à la tête,

au-dessus du capuchon ; et, quand une fois je le tiendrai par là, il ne faudra plus le lâcher.

Alors, il sauta. La tête reposait un peu en dehors de la jarre, sous la courbe de sa panse et, au moment où ses dents crochèrent, Rikki s'arc-bouta du dos à la convexité de la cruche d'argile pour clouer la tête à terre. Cela lui donna une seconde de prise qu'il employa de son mieux. Puis, il fut cogné de droite et de gauche comme un rat secoué par un chien — en avant et en arrière sur le sol, en haut et en bas, et en rond en grands cercles ; mais ses yeux étaient rouges et il tenait bon, tandis que le corps du serpent cinglait le plancher comme un fouet de charrue, renversant les ustensiles d'étain, la boîte à savon, la brosse à friction, et sonnait contre la paroi de métal de la baignoire. Tout en crochant, il resserrait l'étau de ses mâchoires, car il ne doutait pas d'être assommé et, pour l'honneur de la famille, il préférait qu'on le trouvât les dents fermées sur sa proie. Malade de vertige, moulu de coups, les chocs, lui semblait-il, allaient le mettre en pièces, lorsque, juste derrière lui, partit comme un coup de tonnerre ; une rafale brûlante lui fit perdre connaissance et une flamme lui roussit le poil. L'homme, réveillé par le bruit, avait déchargé les deux canons de son fusil sur Nag, juste derrière le capuchon.

Rikki-tikki, les yeux fermés, continuait à tenir bon, car à présent il était tout à fait certain d'être mort ; mais la tête ne bougeait plus et l'homme, le ramassant, dit :

— C'est encore la mangouste, Alice ; et c'est *notre* vie que le petit bonhomme a sauvée, cette fois.

Alors vint la mère de Teddy, le visage tout blanc, contempler ce qui restait de Nag ; et Rikki-tikki se traîna jusqu'à la chambre de Teddy, où il passa le reste de la nuit à se secouer délicatement pour se rendre compte s'il était vraiment brisé en quarante morceaux, comme il lui paraissait.

Le lendemain matin, il était fort raide, mais très content de ses hauts faits.

— Maintenant, j'ai Nagaina à régler, et ce sera pire que cinq Nags ; en outre, qui sait quand les œufs dont elle a parlé vont éclore... Bonté divine ! Il faut que j'aille voir Darzee, dit-il.

Sans attendre le déjeuner, Rikki-tikki courut au buisson épineux où Darzee, à pleine voix, chantait un chant de triomphe. La nouvelle de la mort de Nag avait fait le tour du jardin, car le balayeur avait jeté le corps sur le fumier.

— Oh ! sotte touffe de plumes, dit Rikki-tikki avec colère. Est-ce le moment de chanter ?

— Nag est mort... est mort... est mort ! chanta Darzee. Le vaillant Rikki-tikki l'a saisi par la tête et n'a point lâché. L'homme a apporté le bâton qui fait *boum,* et Nag est tombé en deux morceaux ! Il recommencera plus à manger mes bébés.

— Tout cela est assez vrai ! Mais où est Nagaina ? demanda Rikki-tikki, en regardant soigneusement autour de lui.

— Nagaina est venue au conduit de la salle de bains pour appeler Nag, continua Darzee ; et Nag est sorti sur le bout d'un bâton... le balayeur l'a ramassé au bout d'un bâton, et l'a jeté sur le fumier !... Chantons le grand Rikki-tikki à l'œil rouge !

Et Darzee enfla son gosier et chanta.

— Si je pouvais atteindre à votre nid, je jetterais vos bébés dehors ! dit Rikki-tikki. Chaque chose en son temps. Vous êtes là dans votre nid, à peu près en sûreté, mais ici, en bas, c'est pour moi la guerre. Arrêtez-vous pour une minute de chanter, Darzee.

— Pour l'amour du grand, du beau Rikki-tikki, je

vais m'arrêter, répondit Darzee... Qu'y a-t-il, ô Tueur du terrible Nag ?

— Pour la troisième fois, où est Nagaina ?

— Sur le fumier, près des écuries, menant le deuil de Nag... Glorieux est Rikki-tikki, le héros aux blanches dents.

— Au diable mes dents blanches ! avez-vous jamais ouï dire où elle garde ses œufs ?

— Dans la melonnière, au bout, tout près du mur, à l'endroit où le soleil tape presque tout le jour. Il y a des semaines qu'elle les a cachés là.

— Et vous n'avez jamais pensé que cela valût la peine de me le dire ?... Au bout, tout près du mur, dites-vous ?

— Rikki-tikki... vous n'allez pas manger ses œufs ?

— Pas exactement les manger ; non... Darzee, s'il vous reste un grain de bon sens, vous allez voler aux écuries, faire semblant d'avoir une aile cassée, et laisser Nagaina vous donner la chasse jusqu'à ce buisson. Il me faut aller à la melonnière, et si j'y allais maintenant, elle me verrait.

Darzee était un petit compère dont la cervelle emplumée ne pouvait tenir plus d'une idée à la fois ; et sachant que les enfants de Nagaina naissaient dans des œufs, comme les siens, il ne lui semblait pas, à première vue, qu'il fût juste de les détruire. Mais sa femme était oiseau raisonnable, elle savait que les œufs de cobra voulaient dire de jeunes cobras un peu plus tard ; aussi s'envola-t-elle du nid, et laissa-t-elle Darzee tenir chaud aux bébés et continuer sa chanson sur la mort de Nag. Darzee, en quelques points, ressemblait beaucoup aux hommes.

Elle se mit à voleter près du fumier, sous le nez de Nagaina, et à gémir :

— Oh ! j'ai l'aile cassée !... Le petit garçon de la maison m'a jeté une pierre et l'a cassée.

Et de voleter plus désespérément que jamais.

Nagaina leva la tête et sifla :

— C'est vous qui avez averti Rikki-tikki quand je voulais le tuer. Sans mentir, vous avez mal choisi l'endroit pour boiter.

Et elle se dirigea vers la femme de Darzee en glissant sur la poussière.

— Le petit garçon l'a cassée d'un coup de pierre ! cria d'une voix perçante la femme de Darzee.

— Eh bien ! cela peut-être vous consolera, quand vous serez morte, de savoir que je vais régler aussi mes comptes avec le petit garçon. Mon mari gît sur le fumier ce matin, mais, avant la nuit, le petit garçon sera couché très tranquille dans la maison... A quoi bon courir ? Je suis sûre de vous attraper... Petite sotte, regardez-moi !

La femme de Darzee en savait trop pour faire pareille chose. Car une fois que les yeux d'un oiseau rencontrent ceux d'un serpent, il est pris d'une telle peur qu'il ne peut plus bouger. La femme de Darzee, en pépiant douloureusement, continua de voleter, sans quitter le sol, et Nagaina pressa l'allure.

Rikki-tikki les entendit remonter le sentier qui les éloignait des écuries, et galopa vers l'extrémité de la planche de melons au pied du mur. Là, dans la chaude litière, au-dessus des melons, il trouva, habilement cachés, vingt-cinq œufs de la grosseur à peu près des œufs de la poule de Bantam, mais avec des peaux blanchâtres en guise de coquilles.

— Je ne suis pas arrivé un jour trop tôt, dit-il.

Car il pouvait voir des jeunes cobras roulés dans l'intérieur de la peau, et il savait que, dès l'instant où ils éclosent, ils peuvent chacun tuer son homme non moins que sa mangouste. Il détacha d'un coup de dent les bouts des œufs, dare-dare, en prenant soin d'écraser les jeunes cobras, et en retournant de temps en temps la litière pour voir s'il n'en omettait aucun. A la fin, il ne resta plus que trois œufs et Rikki-tikki commençait à rire dans sa barbe, quand il entendit la femme de Darzee crier à tue-tête :

— Rikki-tikki, j'ai conduit Nagaina du côté de la maison…, elle est entrée sous la véranda, et… oh ! venez vite… elle veut tuer !

Rikki-tikki écrasa deux œufs, redégringola de la melonnière avec le troisième œuf dans sa gueule et se précipita vers la véranda aussi vite que ses pattes pouvaient le porter.

Teddy, sa mère et son père étaient là, devant leur déjeuner du matin. Mais Rikki-tikki vit qu'ils ne mangeaient rien. Ils se tenaient dans une immobilité de pierre, et leurs visages étaient blancs. Nagaina enroulée sur la natte, près de la chaise de Teddy, à distance commode pour atteindre la jambe nue du jeune garçon, se balançait de-ci, de-là, en chantant un chant de triomphe.

— Fils de l'homme qui a tué Nag, sifflait-elle, reste tranquille… Je ne suis pas encore prête… Attends un peu… Restez bien immobiles tous trois ! Si vous bougez je frappe… et si vous ne bougez pas, je frappe encore… Oh ! insensés, qui avez tué mon Nag !

Les yeux de Teddy restaient fixés sur son père, et tout ce que son père pouvait faire était de murmurer :

— Reste tranquille, Teddy… Il ne faut pas bouger… Teddy, reste tranquille.

C'est alors que Rikki-tikki arriva et cria :

— Retournez-vous, Nagaina ; retournez-vous, et en garde !

— Chaque chose en son temps, dit-elle, sans remuer les yeux. Je réglerai tout à l'heure mon

155

compte avec vous. Regardez vos amis, Rikki-tikki. Ils sont immobiles et blancs... Ils sont épouvantés... Ils n'osent bouger... Et, si vous approchez d'un pas, je frappe.

— Allez regarder vos œufs, dit Rikki, dans la melonnière près du mur. Allez voir, Nagaina !

Le grand serpent se retourna à demi, et vit l'œuf sur le sol de la véranda.

— Ah...h ! Donnez-le-moi, dit-elle.

Rikki-tikki posa ses pattes de chaque côté de l'œuf, tandis que ses yeux devenaient rouge sang.

— Quel prix pour un œuf de serpent ?... Pour un jeune cobra ?... Pour un jeune roi-cobra ?... Pour le dernier... le dernier des derniers de la couvée ? Les fourmis sont en train de manger tous les autres par terre près des melons.

Nagaina pirouetta sur elle-même, oubliant tout le reste pour le salut de l'œuf unique ; et Rikki-tikki vit le père de Teddy avancer rapidement une large main, saisir Teddy par l'épaule et l'enlever par-dessus la table et les tasses à thé, à l'abri et hors de portée de Nagaina.

— Volée ! Volée ! Volée ! *Rikk-tck-tchk !* gloussa Tikki-tikki triomphant. L'enfant est sauf, et c'est moi... moi... moi... qui mordis Nag au capuchon, la nuit dernière, dans la salle de bains.

Puis il se mit à sauter de tous côtés, des quatre pattes ensemble, revenant raser le sol de la tête.

— Il m'a jeté de côté et d'autre, mais il n'a pas pu me faire lâcher prise. Il était mort avant que l'homme l'ait coupé en deux... C'est moi qui ai fait cela ! *Rikki-tikki-tchk-tchk !*... Par ici, Nagaina. Par ici et garde à vous ! Vous ne serez pas longtemps veuve.

Nagaina vit qu'elle avait perdu toute chance de tuer Teddy, et l'œuf gisait entre les pattes de Rikki-tikki :

— Donnez-moi l'œuf, Rikki-tikki. Donnez-moi le dernier de mes œufs, et je m'en irai pour ne plus jamais revenir, dit-elle, en baissant son capuchon.

— Oui, vous vous en irez et vous ne reviendrez plus jamais ; car vous irez sur le fumier rejoindre Nag. En garde, la veuve ! L'homme est allé chercher son fusil ! En garde !

Rikki-tikki bondissait tout autour de Nagaina, en se tenant juste hors de portée des coups, ses petits yeux comme deux braises. Nagaina se replia sur elle-même et se jeta sur lui. Rikki-tikki fit un saut en l'air et retomba en arrière. Une fois, une autre, puis encore, elle voulut le frapper, mais à chaque reprise sa tête donnait avec un coup sourd contre la natte de la véranda, tandis qu'elle se rassemblait sur elle-même en spirale comme un ressort de montre. Puis Rikki-tikki dansa en cercle pour arriver derrière elle, et Nagaina tourna sur elle-même pour rester face à face avec lui... et sa queue sur la natte bruissait comme les feuilles sèches au vent.

Rikki-tikki avait oublié l'œuf. Il gisait encore sous la véranda et Nagaina s'en rapprochait peu à peu, jusqu'à ce qu'enfin, tandis que Rikki-tikki reprenait haleine, elle le saisît entre ses dents, filât vers les marches de la véranda et descendît le sentier comme une flèche, Rikki-tikki derrière elle.

Lorsque le cobra court pour sauver sa vie, il prend l'aspect d'une mèche de fouet qui cingle l'encolure d'un cheval. Rikki-tikki savait qu'il fallait la joindre, ou que tout serait à recommencer. Nagaina filait droit vers les longues herbes, près du buisson épineux et, tout en courant, Rikki-tikki entendit Darzee qui chantait toujours son absurde petit chant de triomphe. Mais la femme de Darzee, plus raisonnable, quitta son nid en voyant arriver Nagaina, et battit des ailes autour de sa tête. Avec l'aide de Darzee, ils auraient pu la faire retourner. Mais Nagaina ne fit que baisser son capuchon et continua sa route. Toutefois, cet instant de répit amena Rikki-tikki sur elle et, comme elle plongeait dans le trou de rat où elle et Nag avaient coutume de vivre, les petites dents blanches de Rikki-tikki se refermèrent sur sa queue, et il entra derrière elle. Or, très peu de mangoustes, quelles que soient leur sagesse et leur expérience, se soucieraient de suivre un cobra dans son trou. Il faisait noir, dans le trou ; et comment savoir s'il n'allait pas s'élargir et donner assez de place à Nagaina pour faire demi-tour et frapper ! Il tint bon, avec rage, les pieds écartés pour faire office de freins sur la pente sombre du terreau tiède et moite. Puis, l'herbe, autour de la bouche du trou, cessa de s'agiter, et Darzee dit :

— C'en est fini de Rikki-tikki ! Il nous faut chanter son chant de mort... Le vaillant Rikki est mort !... Car Nagaina le tuera sûrement sous terre.

C'est pourquoi il entonna une chanson des plus lugubres, improvisée sous le coup de l'émotion. Et, comme il arrivait juste à l'endroit le plus touchant, l'herbe bougea de nouveau et Rikki-tikki, couvert de terre, se traîna hors du trou, une jambe après l'autre, en se léchant les moustaches. Darzee s'arrêta avec un petit cri de surprise. Rikki-tikki secoua un peu la poussière qui tachait sa fourrure et éternua.

— C'est fini, dit-il. La veuve ne reviendra plus jamais.

Et les fourmis rouges, qui habitent parmi les tiges d'herbe, l'entendirent et descendirent en longues processions pour voir s'il disait vrai.

Rikki-tikki se pelotonna sur-lui même dans l'herbe et dormit sur place... dormit, dormit jusqu'à une heure tardive de l'après-midi, car sa journée de travail avait été dure.

— Maintenant, dit-il, quand il se réveilla, je vais

rentrer à la maison. Racontez au Chaudronnier, Darzee, pour qu'il le raconte au jardin, que Nagaina est morte.

La Chaudronnier est un oiseau qui fait un bruit tout semblable au coup d'un petit marteau sur un vase de cuivre ; et s'il fait toujours ce bruit, c'est qu'il est le crieur public de tout jardin hindou, et qu'il raconte les nouvelles à ceux qui veulent bien l'entendre.

Lorsque Rikki-tikki remonta le sentier, il l'entendit préluder par les notes de son « garde-à-vous », on eût dit un de ces petits gongs sur lesquels on annonce le dîner ; puis sonna le monotone « *Ding-dong-tock !* Nag est mort… *dong !* Nagaina est morte ! *Ding-dong-tock !* » A ce signal, tous les oiseaux se mirent à chanter dans le jardin, et les grenouilles à coasser ; car Nag et Nagaina avaient coutume de manger les grenouilles aussi bien que les oiseaux.

Lorsque Rikki regagna la maison, Teddy, la mère de Teddy (les joues très blanches encore, car elle s'était évanouie) et le père de Teddy sortirent à sa rencontre, et faillirent pleurer d'attendrissement en l'embrassant. Ce soir-là, il mangea tout ce qu'on lui donna, jusqu'à ne pouvoir manger davantage, et il alla au lit, perché sur l'épaule de Teddy, où la mère de Teddy le trouva encore en revenant plus tard, pendant le cours de la nuit.

— Il nous a sauvé la vie et celle de notre fils, dit-elle à son mari. Est-ce croyable ?… Il nous a sauvé la vie à tous !

Rikki-tikki se réveilla en sursaut, car les mangoustes ne dorment que d'un œil.

— Oh ! c'est vous ! dit-il. De quoi vous tourmentez-vous ? Tous les cobras sont morts ; et s'il en reste…, je suis là.

Rikki-tikki pouvait à bon droit être fier de sa victoire ; mais il n'abusa pas de son droit, et il garda ce jardin, dorénavant, en vraie mangouste... de la dent et du jarret, si bien que jamais cobra n'osa montrer la tête dans l'enceinte des murs.

L'ODE DE DARZEE

(chantée en l'honneur de Rikki-tikki-tavi).

> *Tailleur et chantre je suis,*
> *Je connais doubles déduits ;*
> *Fier de ma vive chanson,*
> *Fier de coudre ma maison.*
> *Dessus, puis dessous, ainsi j'ai tissé ma musique, ma*
> *maison.*

> *Mère, relève la tête !*
> *Plus de danger qui nous guette ;*
> *Chante à tes petits encor,*
> *Morte au jardin gît la mort.*
> *L'effroi qui dormit sous les roses dort sur le fumier,*
> *inerte et mort.*

> *Qui donc nous délivre, qui ?*
> *Quel est son nom tout puissant ?*
> *C'est le pur, le grand Rikki*
> *Tikki, dont l'œil est de sang...*
> *Rik-tikki-tikki, à l'ivoire en fleur, le chasseur dont l'œil*
> *est de sang !*

Rendez-lui grâces, oiseaux,
Avec queue en oriflamme,
Rossignol, prête des mots...
Non, car son los me réclame.
Écoutez, je chante un los à Rikki, ô queue en panache,
œil de flamme !...

(Ici Rikki-tikki interrompit, de sorte que le reste de la
chanson est perdu.)

Toomai des Eléphants

Je me souviens de qui je fus. J'ai brisé corde et chaîne.
Je me souviens de ma forêt et de ma vigueur ancienne.
Je ne veux plus vendre mon dos pour une botte de roseaux,
Je veux retourner à mes pairs, aux gîtes verts des taillis clos :

Je veux m'en aller jusqu'au jour, partir dans le matin nouveau.
Parmi le pur baiser des vents, la claire caresse de l'eau :
J'oublierai l'anneau de mon pied, l'entrave qui veut me soumettre.
Je veux revoir mes vieux amours, les jeux de mes frères sans maître.

Kala Nag — autrement dit Serpent Noir — avait servi le Gouvernement de l'Inde, de toutes les manières dont un éléphant peut servir, pendant quarante-sept années ; et, comme il avait au moins vingt ans lors de sa prise, cela lui faisait environ soixante-dix ans à cette heure, l'âge mûr des éléphants.

Il se souvenait d'avoir, un gros bourrelet de cuir attaché sur le front, poussé pour dégager un canon enlisé dans la boue profonde ; et c'était avant la guerre afghane de 1842, alors qu'il n'avait pas encore atteint la plénitude de sa force. Sa mère, Radha Pyari — Radha la favorite — prise dans la même chasse que lui, n'avait pas manqué de lui dire, avant que ses petites dents, ses défenses de lait, fussent tombées : « Les éléphants qui ont peur attrapent toujours du mal » ; et Kala Nag connut l'avis pour sage, car, la première fois qu'il vit un obus éclater, il recula en criant, creva une rangée de faisceaux, et les baïonnettes le piquèrent dans ses parties les plus tendres. Aussi, ses vingt-cinq ans sonnés, était-ce fini pour lui d'avoir peur et devint-il par là même l'éléphant le plus choyé et le mieux pansé dans le service du Gouvernement de l'Inde. Il avait transporté des tentes, douze cents livres de tentes, durant la marche à travers l'Inde Supérieure ; il avait été hissé sur un navire au bout d'une grue à vapeur ; et, après des jours et des jours de traversée, on lui avait fait porter un mortier sur le dos dans un pays étrange et rocailleux, très loin de l'Inde ; il avait contemplé l'empereur Théodore étendu mort dans Magdala ; puis était rentré par le même steamer, avec tous les titres, disaient les soldats, à la médaille d'Abyssinie. Il avait vu ses camarades éléphants mourir de froid, d'épilepsie, de faim et d'insolation dans un endroit appelé Ali Musjid, dix ans plus tard ; quelques mois après, envoyé à des milliers de milles dans le Sud, il traînait et empilait de grosses poutres en bois de teck, aux chantiers de Moulmein. Là, il tuait à moitié un jeune éléphant insubordonné qui voulait esquiver sa juste part de travail. Après quoi, quittant le transport des bois de charpente, il s'était vu employer, avec quelques douzaines de compagnons dressés à cette besogne, à la capture des éléphants sauvages dans les montagnes de Garo.

Les éléphants, le Gouvernement de l'Inde y veille avec un soin jaloux : il y a un service tout entier qui ne s'occupe que de les traquer, de les prendre, de les dompter, et de les distribuer d'un bout du pays à l'autre suivant les besoins et les tâches.

Kala Nag, debout, mesurait dix bons pieds aux épaules ; ses défenses avaient été rognées à cinq pieds et, pour les empêcher de se fendre, leurs extrémités étaient renforcées de bracelets de cuivre ; mais il savait se servir de ces tronçons mieux qu'éléphant non dressé de ses vraies défenses aiguës. Quand, après d'interminables semaines passées à rabattre avec précaution les éléphants épais dans les montagnes, les quarante ou cinquante monstres sauvages étaient poussés dans la dernière enceinte, et que la grosse herse, faite de troncs d'arbres liés, retombait avec fracas derrière eux, Kala Nag, au premier commandement, pénétrait dans ce pandémonium de feux et de barrissements (c'était à la nuit close, en général, et la lumière vacillante des torches rendait malaisé de juger les distances) : il choisissait dans toute la bande le plus farouche des porte-défenses, puis le martelait et le bousculait jusqu'à le réduire au calme, tandis que les hommes, montés sur le dos des autres éléphants, jetaient des nœuds coulants sur les plus petits et les attachaient. Rien dans l'art de combattre que ne connût Kala Nag, le vieux et sage Serpent Noir : il avait plus d'une fois, dans son temps, soutenu la charge du tigre blessé, et, sa trompe charnue soigneusement roulée pour éviter les accidents, frappé de côté dans l'air, d'un rapide mouvement de tête en coup de faulx, la brute bondissante — un coup de sa propre invention — l'avait terrassée, et, agenouillé sur elle de tout le poids de ses genoux énormes, il en avait exprimé la vie accompagnée d'un râle et d'un hurlement ; après quoi, il ne restait plus sur le sol qu'une loque rayée, ébouriffée, qu'il tirait par la queue.

— Oui, disait Grand Toomai, son cornac, le fils de Toomai le Noir, qui l'avait mené en Abyssinie, et le petit-fils de Toomai des Éléphants, qui l'avait vu prendre — il n'y a rien au monde que craigne le Serpent Noir, excepté moi. Il a vu trois générations de notre famille le nourrir et le panser, et il vivra pour en voir quatre.

— Il a peur de *moi* aussi ! — disait Petit Toomai en se dressant de toute sa hauteur, quatre pieds, sans autre vêtement qu'un lambeau d'étoffe.

Il avait dix ans ; c'était le fils aîné de Grand Toomai, et, suivant la coutume, il prendrait la place de son père sur le cou de Kala Nag lorsqu'il serait grand lui-même, et manierait le lourd *ankus* de fer, l'aiguillon des éléphants, que les mains de son père, de son grand-père et de son arrière-grand-père avaient poli. Il savait ce qu'il disait, car il était né à l'ombre de Kala Nag, il avait joué avec le bout de sa trompe avant de savoir marcher, il l'avait fait descendre à l'eau dès qu'il avait su marcher, et Kala Nag n'aurait pas eu l'idée de désobéir à la petite voix perçante qui lui criait ses ordres, pas plus qu'il n'aurait eu l'idée de tuer le petit bébé brun, le jour où Grand Toomai l'apporta sous les défenses de Kala Nag, et lui ordonna de saluer celui qui serait son maître.

— Oui, dit Petit Toomai, il a peur de *moi*.

Et il marcha à longues enjambées vers Kala Nag, l'appela « vieux gros cochon », et lui fit lever les pieds l'un après l'autre.

— *Wah !* dit Petit Toomai, tu es un gros éléphant.

Et il secoua sa tête ébouriffée, en répétant ce que disait son père :

— Le Gouvernement peut bien payer le prix des éléphants, mais c'est à nous, *mahouts*, qu'ils appartiennent. Quand tu seras vieux, Kala Nag, il viendra quelque riche Rajah, qui t'achètera au Gouvernement, à cause de ta taille et de tes bonnes manières, et tu n'auras plus rien à faire qu'à porter des boucles d'or à tes oreilles, un dais d'or sur ton dos, des draperies rouges brodées d'or sur tes flancs et à marcher en tête du cortège royal. Alors, je serai assis sur ton cou, ô Kala Nag, un *ankus* d'argent à la main, et des hommes courront devant nous, avec des bâtons dorés, en criant : « Place à l'éléphant du Roi ! » Ce sera beau, Kala Nag, mais pas aussi beau que de chasser dans les jungles.

— Peuh ! dit Grand Toomai, tu n'es qu'un petit garçon et aussi sauvage qu'un veau de buffle. Cette façon de passer sa vie à courir du haut en bas des montagnes n'est pas ce qu'il y a de mieux dans le service du Gouvernement. Je me fais vieux et je n'aime pas les éléphants sauvages. Qu'on me donne des lignes à éléphants, en briques, une stalle par bête, des pieux solides pour les amarrer en sûreté, et de larges routes unies pour les exercer, au lieu de ce va-et-vient toujours en camp volant... Ah ! les casernes de Cawnpore avaient du bon. Tout près un bazar et trois heures seulement de travail par jour.

Petit Toomai se rappela les lignes à éléphants de Cawnpore, et ne dit rien. Il préférait beaucoup la vie de camp, et détestait ces larges routes unies, les distributions quotidiennes de foin au magasin à fourrage et les longues heures où il n'y avait rien à faire qu'à surveiller Kala Nag piétinant sur place entre ses piquets. Ce qu'aimait Petit Toomai, c'était l'escalade par les chemins enchevêtrés que seul un éléphant peut suivre, et puis le plongeon dans la vallée, la brève apparition des éléphants sauvages pâturant à des milles au loin, la fuite du sanglier et du paon effrayés sous les pieds de Kala Nag, les chaudes pluies aveuglantes, après quoi fumaient toutes les collines et toutes les vallées, les beaux matins pleins de brouillard quand personne ne savait où l'on camperait le soir, la poursuite patiente et minutieuse des éléphants sauvages, et la course folle, les flammes et le tohu-bohu de la dernière nuit, quand, rués en masse à l'intérieur des palissades, comme des rochers dans un éboulement, ils découvraient l'impossibilité de sortir, et se lançaient contre les poteaux énormes, repoussés enfin par des cris, des torches flamboyantes et des salves de cartouches à blanc. Même un petit garçon pouvait se rendre utile alors, et Toomai s'en acquittait mieux que trois petits garçons. Il tendait sa torche et l'agitait, et criait de son mieux. Mais le vrai bon temps arrivait quand on commençait à faire sortir les éléphants, quand le *keddah*, c'est-à-dire la palissade, ressemblait à un tableau de fin du monde, et que, ne pouvant plus s'entendre, les hommes étaient obligés de se faire des signes. Alors Petit Toomai, ses cheveux noirs, blanchis par le soleil, flottant sur ses épaules, et l'air d'un lutin dans la lumière des torches grimpait sur un des poteaux ébranlés ; et dès la première accalmie, on entendait les cris aigus d'encouragement qu'il jetait à Kala Nag, parmi les barrissements et les craquements, le claquement des cordes et les gronde-ments des éléphants entravés. — *Maîl, maîl, Kala Nag !* (Allons, allons, Serpent Noir !) *Dant do !* (Un bon coup de défense !) *Somalo ! Somalo ! (Attention ! Attention !) Maro ! Maro !* (Frappe, frappe !) Prends garde au poteau ! *Arré ! Arré ! Hai ! Yai ! Kya-a-ah !*

Et le grand combat entre Kala Nag et l'éléphant

sauvage roulait çà et là à travers le *keddah*, et les vieux preneurs d'éléphants essuyaient la sueur qui leur inondait les yeux, et trouvaient le temps d'adresser un signe de tête à Petit Toomai, tout frétillant de joie au sommet du poteau.

Il fit plus que de frétiller ! Une nuit, il se laissa glisser du haut de son poteau, se faufila parmi les éléphants, ramassa le bout libre de la corde tombée à terre et la jeta vivement à l'homme qui essayait d'attraper un petit récalcitrant (les jeunes donnent toujours plus de mal que les adultes). Kala Nag le vit, le saisit dans sa trompe, le tendit à Grand Toomai, qui le gifla dare-dare et le remit sur le poteau. Le lendemain matin, il le gronda et lui dit :

— De bonnes lignes à éléphants, en briques, et quelques tentes à porter, n'est-ce pas suffisant, que tu aies besoin d'aller faire la chasse aux éléphants pour ton compte, petit propre à rien ? Voilà, maintenant, que ces misérables chasseurs, dont la paye n'approche pas de la mienne, ont parlé de l'affaire à Petersen Sahib.

Petit Toomai eut peur. Il ne savait pas grand-chose des Blancs, mais Petersen Sahib représentait pour lui le plus grand homme blanc du monde : il était le chef de toutes les opérations dans le *keddah* — celui qui prenait tous les éléphants pour le Gouvernement de l'Inde, et qui en connaissait plus long que personne au monde sur les us et coutumes des éléphants.

— Quoi ! qu'est-ce qui peut arriver ? dit Petit Toomai.

— Ce qui peut arriver ! le plus mauvais, tout simplement. Petersen Sahib est un fou : autrement, pourquoi traquer ces démons sauvages ?... Il peut même te forcer à devenir chasseur d'éléphants, à dormir n'importe où, dans ces jungles fiévreuses, à te faire un jour, en fin de compte, fouler à mort dans le *keddah*. Il est heureux que cette sottise se termine sans accident. La semaine prochaine, la chasse sera finie, et nous autres, des plaines, nous regagnerons nos postes. Alors, nous marcherons sur de bonnes routes, et nous ne penserons plus à tout cela. Mais, fils, je suis fâché que tu te sois mêlé de cette besogne : c'est affaire à ces gens d'Assam, immondes rôdeurs de jungle qu'ils sont. Kala Nag ne veut obéir à personne qu'à moi, aussi me faut-il aller avec lui dans le *keddah*. Mais il n'est qu'un éléphant de combat, et il n'aide pas à lier les autres ; c'est pourquoi je demeure assis à mon aise, comme il convient à un mahout — non pas un simple chasseur ! — un mahout, dis-je, un homme pourvu d'une pension à la fin de son service. Est-ce que la famille de Toomai des Éléphants est bonne à se faire piétiner dans l'ordure d'un *keddah* ? Méchant ! Vilain ! Fils indigne ! Va-t'en laver Kala Nag, fais attention à ses oreilles, et vois s'il n'a pas d'épines dans les pieds ; autrement, Petersen Sahib t'attrapera, bien sûr, et fera de toi un traqueur sauvage…, un de ces fainéants qui suivent les éléphants à la piste, un ours de la Jungle. Pouah ! Fi donc ! Va !

Petit Toomai s'en alla sans mot dire, mais il conta ses griefs à Kala Nag, pendant qu'il examinait ses pieds.

— Cela ne fait rien, dit Petit Toomai, en retournant le bord de l'énorme oreille droite, ils ont dit mon nom à Petersen Sahib et peut-être… peut-être… qui sait ? …Aie ! vois la grosse épine que je t'enlève là !

Les quelques jours suivants furent employés à rassembler les prises, à promener entre deux éléphants apprivoisés les animaux nouvellement capturés, pour éviter trop d'ennuis avec eux en descendant au sud, vers les plaines, puis à réunir les couvertures, les cordes et tout ce qui aurait pu se gâter ou se perdre dans la forêt. Petersen Sahib arriva sur le dos de son intelligente Pudmini : il revenait de compter leur paye à d'autres camps dans les montagnes, car la saison tirait à sa fin ; et maintenant un commis indigène, assis à une table sous un arbre, réglait leurs gages aux cornacs. Une fois payé, chaque homme retournait à son éléphant et rejoignait la colonne prête à partir. Les traqueurs, les chasseurs, les meneurs, tous les hommes du *keddah* régulier, qui passent dans les jungles une année sur deux, se tenaient sur le dos des éléphants appartenant aux forces permanentes de Petersen Sahib, ou bien adossés au tronc des arbres, leur fusil en travers des bras, ils plaisantaient les cornacs en partance, et riaient quand les nouvelles prises rompaient l'alignement pour courir de tous côtés. Grand Toomai se dirigea vers le commis avec Petit Toomai en arrière, et Machua Appa, le chef des trappeurs, dit à mi-voix à un de ses amis :

— Voilà de bonne graine de chasseur qui s'envole ! C'est pitié d'envoyer ce jeune coq de jungle muer dans les plaines.

Or, Petersen Sahib avait des oreilles tout autour de la tête, comme le doit un homme qui passe sa vie à épier le plus silencieux des êtres vivants — l'éléphant sauvage. Il se retourna sur le dos de Pudmini, où il était étendu de tout son long, et dit :

— Qu'est-ce donc ? Je ne savais pas qu'il y eût un homme parmi les chasseurs de plaine assez malin pour lier même un éléphant mort.

— Ce n'est pas un homme, mais un enfant. Il est entré dans le *keddah*, la dernière fois, et a jeté la corde à Barmao que voilà, pendant que nous tâchions d'éloigner de sa mère ce jeune éléphant qui a une verrue à l'épaule.

Machua Appa désigna du doigt Petit Toomai.

Petersen Sahib le regarda, et Petit Toomai salua jusqu'à terre.

— Lui, jeter une corde ? Il n'est pas plus haut qu'un piquet... Petit, comment t'appelles-tu ? dit Petersen Sahib.

Petit Toomai avait trop peur pour desserrer les dents, mais Kala Nag était derrière lui ; le gamin fit un signe, et l'éléphant l'enleva dans sa trompe et le tint au niveau du front de Pudmini, en face du grand Petersen Sahib. Alors, Petit Toomai se couvrit le visage de ses mains, car il n'était qu'un enfant et, sauf en ce qui touchait les éléphants, aussi timide qu'enfant au monde.

— Oh ! oh ! dit Petersen Sahib en souriant sous sa moustache, pourquoi donc avoir appris à ton éléphant ce tour-là ? Est-ce pour t'aider à voler le blé vert sur le toit des maisons, quand on met à sécher les épis ?

— Pas le blé vert, Protecteur du Pauvre... les melons, dit Petit Toomai.

Et tous les hommes assis à l'entour remplirent l'air d'une explosion de rires. La plupart d'entre eux avaient dans leur jeune âge appris ce tour à leurs éléphants. Petit Toomai était suspendu à huit pieds en l'air, mais il aurait très fort désiré se trouver à huit pieds sous terre.

— C'est Toomai, mon fils, Sahib ! dit Grand Toomai, en fronçant les sourcils. C'est un méchant garçon, et il finira en prison, Sahib.

— Pour ça, tu me permettras d'en douter ! repartit Petersen Sahib. Un garçon qui, à son âge, ose affronter un plein *keddah* ne finit pas en prison... Tiens, petit, voici quatre annas pour acheter des bonbons, parce que tu as une vraie petite tête sous ce grand chaume de cheveux. Le moment venu, tu pourras devenir un chasseur aussi.

Grand Toomai fronça les sourcils de plus belle.

— Rappelle-toi, cependant, que les *keddahs* ne sont pas faits pour les jeux des enfants, ajouta Petersen Sahib.

— Faudra-t-il n'y jamais entrer, Sahib ? demanda Petit Toomai avec un gros soupir.

— Si ! répondit en souriant de nouveau Petersen Sahib. Quand tu auras vu les éléphants danser !... Ce sera le moment... Viens me trouver quand tu auras vu danser les éléphants, et alors je te laisserai entrer dans tous les *keddahs*.

Il y eut une autre explosion de rires, car la plaisanterie est vieille parmi les chasseurs d'éléphants, c'est une façon de dire *jamais*. Il y a, cachées au loin dans les forêts, de grandes clairières unies que l'on appelle les « salles de bal des éléphants », mais on ne les découvre que par hasard, et nul homme n'a jamais vu les éléphants danser. Lorsqu'un chasseur se vante de son adresse et de sa bravoure, les autres lui disent :

— Et quand est-ce que tu as vu danser les éléphants ?

Kala Nag reposa Petit Toomai sur le sol et l'enfant salua de nouveau très bas, s'en fut avec son père, et donna la pièce d'argent de quatre annas à sa mère, qui nourrissait un dernier-né. Puis toute la famille prit place sur le dos de Kala Nag, et la file d'éléphants, grognant, criant, se déroula le long du chemin de la montagne, vers la plaine. C'était une marche très animée, à cause des nouveaux éléphants, qui causaient de l'embarras à chaque gué, et que toutes les deux minutes il fallait flatter ou battre.

Grand Toomai, fort mécontent, menait Kala Nag avec dépit. Quant à Petit Toomai, il était trop heureux pour parler : Petersen Sahib l'avait distingué et lui avait donné de l'argent ; il se sentait comme un simple soldat appelé hors des rangs pour recevoir les éloges de son commandant en chef.

— Que veut dire Petersen Sahib avec la danse des éléphants ? demanda-t-il enfin tout bas à sa mère.

Grand Toomai l'entendit, et grommela :

— Que tu ne seras jamais de ces buffles-de-montagne de traqueurs. Voilà ce qu'il voulait dire... Hé ! là-bas, vous, en tête, qu'est-ce qui barre la route ?

A deux ou trois éléphants en avant, un cornac, un homme d'Assam, se retourna en criant avec colère :

— Amène Kala Nag, et cogne-moi sur ce poulain que j'ai là, pour lui apprendre à se conduire. Pourquoi Petersen Sahib m'a-t-il choisi pour descendre avec vous autres, ânes de rizières !... Amène ta bête contre son flanc, Toomai, et laisse-la travailler des défenses... Par tous les dieux des montagnes, ces nouveaux éléphants sont possédés... ou bien ils flairent leurs camarades dans la Jungle !

Kala Nag bourra le nouveau dans les côtes, à lui faire perdre le souffle, tandis que Toomai disait :

— Nous avons nettoyé les montagnes d'éléphants sauvages, à la dernière chasse. C'est seulement la négligence avec laquelle vous les conduisez. Suis-je donc chargé de l'ordre tout le long de la file ?

— Écoutez-le ! cria l'autre cornac : « Nous avons nettoyé les montagnes !... » Oh ! oh ! Vous êtes malins, vous autres, gens de la plaine. Tout le monde, sauf un cul-terreux qui n'a jamais vu la Jungle, saurait ce qu'ils savent bien, eux, que la chasse est finie pour la saison : alors, ce soir, tous les éléphants sauvages feront... Mais pourquoi gaspiller ce qu'on sait devant une tortue de rivière ?

— Qu'est-ce qu'ils feront ? cria Petit Toomai.

— Ohé ! petit. Tu es donc là ? Eh bien ! je vais te le dire : car toi, tu as du bon sens. Ils danseront, voilà !

Et ton père, qui a nettoyé toutes les montagnes de tous les éléphants, fera bien, ce soir, de mettre double chaîne à ses piquets.

— Qu'est-ce qu'il raconte ? fit Grand Toomai. Pendant quarante années, de père en fils, nous avons soigné les éléphants, et nous n'avons jamais ouï parler de ces danses-là.

— Oui, mais un homme des plaines, qui vit dans une hutte, ne connaît que les quatre murs de sa hutte... Eh bien ! laisse tes éléphants sans entraves, ce soir, tu verras ce qui arrivera. Quant à leur danse, j'ai vu la place où... *Baprec-bap !* combien de coudes a cette rivière Dihang ? Voici encore un gué, il va falloir mettre les petits à la nage. Tenez-vous tranquilles, vous autres, là-bas derrière !...

Ainsi causant, se querellant et pataugeant à travers les rivières, leur première étape les conduisit jusqu'à une sorte de camp destiné à recevoir les nouveaux éléphants. Mais ils avaient perdu patience longtemps avant d'y arriver.

Là, les animaux furent attachés par les jambes de derrière aux piquets enfoncés à coups de lourdes masses ; on mit des cordes supplémentaires aux nouveaux ; on entassa devant eux le fourrage. Puis les cornacs de la montagne retournèrent vers Petersen Sahib, sous le soleil de l'après-midi, en recommandant aux hommes de la plaine de veiller mieux ce soir-là que de coutume, et ils riaient lorsque ceux-ci leur en demandaient la raison.

Petit Toomai présida au souper de Kala Nag ; et, comme le soir tombait, il erra par le camp, heureux au-delà de toute expression, en quête d'un tam-tam. Lorsqu'un enfant hindou se sent le cœur en liesse, il ne court pas de tous côtés et ne fait pas un vacarme désordonné. Il s'assoit par terre et se donne une petite fête à lui tout seul. Et Petit Toomai s'était vu adresser la parole par Petersen Sahib ! Faute de trouver ce qu'il cherchait, il aurait fait une maladie. Mais le marchand de sucreries du camp lui prêta un tam-tam — un tambour que l'on frappe du plat de la main — et l'enfant s'assit par terre, les jambes croisées, devant Kala Nag, au moment où les étoiles commençaient à paraître, le tam-tam sur les genoux, et il tambourina, tambourina, tambourina, et, plus il pensait au grand honneur qui lui avait été fait, plus il tambourinait, tout seul parmi le fourrage des éléphants. Il n'y avait ni air ni paroles, mais tambouriner le rendait heureux. Les nouveaux éléphants tiraient sur les cordes, piaulaient de temps à autre et trompetaient, et il pouvait entendre sa mère, dans la hutte du camp, qui endormait son petit frère, avec une vieille, vieille chanson sur le grand dieu Shiva, lequel a dit jadis à tous les animaux ce qu'ils devaient manger... C'est une berceuse très caressante et donc voici le premier couplet :

Shiva qui versa les moissons et qui fit souffler les
*   vents*
Assis aux portes en fleur d'un jour des anciens
*   temps,*
Donnait à chacun sa part : vivre, labeur, destinée,
Du mendiant sur le seuil à la tête couronnée.
Toutes choses a-t-il faites, Shiva le Préservateur,
Mahadeo ! Mahadeo ! toutes choses :
L'épine pour le chameau roux, le foin pour les bœufs
*   du labour.*
Et le sein des mères pour la tête endormie, ô petit fils de
*   mon amour !*

Petit Toomai accompagnait la chanson d'un joyeux *tunk-a-tunk* à la fin de chaque couplet, jusqu'au moment où il eut sommeil et s'étendit lui-même sur le fourrage, à côté de Kala Nag. Enfin, les éléphants commencèrent à se coucher, l'un après l'autre, selon leur coutume ; et bientôt Kala Nag, à la droite de la ligne, demeura seul debout : il se balançait lentement de-ci de-là, les oreilles tendues en avant pour écouter le vent du soir qui soufflait très doucement à travers les montagnes. L'air était rempli de tous les bruits de la nuit, qui, rassemblés, font un seul grand silence : le clic-clac d'une tige de bambou contre l'autre, le froufrou d'une chose vivante dans l'épaisseur de la brousse, le grattement et le cri étouffé d'un oiseau à demi réveillé (les oiseaux sont éveillés dans la nuit beaucoup plus souvent qu'on ne pense), une chute d'eau très loin...

Petit Toomai dormit quelque temps... Quand il s'éveilla, il faisait un éclatant clair de lune, et Kala Nag veillait toujours, debout, les oreilles dressées. Petit Toomai se retourna dans le fourrage bruissant, et considéra la courbe de l'énorme dos sur le ciel dont il cachait la moitié des étoiles ; et, pendant qu'il regardait, il entendit, si loin que ce bruit faisait à peine comme une piqûre d'épingle dans le silence, l'appel de cor d'un éléphant sauvage. Tous les éléphants, dans les lignes, sautèrent sur leurs pieds, comme frappés d'une balle, et leurs grognements finirent par réveiller les mahouts endormis ; ceux-ci sortirent et frappèrent sur les chevilles des piquets avec de gros maillets, puis serrèrent telle corde et nouèrent telle autre, et tout redevint tranquille. Un des nouveaux éléphants avait presque déchaussé son piquet : Grand Toomai ôta la chaîne de Kala Nag, la mit à l'autre comme entrave, le pied de devant relié au pied de derrière, puis il enroula une tresse d'herbe à la jambe de Kala Nag, et lui enjoignit de ne pas oublier qu'il était attaché solidement. Il savait que lui-même, son père et son grand-père avaient fait la même chose des centaines de fois. Kala Nag ne répondit pas à cet ordre par son glouglou habituel. Il resta immobile, regardant au loin à travers le clair de lune, la tête un peu relevée, les oreilles déployées comme des éventails, vers les grandes ondulations que faisaient les montagnes de Garo.

— Fais-y attention, s'il s'agite cette nuit ! dit Grand Toomai à Petit Toomai.

Et il rentra dans la hutte et se rendormit.

Petit Toomai allait tout juste se rendormir aussi, quand il entendit la corde de *caire* (fibre de cocotier) se rompre avec un petit tintement. Et Kala Nag roula hors de ses piquets aussi lentement et silencieusement que roule un nuage hors d'une vallée. Petit Toomai trottina derrière lui, nu-pieds sur la route, dans le clair de lune, appelant à voix basse :

— Kala Nag ! Kala Nag ! Prends-moi avec toi, ô Kala Nag !

L'éléphant se retourna, sans bruit, revint de trois pas en arrière, abaissa sa trompe, enleva l'enfant sur son cou et, avant que le Petit Toomai eût seulement assujetti ses genoux, il se glissa dans la forêt.

Il vint des lignes une fanfare de furieux barrissements ; puis le silence se referma sur toutes choses, et Kala Nag se mit en marche. Parfois, une touffe de hautes herbes balayait ses flancs tout du long, telle une vague les flancs d'un navire, et parfois un bouquet pendant de poivriers sauvages lui grattait le dos d'un bout à l'autre, ou bien un bambou craquait au frôlement de son épaule ; mais, entre-temps, il se mouvait sans aucun bruit, dérivant à travers l'épaisse forêt de Garo comme à travers une fumée. Il suivait une route montante ; mais, bien que Petit Toomai guettât les étoiles par les éclaircies des arbres, il n'eût pu dire dans quelle direction. Enfin Kala Nag atteignit la crête et s'arrêta une minute, et Petit Toomai put voir les cimes des arbres, comme une fourrure tachetée s'éployant au clair de lune sur des milles de pays, et le brouillard d'un blanc bleuâtre, sur la rivière, dans le fond. Toomai se pencha en avant, regarda, et il sentit la forêt éveillée au-dessous de lui, éveillée, vivante et pleine d'êtres. Une de ces grosses chauves-souris brunes, qui se nourrissent de fruits, lui frôla l'oreille ; les piquants d'un porc-épic cliquetèrent sous bois ; et, dans l'obscurité, entre les troncs d'arbres, il entendit un sanglier qui fouillait avec ardeur la chaude terre molle, et flairait en fouillant. Puis, les branches se refermèrent sur sa tête, et Kala Nag se mit à descendre la pente de la vallée, non plus nonchalamment, cette fois, mais comme un canon échappé descend un talus à pic, d'un élan. Les énormes membres se mouvaient avec une régularité de pistons, par enjambées de huit pieds, et l'on entendait des froissements de peau ridée au pli des articulations. Les broussailles éventrées craquaient des deux côtés avec un bruit de toile déchirée ; les jeunes pousses qu'il écartait des épaules rebondissaient en arrière et lui cinglaient les flancs ; de grandes traînées de lianes emmêlées et compactes pendaient de ses défenses, tandis qu'il jetait la tête de part et d'autre et se creusait son chemin.

Alors, Petit Toomai s'aplatit contre le grand cou, de peur qu'une branche ballante ne le précipitât sur le sol, et il souhaita se retrouver encore dans les lignes. L'herbe devenait marécageuse, et les pieds de Kala Nag pompaient et collaient à terre quand il les posait, et le brouillard de la nuit, au fond de la vallée, glaçait Petit Toomai. Il y eut des éclaboussures et un pataugement, une poussée d'eau rapide, et Kala Nag entra dans le lit d'une rivière, en sondant à chaque pas. Par-dessus le bruit du courant qui tourbillonnait autour des fortes jambes, Petit Toomai pouvait entendre d'autres bruits d'eau rejaillissante et de nouvelles fanfares en amont et en aval, des grognements énormes, des ronflements de colère ; et, dans le brouillard alentour, comme des vagues, roulaient des ombres.

— Hé ! dit-il à mi-voix, et ses dents claquèrent. Le peuple des éléphants est dehors, ce soir. C'est la danse alors !

Kala Nag sortit de l'eau avec fracas, souffla dans sa trompe pour l'éclaircir et commença une nouvelle ascension ; mais, cette fois, il ne marchait plus seul, et n'avait plus à se frayer de chemin. C'était chose faite : sur six pieds de large, en droite ligne devant lui, toute courbée, l'herbe de la Jungle essayait de se redresser et de se maintenir. Beaucoup d'éléphants devaient avoir suivi cette voie quelques minutes auparavant. Petit Toomai se retourna et, derrière lui, un grand mâle sauvage porte-défenses, aux petits yeux de pourceau, luisants comme des braises, émergeait tout juste de la rivière embrumée. Puis, les arbres se refermèrent encore, et ils continuèrent de monter, avec des fanfares et des cris et le bruit des branches brisées de toutes parts.

A la fin, Kala Nag s'arrêta entre deux troncs d'arbres, au sommet de la montagne : ils faisaient partie d'une enceinte poussée autour d'un espace irrégulier de trois ou quatre acres environ, et, sur tout cet espace, Petit Toomai pouvait le voir, le sol avait été foulé jusqu'à prendre la dureté d'un carrelage de briques. Quelques arbres s'élevaient au centre de la clairière, mais leur écorce était usée, et le bois même apparaissait au-dessous, brillant et poli, sous les taches de clair de lune. Des lianes pendaient des branches supérieures, dont les fleurs en forme de cloches, grands liserons d'un blanc de cire, tombaient comme alourdies de sommeil jusqu'à terre. Mais, dans les limites de la clairière, il n'y avait pas un brin de verdure : rien que la terre foulée ; le clair de lune lui donnait une teinte gris de fer, excepté çà et là où se tenaient quelques éléphants aux ombres noires comme de l'encre. Petit Toomai regardait en retenant son souffle, les yeux écarquillés ; et, tandis qu'il regardait, des éléphants toujours plus nombreux sortaient d'entre les troncs d'arbres, en se dandinant, pour entrer dans l'espace ouvert. Petit Toomai ne savait compter que jusqu'à dix ; il compta et recompta sur ses doigts, jusqu'à ce qu'il perdît son compte de dizaines, et la tête commença de lui tourner. En dehors de la clairière, il pouvait entendre le fracas des éléphants dans la brousse, comme ils se frayaient un chemin vers le sommet de la montagne ; mais, aussitôt arrivés dans le cercle des troncs d'arbres, ils se mouvaient comme des fantômes.

Il y avait là des mâles sauvages aux défenses blanches, avec des feuilles mortes, des noix et des branchettes restées aux plis de leurs cous et de leurs oreilles, de grasses femelles nonchalantes avec leurs éléphanteaux d'un noir rosé, hauts de trois ou quatre pieds à peine, qui ne pouvaient rester en place et couraient sous leurs mamelles ; de jeunes éléphants dont les défenses commençaient juste à pointer, et qui s'en montraient tout fiers ; de flasques et maigres femelles, restées vieilles filles, avec leurs inquiètes faces creuses et des trompes d'écorce rude ; de vieux solitaires sillonnés, de l'épaule au flanc, des cicatrices et des balafres de naguère, les gâteaux de boue de leurs baignades à l'écart pendant encore à leurs épaules ; et il y avait un éléphant avec une défense brisée et les marques du plein assaut, le terrible sillon des griffes d'un tigre à son flanc. Ils se faisaient vis-à-vis, ou se promenaient de long en large, deux à deux, ou restaient à se balancer et à se dandiner tout seuls. Il y en avait des douzaines et des douzaines.

Toomai savait que, sur le cou de Kala Nag, aucun mal ne pouvait lui arriver : car un éléphant sauvage, même dans l'avalanche du *keddah*, ne lèverait pas sa trompe pour arracher un homme du cou d'un éléphant apprivoisé ; et ceux-là ne pensaient guère aux hommes cette nuit. Un moment, ils tressaillirent et dressèrent leurs oreilles : on entendait sonner les fers d'un anneau de pied dans la forêt. Mais c'était Pudmini, l'éléphante favorite de Petersen Sahib, sa chaîne cassée court, qui gravissait, grognant et soufflant, le versant de la montagne ; elle devait avoir brisé ses piquets, et venir droit du camp de Petersen Sahib. Et Petit Toomai vit un autre éléphant, qu'il ne connaissait pas, avec de profondes écorchures produites par des cordes sur le dos et le poitrail. Lui aussi devait s'être échappé d'un camp établi dans les montagnes d'alentour.

Enfin on n'entendit plus d'éléphants marcher dans la forêt, et Kala Nag roula pesamment d'entre les arbres, et s'avança parmi la foule, gloussant et gargouillant ; et tous les éléphants commencèrent à s'exprimer dans leur langage et à se mouvoir çà et là. Toujours couché, Petit Toomai découvrit des centaines de larges dos, d'oreilles branlantes, de trompes ballottées et de petits yeux roulants. Il entendait le cliquetis des défenses lorsqu'elles s'entrecroisaient par hasard ; le bruissement sec des trompes enlacées ; le frottement des flancs et des épaules énormes, dans la cohue ; l'incessant flic-flac et le *hissh* des grandes queues. Puis, un nuage couvrit la lune, et ce fut la nuit noire ; mais les poussées, les froissements et les gargouillements n'en continuèrent pas moins, égaux et réguliers. L'enfant savait Kala Nag entouré d'éléphants et ne voyait aucune chance de le faire sortir de l'assemblée ; il serra les dents et frissonna. Dans un *keddah*, au moins, il y avait la lumière des torches et

les cris, mais ici, on était tout seul dans les ténèbres, et, une fois, une trompe se leva et lui toucha le genou. Ensuite un éléphant trompeta et tous l'imitèrent pendant cinq ou dix terribles secondes.

La rosée pleuvait des arbres, en larges gouttes, sur les dos invisibles. Et un bruit s'éleva, sourd grondement peu prononcé d'abord, et Petit Toomai n'en aurait pu dire la nature ; le bruit monta, monta, et Kala Nag levait ses pieds de devant l'un après l'autre, et les reposait sur le sol — une, deux, une, deux ! — avec autant de précision que des marteaux de forge. Les éléphants frappaient du pied maintenant tous ensemble, et cela sonnait comme un tambour de guerre battu à la bouche d'une caverne. La rosée tombait toujours des arbres, jusqu'au moment où il n'en resta plus sur les feuilles ; et le sourd roulement continuait, le sol oscillait et frémissait tant que Petit Toomai se mit les mains sur les oreilles pour ne plus entendre. Mais une vibration profonde, immense, le parcourait tout entier : le heurt de ces centaines de pieds si lourds sur la terre a cru. Une fois ou deux, il sentit Kala Nag et tous les autres avancer de quelques pas, et le pilonnage devint alors un bruit de verdures écrasées, dont la sève giclait ; mais, une minute ou deux plus tard sonnait de nouveau le roulement des pieds sur la terre durcie. Un arbre craquait et gémissait quelque part près de lui. Il tendit le bras et sentit l'écorce, mais Kala Nag avança, toujours piétinant, et l'enfant ne savait plus où il était dans la clairière. Les éléphants ne donnaient plus signe de vie. Une fois seulement, deux ou trois petits piaillèrent ensemble ; alors, il entendit un coup sourd et le bruit d'une bagarre, et le pilonnage reprit. Il y avait bien, maintenant, deux grandes heures que cela durait, et Petit Toomai souffrait dans chacun de ses nerfs ; mais il sentait, à l'odeur de l'air, dans la nuit, que l'aube allait poindre.

Le matin parut, nappe de jaune pâle derrière les collines vertes ; et, avec le premier rayon, le piétinement s'arrêta, comme si la lumière eût été un ordre. Avant que le bruit eût fini de résonner dans la tête de Petit Toomai, avant même qu'il eût changé de position, il ne restait plus en vue un seul éléphant, sauf Kala Nag, Pudmini et l'éléphant marqué par les cordes ; et nul signe, nul murmure ni chuchotement sur les pentes des montagnes, ne laissait deviner où les autres étaient partis. Petit Toomai regarda de tous ses yeux. La clairière, autant qu'il s'en souvenait, s'était élargie pendant la nuit. Un grand nombre d'arbres se dressaient au milieu, mais l'enceinte de broussaille et d'herbe de jungle se trouvait reculée. Petit Toomai regarda une fois encore ; maintenant, il comprenait le pilonnage. Les éléphants avaient élargi l'espace foulé, réduit en litière, à force de piétiner l'herbe épaisse et les cannes juteuses, puis la litière en brindilles, les brindilles en fibres menues, et les fibres en terre compacte.

— Ouf ! fit Petit Toomai, et ses paupières lui semblaient très lourdes ; Kala Nag, monseigneur, ne quittons pas Pudmini, et retournons au camp de Petersen Sahib, ou bien je vais tomber de ton cou.

Le troisième éléphant regarda partir les deux autres, renâcla, fit volte-face, et reprit la route par laquelle il était venu. Il devait appartenir à quelque établissement de petit prince indigène, à cinquante, soixante ou cent milles de là.

Deux heures plus tard, comme Petersen Sahib prenait son premier déjeuner, ses éléphants, dont les chaînes avaient été doublées cette nuit-là, commencèrent à trompeter, et Pudmini, crottée jusqu'aux épaules, suivie de Kala Nag clopinant sur ses pieds endoloris, firent leur entrée dans le camp. Le visage de Petit Toomai était blême et tiré, sa chevelure pleine de feuilles et trempée de rosée, mais il fit le geste de saluer Petersen Sahib, et cria d'une voix défaillante :

— La danse... la danse des éléphants ! Je l'ai vue... et je meurs !

Et comme Kala Nag se couchait, il glissa de son dos, évanoui.

Mais les enfants indigènes n'ont pas de nerfs dont il vaille la peine de parler : au bout de deux heures, il se réveillait, confortablement allongé dans le hamac de Petersen Sahib, la veste de chasse de Petersen Sahib sous la tête, un verre de lait chaud additionné d'un peu d'eau-de-vie et d'une pointe de quinine dans le ventre ; et, tandis que les vieux chasseurs des jungles, velus et balafrés, assis sur trois rangs de profondeur devant lui, le regardaient comme un revenant, il raconta son histoire en mots naïfs, à la manière des enfants, et conclut :

— Maintenant, si je mens d'un seul mot, envoyez des hommes pour voir ; et ils trouveront que les éléphants, en piétinant, ont agrandi leur salle de bal, et ils trouveront des dizaines et des dizaines et beaucoup de fois de dizaines de traces conduisant à cette salle de bal. Ils l'ont agrandie avec leurs pieds. Je l'ai vu. Kala Nag m'a pris avec lui, et j'ai vu. Même, Kala Nag a les jambes très fatiguées.

Petit Toomai se renversa en arrière, et dormit tout l'après-midi ; il dormait encore au crépuscule, et, pendant qu'il dormait, Petersen Sahib et Machua Appa suivirent la trace des deux éléphants sur un parcours de quinze milles à travers les montagnes. Petersen Sahib avait passé dix-huit ans de sa vie à prendre des éléphants, et n'avait qu'une seule fois jusque-là découvert semblable salle de bal. Machua

Appa n'eut pas besoin de regarder deux fois la clairière pour voir ce qui s'était passé, ni de gratter de l'orteil la terre compacte et battue.

— L'enfant dit vrai, prononça-t-il. Tout cela s'est fait la nuit dernière, et j'ai compté soixante-dix pistes qui traversent la rivière. Voyez, Sahib, où l'anneau de fer de Pudmini a entamé l'écorce de cet arbre ! Oui, elle était là aussi.

Ils s'entre-regardèrent, puis leurs yeux errèrent de haut en bas, et ils s'émerveillèrent ; car les coutumes des éléphants dépassent l'esprit d'aucun homme noir ou blanc.

— Quarante-cinq années, dit Machua Appa, j'ai suivi monseigneur l'Éléphant, mais jamais je n'ouïs dire qu'un enfant d'homme ait vu ce qu'a vu cet enfant. Par tous les dieux des montagnes, c'est... que peut-on dire ?...

Et il secoua la tête.

Lorsqu'ils revinrent au camp, c'était l'heure du souper. Petersen Sahib mangeait seul dans sa tente, mais il donna ordre qu'on distribuât deux moutons et quelques volailles, avec double ration de farine, de riz et de sel, car il savait qu'il y aurait fête. Grand Toomai, monté de la plaine en toute hâte se mettre en quête de son fils et de son éléphant, maintenant qu'il les avait trouvés, les regardait comme s'il avait peur de tous deux.

Et il y eut fête, en effet, autour des grands feux de camp allumés sur le front des lignes d'éléphants au piquet, et Petit Toomai en fut le héros. Les grands chasseurs d'éléphants, à peau bronzée, traqueurs, conducteurs et lanceurs de cordes, et ceux qui savent tous les secrets pour dompter les éléphants les plus rebelles se le passèrent de l'un à l'autre, et lui firent une marque au front avec le sang d'un cœur de coq de jungle fraîchement tué, pour lui donner rang de forestier initié dès à présent et libre dans toute l'étendue des jungles.

Et, à la fin, quand tombèrent les flammes mourantes, et qu'aux reflets rouges de la braise les éléphants apparurent comme s'ils avaient été trempés aussi dans le sang, Machua Appa, le chef de tous les rabatteurs, de tous les *keddahs* — Machua Appa, l'*alter ego* de Petersen Sahib, qui n'avait jamais vu de route battue en quarante ans, Machua Appa, si grand, si grand, qu'on ne l'appelait jamais autrement que Machua Appa — sauta sur ses pieds en enlevant Petit Toomai à bout de bras au-dessus de sa tête, et cria :

— Écoutez, Frères ! Écoutez aussi, vous, Messeigneurs, là, dans les lignes, car c'est moi, Machua Appa, qui parle ! Ce petit ne s'appellera plus Petit Toomai, mais Toomai des Éléphants, comme son arrière-grand-père avant lui. Ce que jamais homme ne vit, lui l'a vu durant la longue nuit, et la faveur du peuple éléphant et des dieux des jungles l'accompagne. Il deviendra un grand traqueur, il deviendra plus grand que moi, oui, moi, Machua Appa ! Il suivra la voie fraîche, la voie vieille et la voie double, d'un œil clair ! Que nul mal ne l'atteigne dans le *keddah* lorsqu'il courra sous le ventre des solitaires afin de les garrotter, et s'il glisse sous les pieds d'un mâle qui le charge, que le mâle le reconnaisse et ne l'écrase pas. *Aihai !* Messeigneurs, ici près dans les chaînes, cria-t-il en courant sur le front de la ligne de piquets, voici le petit qui a vu vos danses au fond de vos retraites cachées, le spectacle que jamais homme ne contempla ! Rendez-lui hommage, Messeigneurs ! *Salaam karo*, mes enfants. Faites votre salut à Toomai des Éléphants ! Gunga Pershad, ahaa ! Hira Guj, Birchi Guj, Kuttar Guj, ahaa ! Pudmini, tu l'as vu à la danse, et toi aussi, Kala Nag, ô ma perle des Éléphants !...

Ahaa ! Ensemble ! A Toomai des Éléphants ! *Barrao ! ! !*

Alors, au signal de cette clameur sauvage, sur toute la ligne les trompes se levèrent jusqu'à ce que chacun touchât du bout le front de chaque éléphant, et tous entonnèrent le grand salut, l'éclatante salve de trompettes que seul entend le Vice-Roi des Indes, le Salaam-ut du Keddah.

Mais cette fois, en l'unique honneur du Petit Toomai, qui avait vu ce que jamais homme ne vit auparavant, la danse des éléphants, la nuit, tout seul, au cœur des montagnes de Garo !

SHIVA ET LA SAUTERELLE

(La chanson que la mère de Toomai
chantait à son bébé.)

*Shiva qui versa les moissons et qui fit souffler les
vents,*
*Assis aux portes en fleur d'un jour des anciens
temps,*
Donnait à chacun sa part : vivre, labeur, destinée,
Du mendiant sur le seuil à la tête couronnée.
Toutes choses a-t-il faites, Shiva le Préservateur,
Mahadeo ! Mahadeo ! toutes choses :
L'épine pour le chameau roux, le foin pour les bœufs
du labour,
Et le sein des mères pour la tête endormie, ô petit fils
de mon amour !

*Au riche il donne du blé, du mil au pauvre, il
apporte*

Des reliefs à l'homme saint qui quête de porte en
porte,
Au tigre des bestiaux, des charognes au vautour,
Des os aux loups méchants qui la nuit hurlent alen-
tour ;
Nul ne lui parut trop haut, nul ne lui sembla trop
bas...
A ses côtés Parvâti suivait chacun de leurs pas ;
Puis, par jeu, de son mari pour éprouver le dessein
Elle prit la sauterelle et la cacha dans son sein !
C'est ainsi que fut joué Shiva le Préservateur,
Mahadeo ! Mahadeo ! Viens, regarde,
Très grands sont les chameaux roux, pesants les bœufs
de labour,
Mais c'était la Moindre des Petites choses, ô petit fils
de mon amour !

Lorsque tous furent passés, elle dit, rieuse : O Maî-
tre,
Tant de milliers d'affamés as-tu donc pu les repaî-
tre ?
Shiva, riant, répondit : Tous ont une part, la leur,
Tous, même le tout-petit qui se cache sur ton cœur.
La voleuse Parvâti tira de sa robe ouverte
Le moindre des Tout-Petits qui rongeait une herbe
verte,
Ce voyant, elle craignit et s'émerveilla devant Shiva le
Dispensateur qui nourrit chaque vivant.
Toutes choses a-t-il faites, Shiva le Préservateur,
Mahadeo ! Mahadeo ! toutes choses :
L'épine pour le chameau roux, le foin pour les bœufs
du labour,
Et le sein des mères pour la tête endormie, ô petit fils
de mon amour !

Service de la Reine

Essayez toujours les fractions,
ou la simple règle de trois,
Mais la façon de Mirontaine
ne sera pas celle de Mironton.

Tortillez-le, retournez-le, faites-
en une tresse jusqu'à la
Saint-Glinglin,
Mais la façon de Carabi ne sera
pas celle de Carabo.

Il avait plu à verse pendant un grand mois — plu sur un camp de trente mille hommes et de milliers de chameaux, d'éléphants, de chevaux, de bœufs et de mulets, tous rassemblés en un endroit appelé Rawal Pindi, pour être passés en revue par le Vice-Roi de l'Inde.

Le Vice-Roi recevait la visite de l'Amir d'Afghanistan — roi sauvage d'un pays plus sauvage encore, et l'Amir avait mené comme garde du corps huit cents hommes avec leurs chevaux, qui n'avaient jamais vu un camp ni une locomotive de leur vie — des hommes sauvages et des chevaux sauvages, nés quelque part au fond de l'Asie centrale. Chaque nuit on pouvait être sûr qu'une troupe de ces chevaux briseraient leurs entraves et galoperaient du haut en bas du camp à travers la boue, dans l'obscurité, ou que les chameaux rompraient leurs entraves et se mettraient à courir et à tomber par-dessus les cordes des tentes, et l'on peut imaginer quel agrément c'était là pour des gens qui avaient envie de dormir.

Ma tente était dressée loin des lignes de chameaux, et je la croyais à l'abri ; mais, une nuit quelqu'un passa brusquement la tête dans l'intérieur, et s'écria :

— Sortez, vite ! Ils viennent ! Ma tente est par terre !

Je savais qui ce « ils » voulait dire ; aussi j'enfilai mes bottes, mon caoutchouc, et me précipitai dehors dans le gâchis. La petite Vixen, mon fox-terrier, sortit par l'autre côté ; puis, on entendit gronder, grogner, gargouiller, et je vis la tente s'affaler, tandis que le mât se cassait net, et se mettre à danser comme un fantôme en démence. Un chameau s'était empêtré dedans, et, tout furieux et mouillé que je fusse, je ne pus m'empêcher de rire. Puis je continuai de courir, car je ne savais pas combien de chameaux pouvaient s'être échappés ; et, peu de temps après, hors de vue du camp, je pataugeais à travers la boue. A la fin, je trébuchai sur la culasse d'un canon, et j'aperçus que je me trouvais non loin des lignes de l'artillerie, là où on dételait les canons pour la nuit. Ne me souciant pas de barboter plus longtemps dans la brume et dans le noir, je mis mon caoutchouc sur la bouche d'un canon, construisis une sorte de wigwam à l'aide de deux ou trois refouloirs trouvés là par hasard, et m'étendis le long de l'affût d'un autre canon, inquiet d'où Vixen était passée, et d'où je pouvais bien me trouver moi-même.

Au moment où je me préparais à dormir, j'entendis un cliquetis de harnais et un grognement, tandis qu'un mulet passait devant moi en secouant ses oreilles mouillées. Il appartenait à une batterie de canons à vis, car je distinguais un bruit de courroies, d'anneaux, de chaînes et de toutes sortes de ferrailles sur sa selle matelassée. Les canons à vis sont de tout petits canons faits de deux parties que l'on visse ensemble quand arrive le moment de s'en servir. On les hisse sur les montagnes, partout où peut passer un mulet, et ils rendent de grands services pour combattre en terrain rocailleux.

Derrière le mulet, venait un chameau, dont les gros pieds mous s'écrasaient et glissaient dans la boue, et qui balançait le cou comme une poule égarée. Heureusement, j'entendais assez le langage des bêtes — non pas des bêtes sauvages, mais celui des bêtes de camp, naturellement — que m'avaient appris des indigènes, pour savoir ce qu'il disait. Ce devait être le même qui s'était étalé dans ma tente, car il interpella le mulet :

— Que faire ? Où aller ? Je me suis battu avec une chose blanche qui flottait, et elle a pris un bâton et m'a frappé au cou.

C'était le mât brisé de ma tente, et cela me fit plaisir.

— Continuons-nous à courir ?

— Ah ! c'est vous, dit le Mulet, vous et vos collègues, qui avez ainsi bouleversé le camp ? On vous rossera en conséquence ce matin, mais autant vous donner un acompte.

J'entendis le cliquetis des harnais, et le chameau reçut dans les côtes deux ruades qui sonnèrent comme sur un tambour.

— Cela vous apprendra, dit-il, à courir une autre

fois à travers une batterie de mulets, la nuit, en criant : « Au voleur et au feu ! » Couchez-vous, et tenez votre grand niais de cou tranquille.

Le chameau se replia à la façon des chameaux, en équerre, et se coucha en geignant. On entendit dans l'obscurité un bruit rythmé de sabots sur le sol, et un grand cheval de troupe arriva au petit galop d'ordonnance, comme à la parade, franchit la culasse d'un canon et retomba tout près du mulet.

— C'est honteux, dit-il, en soufflant par les naseaux. Ces chameaux ont encore dévalé dans nos lignes... c'est la troisième fois, cette semaine. Le moyen pour un cheval de rester en forme si on ne le laisse pas dormir !... Qui va là ?

— Je suis le mulet d'affût du canon numéro deux de la Première Batterie à Vis, dit le Mulet, et l'autre est un de vos amis. Il m'a réveillé aussi. Et vous ?

— Numéro quinze, troupe E, Cinquième Lanciers... Le cheval de Dick Cunliffe. Un peu de place, s'il vous plaît, là.

— Oh ! pardon, dit le Mulet. Il fait si noir qu'on n'y voit guère. Ces chameaux sont-ils assez dégoûtants ? J'ai quitté mes lignes pour chercher un peu de calme et de repos par ici.

— Messeigneurs, dit le Chameau avec humilité, nous avons fait de mauvais rêves dans la nuit et nous avons eu très peur ! Je ne suis qu'un des chameaux de convoi du 39e d'Infanterie Indigène, et je ne suis pas aussi brave que vous, Messeigneurs.

— Alors, pourquoi ne pas rester à porter les bagages du 39e d'Infanterie Indigène, au lieu de courir partout dans le camp ? dit le Mulet.

— C'étaient de si mauvais rêves, dit le Chameau. Je suis bien fâché. Écoutez !... Qu'est-ce que c'est ?... Faut-il courir encore ?

— Couchez-vous, reprit le Mulet, ou bien vous

allez vous rompre vos longues perches de jambes entre les canons. — Il dressa l'oreille, aux écoutes.

— Des bœufs ! dit-il. Des bœufs de batterie. Ma parole, vous et les vôtres avez réveillé le camp pour de bon ! Il faut un joli boucan pour faire lever un bœuf de batterie.

J'entendis une chaîne traîner au ras du sol, et un attelage de ces grands bœufs blancs taciturnes qui traînent les lourds canons de siège, quand les éléphants ne veulent plus avancer sous le feu, arriva en s'épaulant ; sur leurs talons, marchant presque sur la chaîne, suivait un autre mulet de batterie, qui appelait avec affolement « Billy ».

— C'est une de nos recrues, dit le vieux Mulet au cheval de troupe. Ici, jeunesse. Assez braillé, l'obscurité n'a jamais encore fait de mal à personne.

Les bœufs de batterie se couchèrent en même temps et se mirent à ruminer, mais le Jeune Mulet se blottit contre Billy.

— Des choses ! fit-il. D'affreuses et horribles choses, Billy ! C'est entré dans nos lignes tandis que nous dormions. Pensez-vous que ça va nous tuer ?

— J'ai grande envie de t'allonger un coup de pied numéro un, dit Billy. A-t-on idée d'un mulet de quatre pieds six pouces, avec ton éducation, qui déshonore la Batterie devant ce gentleman ?

— Doucement, doucement ! dit le Cheval de Troupe. Souvenez-vous qu'on est toujours comme cela pour commencer. La première fois que j'ai vu un homme (c'était en Australie et j'avais trois ans), j'ai couru une demi-journée, et si ç'avait été un chameau, je courrais encore.

Presque tous nos chevaux de cavalerie anglaise dans l'Inde sont importés d'Australie, et sont dressés par les soldats eux-mêmes.

— C'est vrai, après tout, reprit Billy. Assez tremblé comme cela, jeunesse. La première fois qu'on me plaça sur le dos le harnais complet avec toutes ses chaînes, je me dressai sur mes jambes de devant, et à force de ruades jetai tout à terre. Je n'avais pas encore acquis la véritable science de ruer, mais ceux de la batterie disaient n'avoir jamais rien vu de tel.

— Mais ce n'était ni harnais ni rien qui tintât, dit le Jeune Mulet. Vous savez, Billy, que maintenant cela ne me fait rien. C'étaient des choses grandes comme des arbres, et elles tombaient du haut en bas des lignes et gargouillaient ; ma bride s'est cassée et je ne pouvais pas trouver mon conducteur. Je ne pouvais même pas vous trouver, Billy ; alors je me suis sauvé avec... avec ces gentlemen.

— Hum ! fit Billy. A l'annonce de la débandade des chameaux, j'ai filé pour mon propre compte. Lorsqu'un mulet de batterie... de batterie de canon à vis... traite de gentlemen des bœufs de batterie, il faut qu'il se sente bien ému. Qui êtes-vous, vous autres, là, par terre ?

Les bœufs refoulèrent leur nourriture, et répondirent tous deux à la fois :

— Le septième joug du premier canon de la Grosse Batterie de Siège. Nous dormions, lorsque les chameaux sont arrivés, mais quand on nous a marché dessus, nous nous sommes levés et nous sommes partis. Il vaut mieux dormir tranquilles dans la boue que d'être dérangés sur une bonne litière. Nous avons dit à notre ami qu'il n'y avait pas de quoi s'effrayer, mais il savait tant de choses qu'il en a pensé autrement. Wah !

Ils continuèrent à ruminer.

— Voilà ce que c'est d'avoir peur, dit Billy. On se fait blaguer par des bœufs de batterie. Je pense que cela te fait plaisir, jeunesse.

Les dents du Jeune Mulet sonnèrent, et j'entendis qu'il parlait de ne pas avoir peur d'aucun vieux bifteck du monde ; mais les bœufs se contentèrent de faire cliqueter leurs cornes l'une contre l'autre, et continuèrent de ruminer.

— Ne te fâche pas, maintenant, après avoir eu peur. C'est la pire espèce de couardise, dit le Cheval de Troupe. Je trouve très pardonnable d'avoir peur la nuit, lorsqu'on voit des choses qu'on ne comprend pas. On s'est échappé de nos piquets des douzaines de fois, par bandes de quatre cent cinquante ensemble, et cela parce qu'une nouvelle recrue s'était mise à nous conter des histoires de serpents-fouets qu'on trouve chez nous, en Australie, au point que nous mourions de peur à la seule vue des cordes pendantes de nos licous.

— Tout cela est bel et bon dans le camp, observa Billy ; je ne laisse pas de m'emballer moi-même, pour la farce, quand je reste à l'écurie un jour ou deux ; mais que faites-vous en campagne ?

— Oh ! c'est une tout autre paire de bottes, dit le Cheval de Troupe. J'ai Dick Cunliffe sur le dos, alors, et il m'enfonce ses genoux dans les côtes : tout ce que j'ai à faire, c'est de regarder où je mets le pied, de bien rassembler mon arrière-main et d'obéir aux rênes.

— Qu'est-ce que cela, obéir aux rênes ? demanda le Jeune Mulet.

— Par les gommiers bleus d'Australie, renâcla le Cheval de Troupe, voulez-vous me faire croire qu'on ne vous a pas appris dans votre métier ce que c'est que d'obéir aux rênes ? A quoi êtes-vous bons si vous ne pouvez pas tourner tout de suite lorsque la rêne vous presse l'encolure ? C'est une question de vie ou de mort pour votre homme et, bien entendu, de vie ou de mort pour vous. On commence à appuyer, l'arrière-main rassemblée, au moment où on sent la pression de la rêne sur l'encolure. Si on n'a pas la place de tourner, on pointe un peu et on se reçoit sur ses jambes de derrière. Voilà ce que c'est que d'obéir aux rênes.

— On ne nous apprend pas les choses de cette façon, dit Billy, le Mulet, froidement. On nous enseigne à obéir à l'homme qui nous tient la figure : à avancer lorsqu'il le dit, et à reculer lorsqu'il le dit également. Je suppose que cela revient au même. Maintenant, tout ce beau métier de fantasia et de panache, qui doit être bien mauvais pour vos jarrets, à quoi vous mène-t-il ?

— Cela dépend, répondit le Cheval. Générale-ment, il me faut entrer au milieu d'un tas d'homme hurlants et chevelus armés de couteaux... de longs couteaux brillants, pires que les couteaux du vétéri-naire... et il me faut faire attention à ce que la botte de Dick touche juste, sans appuyer, la botte de son voisin. Je vois la lance de Dick à ma droite de mon œil droit, et je sais qu'il n'y a pas de danger. Je n'envie pas la place de l'homme ou du cheval qui se trouve-raient dans notre chemin, à Dick et à moi, lorsque nous sommes pressés.

— Est-ce que les couteaux font mal ? demanda le Jeune Mulet.

— Heu... j'en ai reçu une estafilade en travers du poitrail une fois... mais ce n'était pas la faute de Dick...

— Je me serais bien occupé de qui c'était la faute, si on m'avait fait mal ! interrompit le Jeune Mulet.

— Il faut s'en occuper, repartit le Cheval de Troupe. Si vous n'avez pas confiance dans votre homme, aussi bien décamper tout de suite. Quelques-uns de nos chevaux s'y entendent, et je ne les blâme pas. Comme je le disais, ce n'était pas la faute de

Dick. L'homme était couché sur le sol, et je m'allongeais pour ne pas l'écraser, mais il me lança une estocade de bas en haut. La prochaine fois que je franchis un homme couché par terre, je pose le pied dessus... et ferme.

— Hem ! dit Billy ; tout cela paraît bien absurde. Les couteaux me font l'effet de sales outils en toutes circonstances. Mieux vaut escalader une montagne, une selle bien équilibrée sur le dos, se cramponner des quatre pieds et des oreilles, grimper, ramper et se faufiler, jusqu'à ce qu'on débouche à ces centaines de pieds au-dessus de tout le monde, sur une saillie — juste la place de ses sabots. Alors, on s'arrête et on ne bouge plus... ne demande jamais à un homme de te tenir la tête, jeunesse... on ne bouge pas pendant qu'on visse les canons, et puis on regarde tomber parmi les hautes branches des arbres, très loin au-dessous, les petits obus pareils à des coquelicots.

— Vous ne butez donc jamais ? demanda le Cheval de Troupe.

— On dit que lorsqu'un mulet bronche, on peut fendre l'oreille à une poule, répondit Billy. De temps en temps, peut-être une selle mal paquetée fera verser un mulet, mais c'est très rare. Je voudrais pouvoir vous apprendre notre métier. C'est une belle chose. Eh bien ! Il m'a fallu trois ans pour découvrir ce que les hommes me voulaient. Toute la science consiste à ne pas se détacher sur la ligne du ciel, parce que, si vous le faites, on peut vous tirer dessus. Souviens-toi de cela, jeunesse. Reste toujours caché le mieux possible, même s'il faut faire un détour d'un mille dans ce but. C'est moi qui mène la batterie quand on arrive à ce genre d'escalade.

— Se laisser fusiller sans une chance de courir sus aux gens qui tirent ? fit le Cheval de Troupe en réfléchissant profondément. Je ne pourrais pas supporter cette idée-là. Je voudrais charger... avec Dick.

— Oh ! non, vous ne voudriez pas ; vous savez qu'aussitôt en position, ce sont les canons qui font toute la charge. Voilà qui est scientifique et net : mais les couteaux... pouah !

Il y avait quelque temps que le chameau de convoi balançait sa tête de-ci et de-là, cherchant à glisser un mot dans la conversation. Et je l'entendis qui disait timidement, en toussant pour s'éclaircir la gorge :

— J'ai... j'ai... j'ai fait un peu la guerre, mais ce n'était pas en grimpant, ni en courant comme cela.

— Non. Maintenant que tu le dis, repartit Billy, on s'en aperçoit. Tu n'as pas beaucoup l'air fait pour grimper ou courir... Eh bien ! comment cela se passait-il chez toi, balle de foin ?

— De la vraie manière, répondit le Chameau. Nous nous couchions tous...

— Oh ! Croupière et Martingale ! s'exclama le Cheval de Troupe entre ses dents. Couché !

— Nous nous couchions, une centaine environ..., continua le Chameau, en un grand carré, et les hommes empilaient nos *kajawahs*, nos charges et nos selles, à l'extérieur du carré ; puis ils tiraient par-dessus notre dos... oui... de toutes les faces du carré.

— Quelle sorte d'hommes ? N'importe quels hommes au hasard ? demanda le Cheval de Troupe. On nous apprend à l'école du cavalier à nous coucher et à laisser nos maîtres tirer par-dessus nous, mais Dick Cunliffe est le seul homme à qui je me fierais pour cela. Cela me chatouille au passage des sangles et, en outre, je n'y vois rien, avec la tête sur le sol.

— Que vous importe qui tire par-dessus vous ? répondit le Chameau. Il y a beaucoup d'homme et beaucoup de chameaux tout près, et des masses de fumée. Je n'ai pas peur, alors. Je reste tranquille, et j'attends.

— Et cependant, dit Billy, vous faites de mauvais rêves, et vous bouleversez le camp la nuit. Eh bien ! Avant que je m'étende — je ne parle pas de me coucher — et que je laisse un homme tirer par-dessus mon corps, mes talons et sa tête auraient quelque chose à se dire. A-t-on jamais entendu parler de choses pareilles !

Il y eut un long silence. Puis, un des bœufs de batterie leva sa grosse tête pour dire :

— Tout cela est vraiment fort absurde. Il n'y a qu'une manière de combattre.

— Oh ! allez-y, dit Billy. Je vous en prie, ne vous gênez pas pour moi. Je suppose que vous autres vous combattez en vous tenant debout sur la queue ?

— Une seule manière, dirent-ils tous deux ensemble (ils devaient être jumeaux). La voici : Mettre nos vingt attelages au gros canon aussitôt que Double-Queue commence à trompeter. (Double-Queue est le nom d'argot de camp par lequel on désigne l'éléphant.)

— Pourquoi Double-Queue trompette-t-il ? demanda le Jeune Mulet.

— Pour déclarer qu'il n'ira pas plus près de la fumée en face... Double-Queue est un grand poltron... Alors, nous tirons tous ensemble le gros canon... *Heya-Hullah ! Heeyah ! Hullah !* Nous ne grimpons pas, nous autres, comme des chats, ni ne courons comme des veaux. Nous cheminons par la plaine unie, nos vingt jougs à la fois, jusqu'à ce qu'on nous détèle : puis, nous paissons tandis que les gros canons causent à travers la plaine avec quelque ville derrière des murs de terre. Et des pans de mur croulent, et la poussière s'élève comme si là-bas de grands troupeaux rentraient à l'étable.

— Oh ! Et vous choisissez ce moment-là pour paître ? dit le Jeune Mulet.

— Ce moment ou un autre. Manger est toujours bon. Nous mangeons jusqu'à ce qu'on nous remette le joug, et tirons de nouveau le canon pour revenir où Double-Queue l'attend. Parfois, il y a dans la ville de gros canons qui répondent, et quelques-uns d'entre nous sont tués, mais alors, il y a plus à paître pour ceux qui restent. C'est le Destin... voilà tout... N'importe, Double-Queue est un grand poltron. Voilà la vraie manière de combattre... Nous sommes deux frères, nous venons de Hapour. Notre père était taureau sacré de Shiva. Nous avons dit.

— Eh bien ! j'ai certainement appris quelque chose ce soir, dit le Cheval de Troupe. Et vous, Messieurs de la Batteries des Canons à Vis, vous sentez-vous enclins à manger quand on vous tire dessus avec de gros canons, et que Double-Queue suit par-derrière ?

— A peu près autant qu'à nous vautrer par terre et à laisser des hommes s'étaler sur nous, ou à courir parmi des gens à coutelas. Je n'ai jamais entendu pareilles billevesées. Une saillie de montagne, un fardeau bien équilibré, un conducteur à qui s'en remettre pour vous laisser poser les pieds à votre choix, et je suis votre mulet ; mais... les autres choses... non ! dit Billy, en frappant du pied.

— Évidemment, reprit le Cheval de Troupe, tout le monde n'est pas fait du même bois, et je vois bien que dans la famille, du côté de votre père, on devait être lent à saisir beaucoup de choses.

— La famille de mon père ne vous regarde pas, s'écria Billy avec colère ; car tous les mulets détestent s'entendre rappeler que leur père est un âne. Mon père était un gentleman du Sud, qui n'aurait pas été gêné de mettre en charpie n'importe quel cheval. Mets-toi ça dans la tête, gros Brumby !

Brumby veut dire rossard sans origine. Imaginez les sentiments d'Ormonde si un cheval d'omnibus le traitait de carcan et vous pouvez vous figurer ce que ressentit le cheval australien. Je vis le blanc de ses yeux étinceler dans l'obscurité.

— Dites donc, fils de baudet d'importation malagais, fit-il en serrant les dents, je vous apprendrai que je suis apparenté, du côté de ma mère, à Carbine, le vainqueur de la Coupe de Melbourne, et nous ne sommes pas habitués, dans mon pays, à nous laisser passer sur le ventre par un mulet à langue de perroquet et à tête de cochon dans une batterie de pétardières et de chassepots. Êtes-vous prêt ?

— Debout, sur les jambes de derrière ! brailla Billy.

Tous deux se cabrèrent face à face et je m'attendais à un furieux combat, lorsqu'une voix gargouillante et qui roulait sourdement sortit de l'obscurité à droite.

— Enfants, qu'avez-vous à vous battre ? Calmez-vous.

Les deux bêtes retombèrent en renâclant de dégoût, car cheval ni mulet ne peuvent souffrir la voix de l'éléphant.

— C'est Double-Queue ! dit le Cheval de Troupe. Je ne peux pas le supporter. Une queue à chaque bout, c'est trop.

— Exactement mon avis, dit Billy, en se pressant contre le cheval pour se rassurer. On a des points communs.

— Nous tenons ça de nos mères, dit le Cheval de Troupe. A quoi bon se chamailler pour si peu !... Eh ! Double-Queue, êtes-vous attaché ?

— Oui, répondit Double-Queue, dont le rire roula tout le long de sa trompe. Je suis au piquet pour la nuit. J'ai entendu ce que vous disiez, vous autres. Mais n'ayez pas peur, je reste où je suis.

Les Bœufs et le Chameau dirent à mi-voix :

— Peur de Double-Queue, quelle absurdité !

Et les Bœufs continuèrent :

— Nous sommes fâchés que vous ayez entendu, mais, c'est vrai. Double-Queue, pourquoi avez-vous peur des canons lorsqu'ils parlent ?

— Eh bien ! dit Double-Queue, en frottant une de ses jambes de derrière contre l'autre, exactement comme un petit garçon qui récite une fable, je ne sais pas tout à fait si vous comprendriez.

— Nous ne comprenons pas, mais cependant il faut tirer jusqu'au bout les canons, reprirent les Bœufs.

— Je le sais et je sais aussi que vous êtes beaucoup plus braves que vous ne pensez. Mais, pour moi, c'est différent. Le capitaine de ma batterie m'a appelé l'autre jour « pachyderme anachronique ».

— Quelque autre façon de combattre, je suppose ? dit Billy qui reprenait ses esprits.

— Vous, vous ne savez pas ce que cela veut dire, naturellement. Moi, je le sais. Cela signifie : entre le zist et le zest, et c'est juste où j'en suis. Je puis voir dans ma tête ce qui arrivera quand un obus éclate ; et vous autres, Bœufs, vous ne pouvez pas.

— Moi, je peux, dit le Cheval de Troupe… à peu près du moins. J'essaie de n'y pas penser.

— Je vois mieux que vous, et j'y pense, moi. J'ai plus de surface qu'un autre à préserver et je sais qu'une fois malade, personne ne connaît la manière de me soigner. Tout ce qu'ils peuvent faire est de suspendre la solde de mon cornac jusqu'à ce que je me remette, et je ne peux pas me fier à mon cornac.

— Ah ! dit le cheval de Troupe. Cela explique tout. Je peux me fier à Dick.

— On me percherait un régiment entier de Dicks sur le dos, sans que je me comporte mieux. J'en sais juste assez pour me sentir mal à l'aise, et pas assez pour aller de l'avant malgré tout.

— Nous ne comprenons pas, dirent les Bœufs.

— Je sais que vous ne comprenez pas. Ce n'est pas à vous que je parle. Vous ne savez pas ce que c'est que du sang.

— Oui, nous le savons, répliquèrent les Bœufs. C'est une chose rouge qui imbibe la terre et qui sent.

Le cheval de Troupe lança une ruade, fit un bond, et s'ébroua.

— Ne parlez pas de cela, dit-il. Je le sens d'ici, rien que d'y penser. Cela donne envie de se sauver... Quand on n'a pas Dick sur le dos.

— Mais il n'y en a pas ici, dirent le Chameau et les Bœufs. Pourquoi êtes-vous si stupide ?

— C'est une sale chose, dit Billy. Je n'ai pas envie de me sauver mais n'aime pas en parler.

— Vous y êtes ! dit Double-Queue, en agitant sa queue pour expliquer.

— Sûrement. Oui, nous avons été ici toute la nuit, dirent les Bœufs.

Double-Queue frappa le sol du pied, en faisant résonner son anneau de fer.

— Oh ? je ne vous parle pas, à vous. Vous ne pouvez pas voir à l'intérieur de vos têtes.

— Non. Nous voyons par nos quatre yeux, dirent les Bœufs. Nous voyons droit en face de nous.

— Si je n'étais capable que de cela et de rien autre, vous n'auriez pas besoin de tirer les gros canons. Si je ressemblais à mon capitaine — il peut voir, lui, les choses à l'intérieur de sa tête avant que le feu commence, et il tremble du haut en bas, mais il en sait trop pour fuir — si je lui ressemblais, je pourrais tirer les canons à votre place. Mais si j'étais aussi malin que tout cela, je ne serais jamais venu ici. Je serais roi dans la forêt, comme j'avais coutume, dormant la moitié du jour et me baignant à mon gré. Je n'ai pas pris mon bain depuis un mois.

— Tout cela sonne très bien, dit Billy, mais il ne suffit pas de donner à une chose un nom qui n'en finit pas pour y changer quoi que ce soit.

— Chut ! fit le Cheval de Troupe. Je crois que je comprends ce que Double-Queue veut dire.

— Vous comprendrez mieux dans une minute, dit Double-Queue en colère. Pour le moment, expliquez-moi pourquoi vous n'aimez pas ceci !

Il se mit à trompeter furieusement de toute sa force.

— Arrêtez ! dirent ensemble Billy et le Cheval de Troupe.

Et je pus les entendre trépigner et frémir. La trompette d'un éléphant impressionne toujours désagréablement, surtout dans la nuit noire.

— Je ne m'arrêterai pas, dit Double-Queue. Tâchez de m'expliquer cela, s'il vous plaît ? *Hhrrmph ! Rrrt ! Rrrmph ! Rrrhha !*

Puis il s'arrêta tout à coup, et j'entendis dans l'obscurité une petite plainte qui m'apprit que Vixen m'avait enfin retrouvé. Elle savait aussi bien que moi que la chose au monde que redoute le plus l'éléphant, c'est un petit chien qui aboie ; aussi, elle se mit en devoir de persécuter Double-Queue dans ses piquets et jappa autour de ses gros pieds. Double-Queue s'agita et cria :

— Allez-vous-en, petit chien ! Ne flairez pas mes chevilles, ou bien je vais vous donner un coup de pied.

Bon petit chien... gentil petit chien. Là ! là ! Rentrez à la maison, vilaine bête jappante !... Oh ! personne ne l'ôtera donc de là ? Il va me mordre dans une minute.

— Paraît, dit Billy au Cheval de Troupe, que notre ami Double-Queue a peur à peu près de tout. Si on m'avait donné une pleine ration par chien auquel j'ai rué dans les mâchoires sur le champ de manœuvre, je serais à cette heure presque aussi gros que Double-Queue.

Je sifflai et Vixen courut à moi, toute crottée, me lécha le nez, et me raconta une longue histoire sur ses recherches à ma suite dans le camp. Je ne lui ai jamais laissé savoir que je comprenais le langage des bêtes, de peur qu'elle prenne ensuite toutes sortes de libertés. Aussi je la boutonnai dans le devant de mon manteau, tandis que Double-Queue s'agitait, foulait le sol, et grondait en lui-même :

— C'est extraordinaire ! Tout à fait extraordinaire ! Un mal qui court dans notre famille... Maintenant, où est-elle passée, la sale petite bête ?

Je l'entendis tâter autour de lui avec sa trompe.

— Je crois que nous avons tous nos faiblesses, chacun les siennes, continua-t-il, en se mouchant. Tout à l'heure, vous autres, Messieurs, paraissiez inquiets, je crois, lorsque je trompetais.

— Pas inquiets exactement, dit le Cheval de Troupe mais cela me faisait comme si j'avais eu des frelons à la place de ma selle. Ne recommencez pas.

— J'ai peur d'un petit chien, et le Chameau que voici a peur, la nuit, des mauvais rêves.

— C'est heureux de n'avoir pas à combattre tous de la même façon, dit le Cheval de Troupe.

— Ce que je voudrais savoir, dit le Jeune Mulet, qui avait gardé le silence pendant longtemps, ce que je voudrais savoir, c'est pourquoi il nous faut combattre.

— Parce qu'on nous le dit, fit le Cheval de Troupe, avec un ébrouement de mépris.

— Ordre donné, dit Billy, le Mulet.

Et ses dents sonnèrent.

— *Hukm hai !* (C'est l'ordre), dit le Chameau avec un glouglou.

Et Double-Queue et les Bœufs répétèrent :

— *Hukm hai !*

— Oui, mais qui donne les ordres ? demanda le Mulet de Recrue.

— L'homme qui marche à votre tête.

— Ou qu'on porte sur le dos.

— Qui tient votre caveçon.

— Ou vous tord la queue, dirent Billy, le Cheval de Troupe, le Chameau et les Bœufs l'un après l'autre.

— Mais, à eux, qui donne des ordres ?

— Voilà que tu veux trop en savoir, jeunesse, dit Billy, bon moyen de s'attirer un coup de pied. Tout ce qu'il faut, c'est obéir à l'homme qui vous tient la figure, et sans faire de questions.

Il a raison, dit Double-Queue. Je ne peux pas toujours obéir, parce que je suis entre le zist et le zest ; mais Billy a raison. Obéissez à l'homme près de vous, qui donne l'ordre, ou bien vous arrêtez toute la batterie, et on vous rosse par-dessus le marché.

Les Bœufs de Batterie se levèrent pour s'en aller.

— Le matin vient, dirent-ils. Nous allons nous en retourner à nos lignes. C'est vrai, que nous ne voyons que devant nos yeux, et que nous ne sommes pas très habiles ; mais c'est nous cependant les seuls, ce soir, qui n'ayons pas eu peur. Bonsoir, gens de cœur.

Personne ne répondit, et le Cheval de Troupe demanda, pour changer de conversation :

— Où est ce petit chien ? Un chien quelque part, cela veut dire un homme.

— Ici, jappa Vixen, sous la culasse du canon, avec mon homme. C'est vous, grosse bête, gros étourneau de chameau, là-bas, c'est vous qui avez renversé notre tente. Mon homme est très en colère.

— Peuh ! dirent les Bœufs. Il doit être blanc ?

— Naturellement, il l'est, dit Vixen : croyez-vous que c'est un bouvier noir qui me soigne ?

— *Huah ! Ouach ! Ugh !* firent les Bœufs. Allons-nous-en promptement.

Ils plongèrent dans la boue, et firent si bien qu'ils enfilèrent leur joug dans le timon d'un caisson de munitions, où il resta fixé.

— Maintenant, ça y est, dit Billy tranquillement ; ne vous débattez pas. Vous voilà en panne jusqu'au jour… Que diable vous prend-il ?

Les Bœufs faisaient entendre les longs ronflements sifflants, familiers au bétail hindou, se poussaient, se bousculaient, tournaient sur eux-mêmes, piétinaient, glissaient et faillirent choir, pour finir, dans la boue tout en grondant de fureur.

— Vous allez vous casser le cou d'ici un instant, dit le Cheval de Troupe. Quelle mouche vous pique lorsqu'on parle d'homme blanc ? Je vis avec eux.

— Ils… nous.. mangent ! Tire ! dit le Bœuf le plus proche.

Le joug claqua avec un bruit sec, et ils disparurent pesamment.

Je ne savais pas auparavant ce qui effarouchait le bétail hindou à la vue des Anglais : nous mangeons du bœuf ! — viande à laquelle ne touche jamais un conducteur de bétail — et, naturellement, le bétail n'aime pas cela.

— Qu'on me fouette avec mes chaînes de bât, si

j'aurais pensé que deux gros blocs pareils pouvaient perdre la tête ! dit Billy.

— N'importe, je vais voir cet homme. La plupart des hommes blancs, je le sais, ont des choses dans leurs poches, dit le Cheval de Troupe.

— Je vous laisse, alors. Je ne peux pas dire que je les aime plus que cela. D'ailleurs, les hommes blancs sans gîte pour dormir sont la plupart du temps des voleurs, et j'ai sur le dos pas mal de propriété du Gouvernement. Viens, jeunesse, et retournons à nos lignes. Bonne nuit, Australie. Au revoir, à la parade demain, je suppose ? Bonne nuit, vieille balle de foin !... Tâche, une autre fois, de ne plus me frapper, hein ? Bonne nuit, Double-Queue ! Si vous nous dépassez sur le terrain, demain, ne trompetez pas. Cela dérange l'alignement.

Billy, le Mulet, s'en alla clopinant, de son pas à la fois boiteux et martial de vieux militaire ; la tête du Cheval de Troupe vint fouiller dans ma poitrine, et je lui donnai des biscuits tandis que Vixen, qui est la plus vaine des petites chiennes, lui contait des mensonges au sujet des douzaines de chevaux que nous possédions, elle et moi.

— Je vais à la parade, demain, dans mon dog-cart, dit-elle. Où serez-vous ?

— A la gauche du second escadron. C'est moi qui règle le pas pour toute la troupe, ma petite dame, répondit-il poliment. Maintenant, il me faut retourner auprès de Dick. Ma queue est toute crottée et il lui faudra deux heures de grosse besogne pour me panser avant la manœuvre.

La grande revue des trente mille hommes au complet avait lieu dans l'après-midi, et Vixen et moi nous occupions une bonne place, tout près du Vice-Roi et de l'Amir d'Afghanistan. Celui-ci, coiffé d'un haut et gros bonnet d'astrakan noir, portait une grande étoile de diamants au milieu. La première partie de la revue fut superbe, et les régiments défilèrent vague sur vague de jambes se mouvant toutes ensemble et de fusils tous en ligne, jusqu'à nous brouiller les yeux. Puis la Cavalerie déboucha au son du beau galop de *Bonnie Dundee*, et Vixen dressa les oreilles sur la banquette du dog-cart. Le second escadron de lanciers fila devant nous, et le cheval de troupe parut, la queue en soie parfilée faisant des courbettes, une oreille droite et l'autre couchée, réglant l'allure pour tout l'escadron. Et ses jambes allaient comme sur une mesure de valse. Puis vinrent les gros canons et j'aperçus Double-Queue avec deux autres éléphants, attelés de front à un canon de siège de quarante, tandis que vingt attelages de bœufs marchaient derrière. La septième paire, qui portait un joug neuf, semblait quelque peu lasse et courbatue. Enfin arrivèrent les canons à vis ; Billy, le Mulet, se comportait comme s'il eût commandé toutes les troupes, et les cuivres de son harnais huilé de frais faisaient cligner les yeux. J'applaudis, tout seul, Billy le Mulet, mais il n'aurait pour rien au monde regardé à droite ou à gauche.

La pluie se remit à tomber et, pendant quelque temps, il fit trop de brume pour distinguer les mouvements des troupes. Elles avaient formé un grand demi-cercle à travers la plaine et se déployaient en ligne. Cette ligne s'allongea, s'allongea, toujours, jusqu'à compter trois quarts de mille d'une aile à l'autre — solide mur d'hommes, de chevaux et de fusils. Puis cela marcha droit sur le Vice-Roi et l'Amir et, à mesure que cela se rapprochait, le sol se mit à trembler comme le pont d'un steamer lorsque les machines forcent la vapeur.

A moins d'y être on n'imagine pas l'effet effrayant

de cette ruée en masse de troupes sur les spectateurs, même sachant que ce n'est qu'une revue. Je regardai l'Amir. Jusque-là, il n'avait pas manifesté signe d'étonnement ou de quoi que ce fût ; mais alors, ses yeux commencèrent à s'ouvrir de plus en plus, il rassembla les rênes de son cheval et regarda derrière lui. Un instant, il sembla sur le point de tirer son sabre et de se tailler une route à travers les Anglais, hommes et femmes, qui se trouvaient dans les voitures à l'arrière.

Enfin la marche en avant s'arrêta court, le sol cessa de trembler, la ligne tout entière salua, et trente musiques commencèrent à jouer ensemble. C'était la fin de la revue, et les régiments retournèrent à leurs camps sous la pluie, tandis qu'une musique d'infanterie attaquait :

> *Les animaux allaient deux par deux !*
> > *Hourra !*
> *Les animaux allaient deux par deux,*
> *L'éléphant et le mulet de batterie,*
> *Et ils entrèrent tous dans l'Arche*
> *Pour se mettre à l'abri de la pluie !*

J'entendis alors un vieux chef d'Asie centrale, à longue chevelure grise, venu du Nord avec l'Amir, poser ces questions à un officier indigène :

— Maintenant, dit-il, comment a-t-on accompli cette chose étonnante ?

L'Officier répondit :

— Un ordre a été donné, auquel on a obéi.

— Mais les bêtes sont-elles donc aussi sages que les hommes ? demanda le Chef.

— Elles obéissent, comme font les hommes : mulet, cheval, éléphant ou bœuf obéit à son conducteur, le conducteur à son capitaine, le capitaine à son major, le major à son colonel, le colonel au brigadier commandant trois régiments, le brigadier au général, qui obéit au Vice-Roi, qui est le serviteur de l'Impératrice. Voilà comment cela se fait.

— Je voudrais bien qu'il en soit de même en Afghanistan ! dit le Chef ; car, là, nous n'obéissons qu'à notre propre volonté.

— Et c'est pour cela, dit l'Officier indigène, en frisant sa moustache, qu'il faut à votre Amir, auquel vous n'obéissez pas, venir ici prendre les ordres de notre Vice-Roi.

CHANT DE PARADE
DES ANIMAUX DU CAMP

Éléphants de batterie.

Alexandre nous emprunta la force de l'Alcide,
La sagesse de nos fronts, la ruse de nos genoux,
Depuis, aux cours asservies pèse encor son joug
*   solide.*
Aux attelages de dix pieds faites place, tous,
*   Au cortège*
*   Des grosses pièces de siège !*

Bœufs de batterie.

Ces héros enharnachés ont peur d'un boulet de
*   quatre,*
La poudre les incommode, ils n'aiment plus à se
*   battre,*

Alors, nous entrons en jeu, nous halons, nous autres,
    œufs,
Aux attelages de vingt jougs faites place, tous,
                    Au cortège
            Des grosses pièces de siège !

Chevaux de cavalerie.

Par ma marque à l'épaule, il n'est pas de chan-
    sons
Qui vaillent l'air des Lanciers, Housards et Dra-
    gons,
Mieux me plaît qu'« Au Pansage » ou bien « A
    l'écurie »
Le galop pour défiler de Bonnie Dundee [1].

        Du foin, des égards, de l'étrille et du mors,
        De bons cavaliers et l'espace au-dehors,
        Par escadrons ! En colonne ! et je parie
        Qu'on vous voit bien défiler à Bonnie Dundee.

Mulets de bât.

Quand mes compagnons et moi nous prenons, le long
    du chemin de la côte,
Un sentier perdu de cailloux bossus, nous marchons
    sans faire de faute,

        Car on peut grouiller et grimper, mes gars,
        N'importe où, paraître et dire : Voilà !
        Mais lorsqu'à la cime on se range,

---

1. Vieil air de ralliement des partisans des Stuarts au temps de Cromwell. Il rythme, en général, les défilés au galop dans la cavalerie anglaise.

> Le bonheur complet, c'est si l'on avait
> Une patte ou deux de rechange !

Merci donc, sergent, qui passe devant lorsque la route
    n'est pas large,
Et sur toi malheur, failli conducteur, qui n'amarres pas
    droit ta charge :

> Car on peut grouiller et grimper, mes gars,
> N'importe où, paraître et dire : Voilà !
> Mais lorsqu'à la cime on se range,
> Le bonheur complet, c'est si l'on avait
> Une patte ou deux de rechange !

Chameaux du commissariat

Nous n'avons jamais eu nul vieux refrain chameau
Pour aider à traîner notre cahin-caha,
Mais chacun de nos cous est un trombone en peau
(Rtt-ta-ta-ta ! Chacun est un trombone en peau !)
Notre seule chanson de marche, écoutez-la :
Peux pas ! Veux pas ! N'irai pas ! Rien savoir !
Qu'on se le passe et allez voir !
Un bât tourne, tant pis, si ce n'est pas le mien !
Une charge a glissé — halte, hurrah ! Crions
    bien !
Urr ! Yarrh ! Grr ! Arrh !
Quelqu'un écope et pas pour rien !

Tous les animaux ensemble.

> Nous sommes les enfants du Camp,
> Nous servons chacun à son rang,
> Fils de joug, du bât, des fardeaux,

Harnais au flanc, ou sac au dos.
Voyez notre ligne ondulée,
Ainsi qu'une entrave doublée,
Qui, par la plaine, va, glissant,
Tout balayer au champ du sang ;
Tandis qu'à nos côtés les hommes,
Poudreux, muets et les yeux lourds,
Ne savent pas pourquoi nous sommes,
Eux et nous, voués sans retour
A souffrir et marcher toujours.
Nous sommes les enfants du Camp,
Nous servons chacun à son rang,
Fils de joug, du bât, des fardeaux,
Harnais au flanc et sac au dos !

table

Rudyard Kipling

Le Livre
de la Jungle

Supplément réalisé par
Christian Biet,
Jean-Paul Brighelli,
Caecilia Pieri
et Jean-Luc Rispail

Illustrations de Bruno Pilorget

ÊTES-VOUS LOUP, PHOQUE OU ÉLÉPHANT ?

Comme vous avez pu le remarquer tout au long du roman, les animaux ont des comportements bien spécifiques. Dans le test suivant nous vous proposons de savoir auquel vous ressemblez, parmi les trois qui vous sont proposés. Répondez aux questions, comptez ensuite le nombre de ○, □, △ obtenus et rendez-vous à la page des solutions.

1. *Vous êtes bien au chaud dans votre lit par un dimanche matin pluvieux...*
A. Quel dommage, vous auriez tellement aimé aller faire une balade en forêt ! △
B. A côté de vous, un petit déjeuner copieux et le chat qui ronronne : tout va bien ○
C. Vous avez presque terminé votre petit déjeuner et vous songez déjà aux livres que vous allez lire dans la journée pendant que la pluie tombe □

2. *Laquelle de ces trois activités sportives vous tente le plus ?*
A. Le yoga □
B. La course automobile △
C. La marche à pied ○

3. *Vous détestez :*
A. La salade △
B. Les nuits noires ○
C. Le bricolage □

4. *Si on vous dit « chat », vous pensez :*
A. ... qui s'en va tout seul □
B. Félin △
C. Moustaches ○

5. *Toujours bien au chaud dans votre lit par un dimanche matin pluvieux, on sonne à votre porte. Qui souhaiteriez-vous voir ?*
A. Quelqu'un de votre famille ○
B. Votre meilleur ami qui vous propose une promenade en forêt △
C. Votre meilleur ami qui vous propose de visiter un musée □

6. *Et si on vous dit « rat », vous répondez :*
A. Je ne connais pas △
B. Ça ne m'intéresse pas □
C. Moustaches ○

7. *Vous auriez un mal fou à choisir entre :*
A. Noir, rouge et vert △
B. Bleu, vert et blanc ○
C. Gris, or et vert □

8. *L'an prochain, vous :*
A. Réussirez tous vos examens □
B. Achèterez ce vélo de compétition dont vous rêvez △
C. Partirez en vacances un mois à la campagne ○

Solutions page 250

1
AU FIL DU TEXTE

PREMIÈRE PARTIE (p. 9-107)

Mowgli dans la Jungle

Ce questionnaire va vous permettre de savoir si vous avez bien suivi l'histoire de Mowgli dans la Jungle. Mais attention, vous ne devez vous fier qu'à votre mémoire pour répondre. Interdiction de revenir au texte ! Comptez un point par bonne réponse et reportez-vous à la page des solutions.

1. *Sur quel continent se déroule cette histoire ?*
A. En Asie
B. En Afrique
C. En Amérique du Sud

2. *Que signifie le nom de Mowgli ?*
A. Le petit d'homme
B. La grenouille
C. Le gentil démon

3. *Mowgli se retrouve dans la Jungle, parce que :*
A. Ses parents l'y ont abandonné
B. Ses parents se sont enfuis par peur du tigre
C. Il s'est sauvé de chez lui

4. *Quel est le principal ennemi de Mowgli ?*
A. Tabaqui
B. Mang
C. Shere Khan

5. *Shere Khan insulte les loups en les traitant de :*
A. Voleurs aux yeux tordus
B. Voleurs à queues touffues
C. Voleurs à pattes crochues

6. *Le Conseil du Clan se réunit :*
A. Tous les mois à la pleine lune
B. Tous les trois mois
C. Tous les ans

7. *Où a-t-il lieu ?*
A. A la Plaine du Conseil, une clairière isolée
B. A l'Arbre du Conseil, au pied d'un chêne centenaire
C. Au Rocher du Conseil, au sommet d'une colline

8. *Qui est chargé d'enseigner la Loi aux petits ?*
A. Bagheera
B. Baloo
C. Kaa

9. *Au début du récit, qui est le chef du Clan ?*
A. Raksha
B. Bagheera
C. Akela

10. *Mowgli est accepté dans le Clan des Loups de :*
A. Peeoneer
B. Seeonee
C. Reeolee

11. *Quelle est la seule chose que Mowgli n'a pas le droit de faire ?*
A. Chasser plus petit que lui
B. Chasser du bétail
C. Chasser l'homme

12. *Pourquoi ?*
A. Parce qu'il est un homme
B. Parce qu'il a été racheté au prix d'un taureau
C. Parce qu'il n'est pas encore adulte

13. *Pourquoi Bagheera est-elle particulièrement attachée à Mowgli ?*
A. C'est l'alliance de la plus forte avec le plus faible
B. Elle est née, comme Mowgli, chez les hommes (en captivité)
C. C'est une compagne d'enfance de Raksha

14. *Quel est le plus grand pouvoir de Mowgli sur les animaux de la Jungle ?*
A. Il sait manier le feu
B. Il sait parler plusieurs langages
C. Aucun animal ne peut soutenir son regard

15. *Comment s'appellent les singes ?*
A. Les Gandar-dog
B. Les Bandar-log
C. Les Vandal-brog

16. *Que signifie « la fleur rouge » dans le langage de la Jungle ?*
A. Le soleil couchant
B. Le feu
C. La foudre

17. *Qu'appelle-t-on les Grottes Froides ?*
A. Des grottes enfouies sous la verdure
B. Les ruines abandonnées d'une ville
C. Les sources de la rivière Waingunga

18. *Qui va délivrer Mowgli, prisonnier des singes ?*
A. Bagheera, Baloo et Kaa
B. Bagheera, Akela et Kaa
C. Bagheera, Baloo et Raksha

19. *Qui donne une correction à Mowgli ?*
A. Raksha
B. Bagheera
C. Baloo

Solutions page 251

Pour les as du puzzle

Bien que passionnante, l'histoire de Mowgli n'en est pas moins compliquée puisque l'auteur revient en arrière au milieu du texte. Nous allons vous aider à en retracer les principales étapes.

Tout événement n'est bien souvent que le résultat d'une situation antérieure. Nous vous donnons trois listes : la première indique les situations ; la deuxième, les événements issus de ces situations ; et la troisième, les lieux. Le tout, bien entendu, dans le désordre. A vous de reconstituer l'ordre dans lequel se déroulent les différentes séquences du récit. Pour ce faire, utilisez la grille ci-dessous en inscrivant dans chaque case les lettres et le chiffre correspondant (un même lieu peut être valable pour plusieurs épisodes).

Les situations
a) Shere Khan a juré de se venger de Mowgli en le tuant.
b) Perdu dans la Jungle, tout bébé, Mowgli faillit être dévoré par le tigre.
c) Kaa est la seule créature que craignent les singes.
d) Dans la Jungle, il faut toujours être sur le qui-vive : Bagheera veillera sur Mowgli.
e) Mowgli doit apprendre la Loi, comme les autres habitants de la Jungle.
f) Les jeunes loups, excités par Shere Khan, sont jaloux, furieux contre Mowgli, et le rejettent.
g) Les singes consolent Mowgli de s'être fait punir en le faisant rire.
h) Les Bandar-log prétendent vouloir un chef qui leur ressemble.
i) Mowgli apprenait mal sa leçon.

Les événements
A. Mowgli devient le protégé de Bagheera, qui le « rachète ».
B. Enlèvement de Mowgli par les Bandar-log.
C. Adoption de Mowgli par Père Loup et Raksha.
D. Mowgli apprend à vivre et à parler dans la Jungle avec Baloo, l'ours brun.

E. Mowgli se lie d'amitié avec les singes, qui n'aiment pas Baloo et qui avaient assisté à la correction dont Baloo avait gratifié Mowgli.

F. Mowgli s'attire la haine de Shere Khan, le tigre.

G. Mowgli se fait expulser de la Jungle, au grand regret de ses amis, Baloo, Bagheera et quelques loups.

H. Délivrance de Mowgli par Baloo et Bagheera avec l'aide de Kaa, le serpent python.

I. Un jour, Mowgli reçoit une correction de Baloo.

Les lieux

I. Les Grottes Froides (les ruines d'une ville abandonnée)

II. Dans la Jungle

III. Premier épisode au Rocher du Conseil

IV. Second épisode au Rocher du Conseil

Numéro d'ordre	1	2	3	4	5	6	7	8	9
Situations	b								
Événements	C								
Lieux	II								

Solutions page 251

La tête et les jambes

Voici une série d'expressions comportant chacune un mot qui désigne une partie du corps. La colonne de droite vous en donne, dans le désordre, la signification. Il y a de quoi perdre pied, mais vous êtes capable de vous en sortir la tête haute !

1. Œil-de-perdrix
2. Œil-de-bœuf
3. Pied-de-biche
4. Pied-de-poule
5. Petite main
6. Main-d'œuvre
7. Tête de loup
8. Tête de Turc

A. Apprentie couturière
B. Levier en métal
C. Souffre-douleur
D. Petite fenêtre ronde
E. Cor entre deux orteils
F. Motif d'un tissu de laine
G. Ouvriers
H. Brosse à très long manche

Solutions page 252

A propos des « maîtres mots »

Du maître mot du chat (« miaou ») dérive directement le verbe miauler. Pour cette raison on appelle ce verbe une onomatopée. Beaucoup d'animaux ont ainsi, pour désigner leur cri, un verbe spécifique. Rendez à chacun de ceux que nous avons choisi ci-dessous sa voix. Et ne vexez personne ! Un tigre ne serait sûrement pas content de se mettre à bêler...

1. L'éléphant	A. Aboyer
2. Le taureau	B. Glapir
3. Le chacal	C. Couiner
4. Le renard	D. Hurler
5. Le phoque	E. Trompeter
6. L'ours	F. Pleurer
7. L'aigle	G. Barrir
8. Le serpent	H. Siffler
9. Le loup	I. Rugir
10. La panthère	J. Feuler
11. Le tigre	K. Cacarder
12. Le faucon	L. Glouglouter
13. La marmote	M. Réclamer
14. Le goéland	N. Bêler
15. Le rat	O. Mugir
16. L'oie	P. Grogner
17. Le dindon	

Solutions page 252

Radio-Jungle

Kipling relate dans les règles de l'art la bataille qui va se dérouler entre Mowgli et Shere Khan : au préalable, mise au point stratégique, puis déroulement du combat, et célébration finale.

A partir de la description de la page 96, consignez soigneusement ces phases successives du combat et bâtissez oralement un récit mouvementé dans le style d'un reportage en direct diffusé à la radio ou la télévision : « Ici, en direct de la jungle... ». Un bon présentateur n'oubliera pas de dire quelques mots sur l'ambiance, le cadre, la température, etc. (Quitte à inventer.)

Loi des hommes et Loi de la Jungle

Sans rapport apparent, l'histoire de Mowgli dans la Jungle et celle dans la plaine parmi les hommes se déroulent selon un scénario presque entièrement symétrique. A l'aide du tableau ci-dessous, essayez de retrouver et de mettre en parallèle les épisodes de la Jungle et ceux du monde des hommes entre lesquels cette symétrie peut être établie.

L'ARRIVÉE DE L'ÉTRANGER

Qui pourchasse Mowgli ? (p. 12)	A cause de qui Mowgli doit-il regagner le village ? (p. 34)

L'ATTITUDE DU CLAN

Comment réagissent Père Loup et Mère Louve (p. 12 et 13) ?	Comment réagissent les villageois, le prêtre ? (p. 81) Et Messua ? (p. 82)

UNE MÈRE ADOPTIVE

Quels sont les sentiments de Mère Louve ? Et de Père Loup ? (p. 14)	Pourquoi Messua décide-t-elle de recueillir l'enfant-loup ? (p. 82) Quelle attidude son mari adopte-t-il ? (p. 83)

LA CÉRÉMONIE D'ADMISSION

Où a-t-elle lieu ? Comment se déroule-t-elle ? (p. 16-20)	Quels sont les personnages chargés d'autorité ? (p. 82) Quel est le lieu de rassemblement ? (p. 87)

LA LOI

Ce qu'on apprend dans la Jungle. (p. 22 et 43) Trois articles de la Loi de la Jungle. (p. 16, 19 et 23)	Ce qu'il faut savoir au village. (p. 83 et 86) Une loi des hommes que Mowgli ignore. (p. 88)

UN DÉPART FORCÉ

Un ennemi principal et d'autres adversaires : qui sont-ils ?	Des ennemis au village, mais surtout un autre adversaire, l'ennemi mortel bien connu... (p. 84)

Le livre d'ailleurs

Vous venez de voir que Rudyard Kipling a construit en parallèle les deux parties principales du récit : Mowgli dans la Jungle et Mowgli chez les hommes. Finalement, chassé de partout, l'enfant-loup devra accomplir un exploit pour s'imposer.

Sur le même canevas, sauriez-vous construire le récit de l'arrivée de Mowgli dans un monde encore plus différent ?

1. Perdu au cours d'une tempête en mer, Mowgli échoue chez les phoques du pôle Nord. Il devra apprendre à nager, à pêcher sous l'eau, etc.

2. Chassé du Clan des Loups, Mowgli se retrouve en pleine ville, à Calcutta ! Comment pourra-t-il se repérer dans cet univers, lui aussi sauvage à sa manière ? L'intégration dans un village et celle dans une grande ville se ressemblent-elles vraiment ?

Reprenez les six épisodes principaux énoncés dans l'exercice précédent, et adaptez-les à la nouvelle situation.

Mowgli chez les hommes

Avez-vous lu avec attention le passage de Mowgli parmi les hommes ? Ce test vous aidera à mesurer la confiance que vous pouvez accorder à votre mémoire. Répondez à ces dix questions sans vous référer au texte, comptez un point par bonne réponse et reportez-vous à la page des solutions.

1. *Quelle réflexion inspire à Mowgli sa première rencontre avec les hommes ?*
A. Les hommes piaillent comme des singes gris
B. Les hommes n'ont point de façons
C. Les hommes sont beaux et sages

2. *Comment s'appelle la mère adoptive de Mowgli ?*
A. Jessua
B. Messua
C. Jessica

3. *Pourquoi l'adopte-t-elle ?*
A. Parce qu'elle a toujours désiré un garçon
B. Parce qu'elle a perdu un fils qui lui ressemblait
C. Parce qu'elle est la femme la plus riche du village

4. *Quelle récompense était offerte pour la capture du tigre ?*
A. Cent roupies
B. Cent annas
C. Deux cents roupies

5. *Pourquoi le chef du village prescrit-il un métier à Mowgli ?*
A. Parce que l'enfant s'ennuie
B. Parce que sa mère veut faire son éducation
C. Parce qu'il ignore les usages du village

6. *A quoi Frère Gris compare-t-il les discours des hommes ?*
A. Au bavardage des singes gris dans les lianes
B. Au croassement des corbeaux dans la plaine
C. Au babil des grenouilles dans la mare*

7. *Mowgli garde :*
A. Des vaches sacrées
B. Des buffles et des vaches
C. Des moutons et des buffles

8. *Où Mowgli vient-il enfin à bout de Shere Khan ?*
A. Dans les fourrés, à la lisière de la Jungle
B. Dans les marécages où paît le bétail
C. Dans le ravin de la Waingunga

9. *Quelle est la raison de la colère de Buldeo ?*
A. Mowgli habite chez des gens riches
B. Mowgli ne respecte pas le dieu du village
C. Mowgli se moque de ce qu'il raconte sur la Jungle

10. *Pourquoi Mowgli est-il finalement chassé du village ?*
A. Parce qu'on a peur de ses manières sauvages
B. Parce qu'on lui reproche la perte du troupeau
C. Parce qu'on le prend pour un sorcier

11. *Mowgli ne se venge pas du village :*
A. En échange de la peau du tigre
B. Parce que Buldeo racontera son histoire
C. A cause de la bonté de Messua

Solutions page 252

SECONDE PARTIE (p. 108-220)

Vingt questions pour quatre nouvelles

Répondez aux vingt questions qui suivent sans vous reporter au texte. Comptez ensuite un point par bonne réponse et rendez-vous à la page des solutions.

Le phoque blanc

1. *Où se situe ce récit ?*
A. En mer du Japon
B. En mer de Behring
C. Au pôle Sud

2. *Pourquoi les phoques viennent-ils à Novastoshnah ?*
A. Pour passer les mois d'été
B. Parce qu'ils aiment voyager
C. Pour faire provision de poissons

3. *La femme de Sea Catch s'appelle :*
A. Martha
B. Magda
C. Matkah

4. *Qui met Kotick sur la voie de l'île paradisiaque ?*
A. Les mouettes tachetées
B. Les vaches marines
C. Les flétans

5. *Quels phoques les hommes épargnent-ils ?*
A. Ceux qui sont trop gras
B. Ceux qui sont trop vieux
C. Ceux qui se sont échauffés

6. *Quel est le signe distinctif des célibataires ?*
A. Le combat singulier
B. La danse de la mer
C. La danse du feu

7. *Pourquoi Kotick recherche-t-il une île ?*
A. Pour trouver un lieu où il fasse toujours beau
B. Pour trouver un lieu où il y ait toujours à manger
C. Pour trouver un lieu où l'homme ne vienne jamais

8. *Pour quelle raison Kotick se bat-il pour la première fois ?*
A. Pour conquérir sa fiancée
B. Pour défendre ses cent kilos de poissons quotidiens
C. Pour convaincre les phoques de le suivre

Rikki - tikki - tavi

9. *Pourquoi les mangoustes n'ont-elles jamais peur ?*
A. Parce qu'elles sont trop curieuses
B. Parce qu'elles sont très courageuses
C. Parce qu'elles sont très bêtes

10. *Quelle est leur devise ?*
A. « Cherche et mange »
B. « Trouve ou meurs »
C. « Cherche et trouve »

11. *A quoi voit-on qu'une mangouste est en colère ?*
A. Ses poils se hérissent
B. Ses yeux rougissent
C. Ses pattes se raidissent

12. *Combien de combats livre Rikki aux serpents ?*
A. Deux combats
B. Cinq combats
C. Trois combats

Toomai des Éléphants

13. *Comment s'appelle le doyen des éléphants ?*
A. Kaba Sag
B. Rama Log
C. Kala Nag

14. *Ce qui signifie :*
A. L'Éléphant Gris
B. L'Éléphant Noir
C. Le Serpent Noir

15. *Quelle est la récompense finale de Petit Toomai ?*
A. Un repas de roi
B. Un petit éléphant en ivoire
C. Un droit de chasse libre

16. *Quel est le métier de Grand Toomai ?*
A. Éleveur d'éléphants
B. Chasseur d'éléphants
C. Conducteur d'éléphants

17. *Quelle est son ambition pour son fils ?*
A. Qu'il devienne comme lui
B. Qu'il devienne chasseur
C. Qu'il devienne fonctionnaire dans l'administration anglaise

18. *Où se passe la danse des éléphants ?*
A. Au sommet d'une colline pierreuse
B. Dans le ravin asséché d'un fleuve
C. Dans une clairière

Service de la Reine
19. *Le Vice-Roi recevait la visite :*
A. De l'Émir d'Ajman
B. De l'Amir d'Afghanistan
C. Du Fakir de Bantoustan

20. *Les Éléphants ne tirent pas les canons jusqu'en première ligne :*
A. Parce qu'ils ont peur du feu
B. Parce qu'ils sont trop lourds
C. Parce qu'ils sont trop voyants

Solutions page 252

Il était une fois...

Il arrive souvent que les personnages des contes ne se servent ni de baguette magique ni de bottes de sept lieues, qu'ils ne rencontrent ni fées ni géants. Ainsi, les quatre premières histoires du *Livre de la Jungle* sont construites comme des contes bien que le merveilleux n'y ait aucune part. Voici un petit tableau qui vous aidera à découvrir les étapes de l'histoire.

1. Au début du conte, le héros est celui qui est différent des autres : Cendrillon est la fille d'un premier mariage, Poucet est le petit dernier.

MOWGLI	KOTICK	RIKKI-TIKKI-TAVI	TOOMAI
		Petit, il a failli mourir	L'ami du doyen des éléphants

2. Ce héros est confronté à une situation difficile : Cendrillon est maltraitée, Poucet est abandonné, Peau d'Ane est repoussante.

MOWGLI	KOTICK	RIKKI-TIKKI-TAVI	TOOMAI
	Les phoques se font massacrer		

3. Pour sortir de cette situation malheureuse, le héros doit accomplir un exploit, traverser des épreuves, déjouer des pièges : Blanche-Neige survit chez les nains, Poucet triomphe de l'ogre.

MOWGLI	KOTICK	RIKKI-TIKKI-TAVI	TOOMAI
Tuer Shere Khan			

4. Pour sortir victorieux de ses aventures, il est aidé par certains personnages sympathiques, tandis que ses ennemis travaillent à sa perte : les sept nains aident Blanche-Neige, la fée Carabosse jette un sort à la Belle au Bois dormant. Notez les personnages sympathiques, puis les ennemis.

MOWGLI	KOTICK	RIKKI-TIKKI-TAVI	TOOMAI
		L'oiseau	
	Ses parents		

5. Enfin le héros triomphe : le petit tailleur devient roi, le Petit Poucet vole l'or de l'ogre, le Prince charmant sauve Blanche-Neige.

MOWGLI	KOTICK	RIKKI-TIKKI-TAVI	TOOMAI

6. Enfin, pourriez-vous tirer une moralité de l'histoire de chacun des quatre personnages ?

LE PHOQUE BLANC

Les mots de pied en cap

Ne dormez que d'un œil comme Sea Catch, le phoque !
Autrement dit, soyez vigilant et efforcez-vous de découvrir le sens caché des expressions imagées citées ci-dessous. Pouvez-vous trouver un équivalent pour chacune d'elles ?

1. Retirer une épine du pied
2. Être mis à pied
3. Au pied levé
4. Faire des ronds de jambe
5. Couper bras et jambes
6. Être le bras droit de quelqu'un
7. Réussir à la force du poignet
8. Obéir au doigt et à l'œil
9. Avoir les dents longues
10. Avoir les yeux plus gros que le ventre

Rédigez à présent un petit texte cohérent, dans lequel vous emploierez au moins une de ces expressions par ligne.

TOOMAI DES ÉLÉPHANTS

Le portrait double face

Deux visions opposées de Petit Toomai sont présentées page 172. Pour son père, il n'est qu'un méchant garçon désobéissant, qui risque la prison ; pour Petersen Sahib, c'est un jeune héros...

1. Rédigez un « portrait double face » de quelques personnages de votre choix. Côté pile, vous essaierez d'exprimer

ce qui vous déplaît dans cette personne, ce qui vous semble chez elle un petit ou un gros défaut. Côté face, vous décrirez ses traits de caractère que vous jugez au contraire très positifs, très agréables.

Vous remarquerez que, très souvent, le même trait de caractère chez un individu enchante les uns et agace les autres. A la fin, vous devrez avoir brossé un portrait assez nuancé, ni tout noir, ni tout blanc !

2. Reconstituez les portraits « double face » des personnages décrits par Kipling :

a) Mowgli vu par Buldeo, puis par Messua

b) Les singes vus par eux-mêmes, puis par Bagheera ou Baloo

c) Petersen Sahib vu par Petit Toomai, puis par Grand Toomai.

« Tunk-a-tunk »

Saviez-vous, comme le souligne Kipling (p. 177), que le son produit par le tam-tam est précisément « tunk-a-tunk » ?

Voici quelques instruments à percussion qui émettent des sons différents. Pouvez-vous d'abord identifier avec précision ces instruments ? Retrouvez ensuite l'onomatopée correspondante.

A la manière de...

DEUX PETITS ÉLÉPHANTS

C'était deux petits éléphants,
Deux petits éléphants tout blancs.

Lorsqu'ils mangeaient de la tomate,
Ils devenaient tout écarlates.

Dégustaient-ils un peu d'oseille,
On les retrouvait vert-bouteille.

Suçaient-ils une mirabelle,
Ils passaient au jaune de miel.

On leur donnait alors du lait :
Ils redevenaient d'un blanc frais.

Mais on les gava, près d'Angkor,
Pour le mariage d'un raja,

D'un grand sachet de poudre d'or.
Et ils brillèrent, ce jour-là,

D'un tel éclat que plus jamais,
Même en buvant des seaux de lait,

Ils ne redevinrent tout blancs,
Ces jolis petits éléphants.

Maurice Carême,
Pomme de Reinette,
© Fondation Maurice Carême

Sur le modèle de ce poème de Maurice Carême et en essayant de suivre les différentes rimes, racontez l'histoire de Petit Toomai.

> C'était un Petit Toomai
> Le garçon de Grand Toomai
>
> Lorsqu'il jouait avec son éléphant
> Il était tout content
>
> Mais ça avait le don de rendre son père
> Tout gris, blanc et vert de colère
>
> Un jour il fit une drôle de chose
>
> .... pause
>
> .... bruit
> .... nuit
>
> .... éléphant
> .... blanc
>
> .... retour
> .... jour
>
> .... fête
> .... bête.

SERVICE DE LA REINE

Un bestiaire pour rire

A l'instar de Jules Renard qui, dans ses *Histoires naturelles*, fait le portrait tout à fait fantaisiste de différents animaux, vous allez essayer de composer des « vers libres » qui décriront les animaux du dernier conte en accentuant certains traits de leur caractère.

a) Le chameau : doux, peureux et humble (p. 197), timide (p. 203)

b) Le mulet : agressif, méprisant, insolent, insupportable (tout au long du texte)

c) Le cheval : un peu snob (p. 197) mais... pas mauvais cheval (p. 200)

d) Le bœuf : pacifique (p. 199) et simple (p. 204)

Inspirez-vous des quelques extraits cités ci-dessous.

L'ANE
Le lapin devenu grand.

LES MOUTONS
Les moutons : Mée... Mée... Mée...
Le chien de berger : Il n'y a pas de mais.

LE VER LUISANT
Que se passe-t-il ? Neuf heures du soir et il y a encore de
la lumière chez lui.

L'ARAIGNÉE
Une petite main noire et poilue crispée sur des cheveux.

L'ESCARGOT
Casanier dans la saison des rhumes, son cou de girafe rentré, l'escargot bout comme un nez plein.
Il se promène dès les beaux jours, mais il ne sait marcher
que sur sa langue.

LE PAPILLON
Ce billet doux plié en deux cherche une adresse de fleur.

L'ÉCUREUIL
Du panache ! du panache ! oui, sans doute ; mais, mon
petit ami, ce n'est pas là que ça se met.

LE CORBEAU
« Quoi ? quoi ? quoi ?
– Rien. »

Vous pouvez aussi faire ces portraits sous forme de devi-
nettes... Si personne ne reconnaît l'animal en question,
c'est mauvais signe !

2
JEUX ET APPLICATIONS

Repeuplez le livre

Lorsque vous aurez trouvé les huit animaux dont les définitions vous sont données, vous pourrez lire verticalement un mot qui définit Bagheera.

1. Il vit en meute
2. Un cousin africain de Bagheera
3. Le plus gros des pachydermes
4. Un félin qui ne vit pas en Afrique
5. Il aime son bain avec des glaçons !
6. Darzee en est un
7. Vrai nom du serpent à lunettes
8. Réputé pour sa sobriété

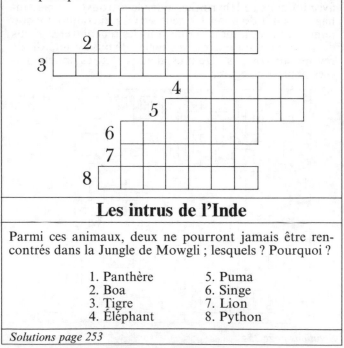

Les intrus de l'Inde

Parmi ces animaux, deux ne pourront jamais être rencontrés dans la Jungle de Mowgli ; lesquels ? Pourquoi ?

1. Panthère	5. Puma
2. Boa	6. Singe
3. Tigre	7. Lion
4. Éléphant	8. Python

Solutions page 253

Traduction codée

1. Si SHERE KHAN = 19. 8. 5. 18. 5. / 11. 8. 1. 14
Que veut dire : 13. 15. 23. 7. 12. 9 / 5. 20 / 2. 1. 12. 15. 15
/ 19. 15. 14. 20 / 4. 1. 14. 19 / 12. 1 / 10. 21. 14. 7. 12. 5.

Découvrez ce code...

2. Si RIKKI-TIKKI-TAVI = 9. 18. 16. 16. 18 / - / 7. 18. 16.
16. 18 / - / 7. 26. 5. 18
Que veut dire : 9. 18. 16. 16. 18 / - / 7. 18. 16. 16. 18 / - / 7.
26. 5. 18 / 22. 8. 7 / 6. 13. 22 / 14. 26. 13. 20. 12. 6. 8. 7. 22
/ 13. 12. 18. 9. 22.

... et celui-là.

A la recherche de l'ennemi

Mowgli doit se débarrasser d'un personnage important
s'il veut se sentir bien dans cette Jungle... En pénétrant
avec lui dans ce labyrinthe, aidez-le à trouver ce personnage. Il suffit de noter les neuf lettres qui composent son
nom, au fur et à mesure que vous les rencontrerez. Vous
devrez cependant obéir à une règle : il vous est interdit de
revenir sur vos pas ! De plus, d'autres lettres ont été pla-
cées pour vous égarer.

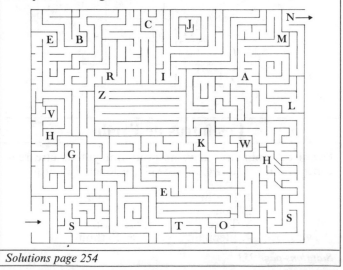

Solutions page 254

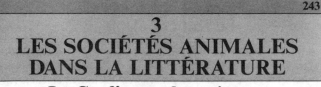

3
LES SOCIÉTÉS ANIMALES DANS LA LITTÉRATURE

La Conférence des animaux

Révoltés par l'impuissance des hommes à rétablir la paix dans le monde, Aloïs le lion, Oscar l'éléphant et Léopold la girafe décident de convoquer les animaux de tous les continents à une conférence destinée à saboter le 87ᵉ sommet des chefs d'État, qui doit avoir lieu au Cap.

« Un beau jour, les animaux trouvèrent que la plaisanterie avait assez duré. Ce soir-là justement, comme tous les vendredis, Aloïs le lion prenait un verre au bord du lac Tchad en compagnie d'Oscar l'éléphant et de Léopold la girafe. Tout en agitant sa crinière d'artiste, il s'écria : "Ah ! Ces humains ! Si je n'étais pas si blond, je crois bien que je me fâcherais tout rouge !" Oscar l'éléphant, aspergeant son dos poussiéreux avec sa trompe comme s'il était tranquillement installé sous la douche, s'étira paresseusement et marmonna de sa belle voix de basse quelque chose que les deux autres ne comprirent pas. Léopold la girafe, les jambes écartées dans l'eau, buvait à petites gorgées rapides. Elle – ou plutôt *il* – répliqua : "C'est vrai qu'ils sont terribles. Et pourtant quelle belle vie ils auraient s'ils voulaient ! Ils nagent comme les poissons, courent comme nous, grimpent comme les chamois et volent comme les aigles. Or, à quoi tout cela leur sert-il, je vous le demande ? – A faire des guerres, rugit Aloïs le lion. Des guerres. Des révolutions. Des grèves. Des famines. Des maladies nouvelles. Ah ! Si je n'étais pas si blond, je crois bien que je me... – ... fâcherais tout rouge", poursuivit la girafe – qui, comme tous les autres animaux, connaissait cette phrase par cœur depuis la nuit des temps. "Moi, ce qui me chagrine, c'est de penser à leurs enfants, dit Oscar l'éléphant en laissant pendre ses oreilles. Des enfants si gentils ! Dire qu'ils doivent endurer les guerres, les grèves, les révolutions, et qu'en plus les adultes prétendent qu'ils font tout cela pour leur bien !(...)" »

Erich Kästner,
La Conférence des animaux,
traduction de Dominique Ebnöter,
© Gallimard

Le Roi des éléphants

Ayant appris par son oiseau-conseiller la grande huppe l'existence du peuple des fourmis, ces « petites choses » si intelligentes, le roi des éléphants les a réduites en esclavage et leur a ordonné de lui construire un palais. Pour l'inauguration, il a invité toutes les créatures, à l'exception d'une seule...

« – Oui, mes très chers frères, reprit le roi des éléphants en se raclant la gorge. Les hommes sont bizarres, très bizarres. Ils ont des lois qui ne valent rien. Vous connaissez sans doute ce proverbe : "Il y en a un qui mange et mille qui pleurent, c'est de là que vient le malheur." Eh bien, chez les hommes, ils ne font rien pour éviter un tel malheur ! Ils sont des milliers, des dizaines, des centaines de milliers à se tuer au travail sans pouvoir manger à leur faim, et il y en a un seul qui bâfre, dévore à n'en plus pouvoir, s'empiffre à se faire éclater le ventre... Ils inventent toujours quelque chose de nouveau. En ce moment, la seule chose qui les intéresse c'est d'acheter un objet quelconque et de le revendre aussitôt deux fois plus cher. Ils font du commerce avec tout ce qui leur tombe sous la main : la terre, les arbres, l'eau, les hommes, leurs parents, leurs enfants, leurs femmes, absolument tout. Ils achètent et revendent des pierres, des étoiles, de l'or, des diamants, des fleurs, leur cœur, leurs yeux... Leur nouvelle folie, le comble de tout, c'est de trafiquer de leur propre être... Pour eux, tout ce qui existe dans l'univers est susceptible d'être acheté ou vendu... Croyez-moi, mes très chers frères, les hommes sont des créatures vraiment bizarres... Un de ces jours, cette manie va leur jouer un sale tour, c'est certain ; mais fasse le ciel que nous n'en subissions pas les conséquences !... De toutes les folies qu'ils ont inventées jusqu'à présent, celle qui consiste à vouloir faire de l'argent avec tout est la plus dangereuse... J'achète à cinq, je revends à dix, cela finira par leur retomber sur le crâne, mais aussi sur le nôtre. Ah ! que Dieu nous protège de la perversité des hommes !

– Amen ! cria l'assistance.

Les hommes crurent qu'il s'agissait d'un coup de tonnerre.

Le roi des éléphants continua de parler :

– Oublions les hommes, à présent. Ils en ont déjà

suffisamment pour leur compte. S'ils continuent de la sorte, le monde est perdu. Il n'y a rien à attendre d'eux, sauf des vacheries. Maintenant, écoutez-moi, mes chers, mes nobles frères. Regardez ce palais que mes valeureuses fourmis ont construit... Eh bien, jusqu'à ce jour, aucun peuple n'a jamais édifié une telle demeure pour son roi ! Les fourmis sont les seules à l'avoir fait. Oui, je sais, les hommes ont bâti pour leurs monarques des palais magnifiques, des pyramides, des jardins suspendus, des monuments de toutes sortes... mais jamais rien de semblable à cela. (...) C'est la raison pour laquelle j'ai convié toutes les créatures de la Terre à prendre part à cette cérémonie d'inauguration. Les seuls que je n'aie pas invités sont les hommes... »

Yachar Kemal,
Le Roi des éléphants,
traduction de Paul Dumont,
© Gallimard

Le Merveilleux Voyage de Nils Holgersson

Nils a été entraîné dans les airs par le grand jars blanc de la ferme, qui s'est élancé à la suite d'un vol d'oies sauvages en route vers les fjells de Laponie. Après une journée de vol harassante pour un animal domestique, le jars subit un interrogatoire serré avant d'être définitivement accepté parmi les oies sauvages.

« Les oies sauvages les saluèrent du cou plusieurs fois, et le jars en fit autant, mais plus longuement. Après qu'on se fut assez salué, l'oie-guide dit :

– Nous voudrions bien savoir qui vous êtes ?

– Je n'ai pas grand-chose à dire sur moi, répondit le jars. Je suis né à Skanör le printemps dernier. En automne j'ai été vendu à Holger Nilsson de Vemmenhög chez qui je suis resté depuis.

– Tu sembles n'avoir aucune famille de qui te réclamer, dit le guide. Qu'est-ce donc qui te prend de vouloir aller avec les oies sauvages ?

– C'est peut-être pour montrer aux oies sauvages que les oies domestiques sont bonnes à quelque chose.

– Nous ne demandons pas mieux, dit Akka. Nous savons maintenant de quoi tu es capable en fait de vol, mais peut-être es-tu plus fort en d'autres sports. Veux-tu par exemple lutter avec nous à la nage ?

– Je ne me vante pas de savoir nager, dit le jars (il avait déjà cru comprendre que l'autre était décidée à le renvoyer, et ne faisait plus attention à ce qu'il disait), je n'ai jamais nagé plus loin que la largeur d'une mare.

– Je suppose alors que tu es très habile à courir, dit l'oie sauvage.

– Jamais je n'ai vu courir une oie domestique, et jamais je n'ai essayé, moi non plus, répliqua crânement le jars.

Il en était sûr maintenant, Akka allait lui dire qu'on ne voulait pas l'emmener. Aussi fut-il très surpris lorsqu'elle s'écria :

– Tu réponds courageusement aux questions, et celui qui est brave peut devenir un bon compagnon, même s'il est ignorant au début. Que dirais-tu si l'on t'offrait de rester avec nous quelques jours jusqu'à ce que nous ayons vu de quoi tu es capable ?

– Je veux bien, répondit le jars, tout content (...)

L'oie qui parlait avec le jars était très vieille, c'était facile à voir. Son plumage était entièrement gris, d'un gris de glace sans stries foncées. Elle avait la tête plus grosse, les pattes plus fortes, les pieds plus usés que les autres. Ses plumes étaient raides, ses épaules saillantes, son cou maigre. Effets du temps. Il n'y avait que les yeux que l'âge n'avait pu vaincre. Ils brillaient plus limpides, et en quelque sorte plus jeunes que ceux des autres.

Elle se tourna vers le jars avec beaucoup de hauteur :

– Sache que je suis Akka de Kebnekaïse. L'oie qui vole près de moi à droite est Yksi de Vassijaure, celle qui vole à ma gauche est Kaksi de Nuolia. La seconde oie de droite s'appelle Kolme de Sarjektjokko et la seconde de gauche est Neljâ de Svappavaara. Derrière elles volent à droite Viisi des fjells d'Ovik et Kunsi de Sjangeli. Sache-le : toutes, et de même les six oisons qui volent en arrière, trois à droite et trois à gauche, toutes nous sommes des oies de hautes montagnes et de la meilleure famille. Ne va pas nous prendre pour des vagabondes acceptant n'importe quelle compagnie, et, sois-en persuadé, nous ne partagerons pas notre gîte de nuit avec qui ne veut pas dire de quelle famille il descend. »

Selma Lagerlöf,
*Le Merveilleux Voyage de Nils Holgersson
à travers la Suède*,
traduction de T. Hammar,
© Librairie académique Perrin

Croc-Blanc

Mi-chien, mi-loup, Croc-Blanc finira par se retrouver parmi les hommes, et même par découvrir, en Californie, la civilisation. Mais c'est au sein de la horde des loups que naî- tra le fils de Kiche et du vieux loup borgne. Dans cette société strictement hiérarchisée, la première préoccupation est la survie.

« La première, la louve avait dressé l'oreille quand l'é- cho proche de voix d'hommes et l'aboiement rauque des chiens attelés avaient percé le silence. La première, elle donna le signal du repli, s'éloignant sans se retourner de l'homme abruti de fatigue, prostré sur ses couvertures au milieu des flammes mourantes. Répugnant à lâcher une proie qu'elle savait déjà vaincue, la meute hésita quelques instants, comme calculant ses chances, puis fit volte-face et se lança sur les traces de la louve.

En tête de la meute courait un grand loup gris. C'était lui qui entraînait la troupe sur la piste toute fraîche de la femelle. C'était lui également qui, d'un bref coup de gueule ou d'un claquement de mâchoires, faisait rentrer dans le rang les jeunes loups impétueux qui ne savaient pas demeurer à leur place. Ce fut lui enfin qui fit forcer l'allure à toute la bande lorsque la louve apparut au loin, foulant la neige d'un trot paisible pour permettre à la horde de la rejoindre.

Le contact pris, elle se rangea près de lui et courut à son côté. Parfois, emportée par l'élan, elle le devançait pen- dant un court moment, mais il n'en prenait pas ombrage. Jamais il ne grondait ni ne montrait les crocs, gardant une attitude empressée, tendrement déférente, qui semblait irriter au plus haut point sa compagne. Lorsqu'il s'appro- chait d'elle et tentait de courir flanc contre flanc, elle gron- dait férocement ; s'il insistait, elle lui plantait ses crocs dans l'épaule ; il s'écartait alors d'un bond rapide, sans perdre son calme, mais avec l'air embarrassé et la dignité empruntée d'un soupirant éconduit, et reprenait sa place en quelques foulées à la tête de la meute.

La louve était le seul souci du grand loup gris, dont la place n'était sérieusement contestée par aucun des autres membres de la bande. Mais il n'en allait pas de même pour la femelle. Un vieux loup borgne, grisonnant et décharné, couturé de cicatrices, courait à sa droite – il ne

voyait plus que de l'œil gauche – la frôlant, la bousculant, pressant son museau strié de balafres contre sa hanche, son épaule ou son cou. Elle ne lui montrait pas plus d'égards qu'au grand loup gris. Lorsque les deux mâles la serraient de trop près, elle lançait des coups de dents de droite et de gauche et forçait l'allure, aussi bien pour leur échapper que pour garder son avance et continuer à tracer la piste. Les deux rivaux se lançaient alors des regards furieux, émettaient des grondements menaçants et retroussaient sauvagement leurs babines, mais continuaient à courir. En d'autres circonstances, ils se seraient battus pour elle sans hésiter une seule seconde, mais leur rivalité amoureuse, si grande fût-elle, cédait pour l'instant le pas devant la nécessité absolue, vitale, de maintenir la cohésion de la horde. »

Jack London,
Croc-Blanc,
traduction de Philippe Sabathe,
© G.P.

Le Roman de Renart

Dans Le Roman de Renart, *la société des animaux est la caricature de celle des hommes, et chaque animal représente un type humain. C'est évidemment de Renart le goupil que le connétable Ysengrin a été se plaindre auprès du roi Noble le lion. Un tribunal va être réuni pour juger la conduite de Renart envers dame Hersent, femme d'Ysengrin.*

« Ce jour-là, parmi les conseillers du roi se trouvait messire Chameau, dont la cour estimait grandement la sagesse. Il était né devers Constantinople, et l'apostole, qui l'aimait tendrement, l'avait envoyé de Lombardie au roi Noble, en qualité de légat. C'était un légiste de grande autorité.

– Maître, lui dit le roi, avez-vous souvenir de telles clameurs levées et accueillies dans vos contrées ? Nous voudrions bien avoir sur ce point votre avis.

Le chameau prit aussitôt la parole :

– Quare Messire me audit ; nos trobames en decret, à la Rebriche de matremoine violate, primo se doit essaminar, et se ne se puo espurgar, le dois grevar tu ensi que te place, perché grant meffait ha fatto. Hec e la moie sen-

tenza ; et sel vuol tornar en amendance, je dis que si puo prender molto de la pecune, ovvero lapidar ou ardre lo corpo de l'aversari de la renarde ; et si vo di, buon rege, que nus ne deit vituperar la lei, et que l'en deit toute jorno ben et dreitament judicar, si com fece Julius Cesar l'empereres. Et ensi fais, bon signor, ce que juger dois, quar non es bone rege, se ne vuol far de droit tort. Vide bon favela, et tene toi par la tue baronie, car altrement cure n'aras de roialta, et tu ne pas estar bon rege : favellar come ti plaira, che plus n'en sa ne n'en vuol dire.

Ce discours fut accueilli par les barons de façon diverse. Les uns en murmurèrent, les autres s'en prirent à rire. Sire Noble seul conservant toute sa gravité :

– Écoutez-moi tous, barons et hauts seigneurs. Je vous donne à juger une question de délit amoureux. Vous aurez à décider d'abord si, pour prononcer une condamnation, on peut admettre le témoignage de la personne qui eut part à la faute.

Ces mots entendus, tous se lèvent, et les plus sages vont, en sortant du pavillon royal, se former en conseil. Brichemer, le cerf, comprenant la gravité de la cause, consentit à diriger la discussion. A sa droite se plaça Brun, l'ours, connu par sa haine contre Renart, à sa gauche Baucent, le sanglier. Baucent n'avait pas de parti pris, il ne voulait écouter que droit et justice. Les voilà donc réunis, assis et prêts à commencer l'instruction de l'affaire. »

Le Roman de Renart,
© Gallimard

4
SOLUTIONS DES JEUX
Êtes-vous loup, phoque ou éléphant ?
(p. 223)

Si vous avez une majorité de △ **:** vous êtes loup, sans aucun doute. Rapide dans votre tête autant que prudent dans vos gestes ou foudroyant dans vos audaces, vous voyez un peu le monde comme une jungle où se côtoient surtout des forces contraires. Vivre, pour vous, c'est se tailler une place à belles dents, quitte à montrer les crocs si on vous agresse sans bassesse ni traîtrise ; mais vous n'êtes ni un chacal, ni un renard... Vous êtes par ailleurs très attaché à vos proches, capable d'une grande tendresse avec eux. Surtout quand ils savent se montrer, comme vous, dignes et ambitieux. Votre appétit de vivre est féroce, votre enthousiasme dévorant, votre ténacité sans limites.

Si vous avez une majorité de ○ **:** vous êtes phoque ! Vous aussi, comme le loup, vous avez un grand sens de la famille. Organisé, tranquille, vous détestez l'imprévu ; d'ailleurs vous détestez aussi la solitude ; la famille est pour vous un principe essentiel, un besoin permanent, une source de vie constante. Si on cherche à vous déloger vous savez vous défendre âprement, voire cruellement, mais si on vous laisse en paix, il n'y a pas plus débonnaire, pas plus pacifique que vous. Méfiez-vous : ce qui vous guette plus tard, c'est l'embonpoint... et peut-être l'ennui !

Si vous avez une majorité de □ **:** pas de doute, vous êtes éléphant en diable. On dit que vous avez de la mémoire : forcément, vous intériorisez tout, ou presque. D'ailleurs on dit souvent autour de vous que vous réfléchissez déjà comme un adulte. Très réfléchi, vous tournez la langue au moins sept fois dans votre bouche avant de répondre. Vous adorez lire, apprendre. Vous êtes bien plus intellectuel que sportif et que sentimental. Sauf quand vous sortez de vos gonds, ce qui vous arrive parce que vous ne supportez ni la bêtise ni la méchanceté. Vous êtes alors capable de colères d'autant plus terrifiantes qu'elles sont rares, mais cela ne dure pas...

Mowgli dans la Jungle

(p. 224)

1 : A (p. 10) - 2 : B (p. 16) - 3 : B (p. 14) - 4 : C (p. 15) - 5 :
B (p. 15) - 6 : A (p. 16) - 7 : C (p. 16) - 8 : B (p. 19) - 9 : C
(p. 17) - 10 : B (p. 22) - 11 : B (p. 23) - 12 : B (p. 23) - 13 :
B (p. 26) - 14 : C (p. 26) - 15 : B (p. 45) - 16 : B (p. 27) -
17 : B (p. 59) - 18 : A (p. 59) - 19 : B (p. 77)

Si vous obtenez plus de 15 points : la jungle n'ayant pas de
secret pour vous, pourquoi ne pas envisager une carrière
de dompteur ou de chasseur de fauves ? En attendant,
vous avez tiré le meilleur profit des pages que vous avez
dévorées : tant mieux !

Si vous obtenez de 10 à 15 points : dans l'ensemble, vous
savez assez bien suivre les pistes, à condition qu'elles ne
soient tout de même pas trop embrouillées ; parfois,
cependant, vos souvenirs se perdent un peu dans l'obscurité troublante des sentiers de la jungle...

Si vous obtenez de 5 à 10 points : vous aimez bien Mowgli ;
mais toutes ces histoires de loups qui raisonnent, de singes
qui ricanent et de tigres mécontents vous semblent un peu
compliquées. Pour vous les animaux, c'est avant tout
Kiki, le chat, et Momo, le chien... non ?

Si vous obtenez moins de 5 points : si on vous lâchait dans
la jungle, vous risqueriez fort de vous y perdre, et le grand
méchant tigre ne ferait qu'une bouchée de vous... Relisez
le texte pour exercer votre mémoire : vous pourrez alors
retrouver votre chemin dans la jungle de Kipling.

Pour les as du puzzle

(p. 226)

Numéro d'ordre	1	2	3	4	5	6	7	8	9
Situations	b	d	a	e	i	g	h	c	f
Événements	C	A	F	D	I	E	B	H	G
Lieux	II	III	II	II	II	II	I	I	IV

La tête et les jambes
(p. 227)

1 : E - 2 : D - 3 : B - 4 : F - 5 : A - 6 : G - 7 : H - 8 : C

A propos des « maîtres mots »
(p. 228)

1 : G - 2 : O - 3 : A - 4 : B - 5 : N - 6 : P - 7 : E - 8 : H - 9 :
D - 10 : I - 11 : J - 12 : M - 13 : H - 14 : F - 15 : C - 16 : K -
17 : L

Mowgli chez les hommes
(p. 230)

1 : B (p. 81) - 2 : B (p. 82) - 3 : B et C (p. 82) - 4 : A (p. 88) -
5 : C (p. 87) - 6 : C (p. 84) - 7 : B (p. 89) - 8 : A (p. 93-96) -
9 : C (p. 88) - 10 : C (p. 101) - 11 : C (p. 102)

Si vous obtenez plus de 8 points : en forêt comme en plaine,
vous suivez la piste avec autant de flair, de mémoire et
d'attention. C'est bien ! La suite de ces jeux ne présentera
pour vous aucune difficulté.

Si vous obtenez de 4 à 8 points : sans doute préféreriez-
vous les aventures de Mowgli dans la Jungle. Cependant,
malgré quelques trous de mémoire, vous pouvez rester en
piste pour continuer à jouer avec nous.

Si vous obtenez moins de 4 points : ou bien les aventures
de Mowgli au village vous ont laissé indifférent (et c'est
dommage !), ou bien votre mémoire vous a fait défaut.
Pourquoi ne pas tenter de relire le texte ? Une seconde lec-
ture vous intéressera peut-être davantage.

Vingt questions pour quatre nouvelles
(p. 232)

1 : B (p. 108) - 2 : A (p. 109) - 3 : C (p. 110) - 4 : B (p. 129) -
5 : C (p. 120) - 6 : C (p. 117) - 7 : C (p. 122) - 8 : C (p. 134) -
9 : A (p. 139) - 10 : C (p. 139) - 11 : B (p. 145) - 12 : C -
13 : C (p. 163) - 14 : C (p. 163) - 15 : C (p. 190) - 16 : C
(p. 166) - 17 : A (p. 166) - 18 : C (p. 181) - 19 : B (p. 193) -
20 : A (p. 204)

Si vous obtenez plus de 15 points : vous avez évolué dans ce livre comme un phoque dans l'eau. Vous suivez les histoires comme une mangouste sur la piste d'un serpent, vous galopez vers l'essentiel tel un cheval... et vous avez une mémoire d'éléphant. Tant mieux ! Cela signifie également que vous y prenez plaisir.

Si vous obtenez de 10 à 15 points : vous circulez dans la jungle avec aisance, mais il vous manque parfois un peu d'attention, une meilleure vue d'ensemble et une mémoire mieux exercée. Avec un peu d'effort, vous parviendrez à d'excellents résultats.

Si vous obtenez de 5 à 10 points : phoque ou mangouste, cheval ou éléphant, vous faites la différence quand vous êtes au zoo, un peu moins quand vous lisez Kipling. Faites donc preuve d'un peu plus d'attention ! On ne vous demande pas de les dompter...

Si vous obtenez moins de 5 points : peut-être n'aimez-vous pas les animaux. En tout cas, vous n'avez accordé que peu d'attention à ces quatre contes. Pourquoi ne pas les relire ?

« Tunk-a-tunk »
(p. 237)

1 : Cymbale - 2 : Grosse caisse - 3 : Triangle - 4 : Caisse claire - 5 : Tambourin - 6 : Conga

Repeuplez le livre
(p. 241)

1. Loup - 2. Léopard - 3. Éléphant - 4. Tigre - 5. Phoque - 6. Oiseau - 7. Cobra - 8. Chameau

On peut lire verticalement : panthère

Les intrus de l'Inde
(p. 241)

Les pumas vivent en Amérique et les lions en Afrique.

Traduction codée

(p. 242)

Il faut simplement numéroter les lettres de l'alphabet de A à Z, pour la première question, et de Z à A pour la seconde.

Pour la 1re question : A : 1 - B : 2 - C : 3 - D : 4 - E : 5 - F : 6 - G : 7 - H : 8, etc.
Pour la 2e question : A : 26 - B : 25 - C : 24 - D : 23 - E : 22 - F : 21 - G : 20 - H : 19, etc.

D'où les phrases :
1. Mowgli et Baloo sont dans la Jungle.
2. Rikki-tikki-tavi est une mangouste noire.

A la recherche de l'ennemi

(p. 242)

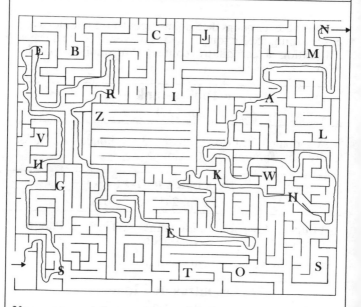

Vous avez certainement trouvé le bon chemin pour traquer Shere Khan.